Das Buch

»Am Morgen wirst du dein Bett selber machen. Das ist gar nicht der Rede wert, ich bin viel strenger erzogen worden. In deinem Alter habe ich den ganzen Tag gearbeitet, und ich bin noch heute glücklich darüber.« Von Geldmangel kann auf dem Anwesen Mont-Cinère im Süden von Washington gar keine Rede sein. Daß sie nach dem Tod ihres Mannes die Dienstboten entläßt, ist aber nur die erste von Mrs. Fletchers Sparmaßnahmen. Auch am Essen läßt sich viel einsparen, und bei Einbruch des Winters wird nur noch ein Zimmer geheizt ... Was von außen wie eine bürgerliche Idylle aussieht, ist im Inneren ein einziger Kampf um Macht, Besitz und Geld. Die Leidtragenden von Mrs. Fletchers krankhaftem Geiz sind ihre alte Mutter und die sechzehnjährige Tochter Emily. Deren einziger Luxus sind die Tagträume von der Zeit, da sie einmal die Herrin von Mont-Cinère sein wird. Dieser Gedanke ergreift immer mehr von ihr Besitz. Emily haßt den Geiz ihrer Mutter und wird doch selbst davon wie von einer ansteckenden Krankheit befallen ... – »Diesen Roman nacherzählen? Genausogut könnte man einem zumuten, ein nächtliches Gewitter herzuerzählen« schrieb Walter Benjamin.

Der Autor

Julien Green, französischer Herkunft, wurde am 6. September 1900 in Paris geboren, er wuchs zweisprachig auf und wurde protestantisch erzogen. 1916 konvertierte er zum Katholizismus. Mit siebzehn Dienst als Sanitäter an der Front. 1919-22 studierte er in Charlottesville/Virginia Philologie. Seit 1922 wieder in Paris. Bereits mit seinem dritten Roman, ›Leviathan‹ (1929), erlangte er Weltruhm. 1939 erneute Hinwendung zum Katholizismus, 1940-45 Emigrant in Amerika. 1971 Mitglied der Académie française.

Julien Green:
Mont-Cinère
Roman

Deutsch von Rosa Breuer-Lucka
und Brigitte Weidmann

Deutscher
Taschenbuch
Verlag

Von Julien Green
sind im Deutschen Taschenbuch Verlag erschienen:
Junge Jahre (10940)
Paris (10997)
Jugend (11068)
Leviathan (11131)
Von fernen Ländern (11198)
Meine Städte (11209)
Der andere Schlaf (11217)

Ungekürzte Ausgabe
August 1990
Deutscher Taschenbuch Verlag GmbH & Co. KG,
München
© 1984 Editions du Seuil, Paris
Titel der französischen Originalausgabe:
›Mont-Cinère‹, Paris 1926
© 1987 der deutschsprachigen Ausgabe:
Carl Hanser Verlag, München · Wien
ISBN 3-446-14844-2
Die erste deutsche Ausgabe erschien 1928 in Wien
Umschlaggestaltung: Celestino Piatti unter Verwendung
des Gemäldes ›Bildnis Louise-Delphine Duchosal‹ von
Ferdinand Hodler
Satz: Utesch Satztechnik GmbH, Hamburg
Druck und Bindung: C. H. Beck'sche Buchdruckerei,
Nördlingen
Printed in Germany · ISBN 3-423-11234-4

I

Emily schwieg. Sie saß in einem Schaukelstuhl, den sie ans Fenster gerückt hatte. Ab und zu gab sie dem Stuhl einen stärkeren Stoß, indem sie mit dem Absatz gegen den Fußboden stieß, und zog die Brauen zusammen. Es sah so aus, als ob sie einer Nervosität nachgebe, die sie nicht mehr beherrschen konnte, und nur aus übler Laune mit dem Fuß aufstoße.

Emily war ein etwa fünfzehnjähriges junges Mädchen von kleinem Wuchs. Sie hielt die Arme fest über der Brust verschränkt und zerknitterte dabei den weißen Leinenkragen, den einzigen Schmuck ihres dunklen Tuchkleides. Ihr Gesicht zeigte einen nervösen Ausdruck, der es älter erscheinen ließ; die gebogene Nase mit den zu großen Löchern sprang vor; die dünnen Lippen preßten sich gleichsam an die Zähne, und dunkle Schatten unter den Backenknochen ließen die breiten, eigenwilligen Kiefer hervortreten. Die Augen, die so oft häßliche Züge verschönen und ihnen gewinnenden Zauber und Weichheit schenken, brachten alles Unvorteilhafte dieses Gesichtes noch stärker zur Geltung, und man mußte beim Anblick der lebendigen schwarzen Pupillen an ein mißtrauisches, tückisches Tier denken.

Mrs. Fletcher saß im selben Zimmer, etwas entfernt von ihrer Tochter, und beugte sich über die Näharbeit. Sie war das genaue Gegenteil Emilys, kaum größer, aber viel dicker, infolgedessen etwas kurzatmig. Manchmal hob sie den Kopf und sagte mit sanfter Stimme ein paar Worte. Ihr schlaffes Gesicht war von tiefen Furchen durchzogen, obgleich sie nicht viel älter als vierzig war. Ihr Haar, das sie in einem Knoten trug, ließ den breiten Nacken frei; die Arme, die Brust, der ganze Körper schienen die Kleider aufzublähen, die aus demselben Tuch gefertigt waren wie Emilys Kleid. Ihre rundliche Hand führte sorgsam die Nadel, und die Frau schien in ihre Arbeit ganz versunken. Wenn sie das Schweigen unterbrach, um ein paar Worte an ihre Tochter zu richten, so klang es, als habe sie über diese Worte lange nachgedacht. Fast immer begann sie ihre Sätze mit ›man muß‹ oder mit einem anderen Wort, das eine Notwendigkeit ausdrückte.

Aber Emily antwortete nicht. Sie kehrte ihrer Mutter den Rücken und sah zum Fenster hinaus. Es regnete seit Stunden, die Bäume im Park waren mit ihren verschwommenen Umrissen in dem trüben Licht kaum sichtbar, und die grauen Hügel flossen in eins mit dem Himmel. Nur das regenfeuchte Gras zeigte eine lebhaftere Färbung. Das junge Mädchen betrachtete die Landschaft so aufmerksam, als sei sie ein Bild; ihr Blick glitt unaufhörlich von einem Punkte zum andern, ein kleiner, aber offenbar regelmäßiger Zeitvertreib in einem recht müßigen Dasein. Jedesmal wenn sie die Stimme ihrer Mutter hörte, griff sie mit der einen Hand nach der Kante des neben ihr stehenden Tisches und brachte dadurch ihren Schaukelstuhl zum Stehen. Ihr Gesicht gewann jetzt einen geduldigen Ausdruck, sie seufzte halblaut. Wenn ihre Mutter zu reden aufhörte, stützte sich Emily gegen den Tisch, indem sie das Handgelenk einbog, als ob sie das Möbelstück von sich fortstoßen wolle. Dann zog sie plötzlich die Hand zurück, verschränkte wieder die Arme und gab sich dem Schaukeln hin.

Mrs. Fletcher, die an das Benehmen ihrer Tochter gewöhnt schien, bemerkte all das nicht. Ihre Stimme klang traurig, und die letzten Worte versiegten unverständlich.

Nach ein paar Minuten blickte Mrs. Fletcher auf und legte die Arbeit nieder. Ihre schwarzen Augen gingen unruhig hin und her und suchten am Fenster Halt. Sie horchte einen Augenblick auf das eintönige Geräusch des Schaukelstuhles, dann rief sie ihre Tochter.

Emily griff nach der Tischkante und wandte sich jäh um.

»Ich möchte mit dir sprechen«, sagte Mrs. Fletcher, »komm näher.«

Emily setzte sich wortlos auf das Sofa.

»Du mußt diese Naht zu Ende nähen«, sagte die Mutter und reichte ihr einen weißleinenen Unterrock, »meine Augen sind schon müde. Mach aber sehr kleine Stiche.«

Das junge Mädchen griff nach dem Rock und betrachtete die Naht.

»Ich habe über verschiedene Veränderungen nachgedacht, die ich in unserem Leben vornehmen möchte«, fuhr die Mutter fort und legte die Hände in den Schoß. »Du mußt mir dabei helfen, Emily.« Und als sie sah, daß ihre Tochter nicht aufmerksam genug zuhörte: »Laß jetzt die Arbeit. Ich habe die Monatsrechnung unserer Ausgaben zusammengestellt. Wir könnten mehr sparen.«

Dabei ging ihr Atem ein wenig keuchend. Der kalte, harte Ausdruck im Gesicht ihrer Tochter, die sie schweigend ansah, schien sie einzuschüchtern.

»Wir sind drei Personen im Haushalt«, fuhr sie fort, »ein Dienstmädchen ist genug für uns. Wir müssen das Stubenmädchen entlassen, Emily. Dadurch sparen wir dreißig Dollar jährlich, und wir können sehr gut auf ihre Dienste verzichten. Was tut sie denn eigentlich? Sie serviert bei Tisch, hilft beim Bettenmachen und Putzen. Das bißchen Arbeit ist das Geld nicht wert, das wir dafür zahlen, und wir können das ganz gut auch allein besorgen. Wir sind arm, Emily, das weißt du doch?«

»Ja, Mama«, erwiderte Emily.

Ihre kurzen Antworten standen in krassem Gegensatz zu den ausführlichen Reden ihrer Mutter.

»Sie kann Ende dieser Woche gehen. Sie ist jung und kräftig und wird im Dorf rasch Arbeit finden. Und deine Mutter wird dann ein paar Sorgen weniger haben.«

»Hast du mir noch etwas zu sagen?« fragte Emily und stand auf.

Mrs. Fletcher ergriff lächelnd die Hand ihrer Tochter und fuhr erst nach einer Weile fort:

»Ich möchte dich um etwas bitten. Du mußt mir helfen. Du wirst dem Stubenmädchen sagen, daß wir sie nicht mehr behalten können.«

»Ich? Warum denn ich, Mama?«

»Ich bitte dich darum, liebes Kind«, flehte Mrs. Fletcher.

»Du weißt doch, daß ich nicht gerne mit dem Stubenmädchen spreche.«

»Aber warum denn?« Emily entzog ihr die Hand.

»Was weiß ich?« rief Mrs. Fletcher ungeduldig. »Deine Mutter ist nun einmal so, mein Kind. Ich habe meine Fehler, die mußt du eben ertragen. Du wirst also freundlich mit dem Mädchen sprechen. Es war immer sehr brav und hat auch deinen Vater noch gekannt. Sag ihm, daß wir es im Pfarrhaus empfehlen werden, wenn wir das nächste Mal nach Glencoe kommen.«

Emily zog die Brauen zusammen und schwieg. Sie setzte sich wieder in den Schaukelstuhl, entfaltete ihre Arbeit und suchte die Nadel, um die Naht zu beenden. Ihre Hände zitterten ein wenig; sie begann mit übertriebenem Fleiß zu nähen.

Ihre Mutter fuhr jetzt mit ruhigerer Stimme fort:

»Wenn Speisezimmer und Küche nebeneinander liegen, ist es reiner Luxus, jemand dafür zu bezahlen, daß er die Schüsseln aufträgt. Wir können uns ganz gut selbst bedienen.«

Sie hielt inne, überlegte ein wenig und musterte ihre Tochter, die schweigend weiternähte.

»Am Morgen wirst du dein Bett selber machen. Das ist gar nicht der Rede wert, ich bin viel strenger erzogen worden. In deinem Alter habe ich den ganzen Tag gearbeitet und bin noch heute glücklich darüber. Es ist gut, wenn man sich einschränkt, und eines schönen Tages werden wir ohnedies dazu gezwungen sein. Es ist besser, wenn wir schon heute damit anfangen.«

Wieder schwieg die Frau, ihr Atem ging keuchend. Dann setzte sie kopfschüttelnd und mißmutig hinzu:

»Warum sagst du nichts? Interessiert es dich nicht? Weißt du nicht, daß wir unser Kapital so stark angegriffen haben, daß ich nicht weiß, was wir in fünf Jahren machen werden? Wir müssen vor allem sparen und nochmals sparen, sonst bürge ich für nichts. Du willst doch nicht, daß wir gezwungen wären, Mont-Cinère zu verkaufen?«

Bei diesen Worten hob Emily den Kopf und sah ihre Mutter zweifelnd an: »Nein, Mama.«

Sie nähte schlecht, die Stiche waren schief. In ihrem Kopf jagten sich zu viele Gedanken, als daß sie der Arbeit hätte Aufmerksamkeit schenken können. Was die Mutter sagte, schien Emily falsch oder übertrieben, und sie hatte so oft gehört, Mont-Cinère müsse verkauft werden, daß sie diese Drohung nicht mehr erschreckte. Aber sie war nervös veranlagt und hörte diese Worte immer mit heftiger und schmerzlicher Ungeduld. In solchen Augenblicken wuchs ihr Unbehagen so sehr, daß sie es körperlich empfand; sie mußte sich zusammenkrümmen und auf die Lippen beißen, um nicht in Tränen auszubrechen oder aufzuschreien.

Emily wandte sich ein wenig mehr zum Fenster und unterdrückte mit Mühe das wilde Verlangen, aufzuspringen und ihrer Mutter die Arbeit vor die Füße zu werfen. Ihre Hände verkrampften sich auf dem Stück Stoff, und sie zerriß ein paarmal den Faden, so stark zog sie an der Nadel.

Das Zimmer, in dem sich dieser Auftritt abspielte, war hoch und düster; das Licht fiel nur gedämpft herein, weil die Plüschvorhänge die beiden großen Fenster zur Hälfte verdeckten. Verblaßte Sessel standen im Halbkreis um den Kamin, als ob man eine Gesellschaft erwarte. In einem dieser Sessel saß Mrs. Fletcher. Ein großer, ovaler Tisch deutete an, daß dieser Raum zugleich als Speisezimmer und als Salon diente. Über einer Tür rief eine Inschrift in schwarzer und roter Fraktur den Anwesenden ins Gedächtnis, daß Gott überall ist und alles hört, was wir sagen.

Mrs. Fletcher hatte aufgehört zu reden und lehnte ihren Kopf zurück in das Polster des Sessels. Dabei schweifte ihr Blick unruhig umher. Sie hatte die Beine ausgestreckt und die Füße nachlässig übereinandergelegt. Ab und zu schlug sie sich mit den Fingern auf den Mund, um ein leichtes Gähnen zu unterdrücken, oder sie hob den Kopf und atmete rascher, als ob sie etwas sagen wolle. Aber dann besann sie sich und verfiel wieder ins Grübeln. Endlich fuhr sie fort zu sprechen:

»Du wirst ihr sagen, daß sie Samstag morgen gehen soll, dann bekommt sie gerade den Lohn für einen Monat. Natürlich hätte ich früher daran denken sollen, daß ich mich ohne sie behelfen kann, aber jetzt ist es zu spät.«

Sie warf ihrer Tochter einen Blick zu, aber Emily schien sie nicht gehört zu haben.

»Wir müssen diese Ausgabe wieder hereinbringen und ernstlich zu sparen beginnen«, fuhr sie mit sanfter Stimme fort.

»Ich sehe wirklich nicht, welche Einsparungen wir jetzt noch machen könnten«, sagte Emily nach einem Augenblick der Überlegung, »es sei denn wir verkaufen unsere Betten und schlafen auf dem bloßen Boden.«

»Was sagst du da?« rief Mrs. Fletcher aufs höchste erstaunt. »Wir leben doch wie reiche Leute, Emily, und wir sind arm.«

Dabei schlug sie mit der Faust auf die Armlehne, um den letzten Worten mehr Nachdruck zu verleihen. »Wir haben Dienstboten und ein Haus, in dem man sechs Personen unterbringen könnte. Schau nur dieses Zimmer an, sieh dich ein bißchen um: Bilder, Tapeten. Glaubst du, daß so arme Leute wohnen?«

Emily hob den Kopf und blickte ihre Mutter an. Ihre Augen funkelten, und in den Mundwinkeln erschien eine Falte. Sie machte Miene, ihre Arbeit wieder aufzunehmen, und gab erregt zur Antwort:

»Ich möchte wirklich gerne wissen, welche Einsparungen du eigentlich noch machen willst. Wenn sie darin bestehen sollten, das wenige zu verkaufen, das uns noch geblieben ist...«

Sie schwieg, als ob ihr die Worte im Halse steckenblieben.

»Nun«, Mrs. Fletcher richtete sich auf, »ich tue eben alles, was in meiner Macht steht, um zu Geld zu kommen. Es ist ja ebenso für dich wie für mich.«

»Du darfst nicht an das rühren, was mein Vater uns hinterlassen hat!« rief das junge Mädchen aus. »Nie hättest du gewagt, etwas von seinen Sachen zu verkaufen, solange er noch am Leben war.«

Mrs. Fletcher sah ihre Tochter zornig an.

»Schweig! Was ich verkaufe, gehört mir.«

»Dir! Hast du denn nicht die Salonleuchter verkauft, Mama? Früher standen sie in Vaters Zimmer. Und die Mosaiken, die im Wohnzimmer zu beiden Seiten des Spiegels hingen? Er hatte sie aus Europa mitgebracht.«

»Sie gehörten mir«, erwiderte Mrs. Fletcher und verfärbte sich, »er hat sie mir geschenkt. Du hast kein Recht...«

Ohne auf diese Worte zu achten, sprang Emily aus ihrem Schaukelstuhl auf und ging durchs Zimmer bis zu dem Tisch, auf dem eine große Kassette aus Eichenholz stand. Sie schloß sie auf. Die Innenseite des Deckels trug eine Kupferplatte, in die in feinen Lettern der Name ›Stephen Fletcher‹ eingraviert war. Die Kassette, deren Inneres mit grünem Tuch ausgeschlagen und für Silberzeug bestimmt zu sein schien, war leer. Emily stand einen Augenblick am Tisch, die Hand auf den aufgeklappten Deckel gestützt. Sie wollte sprechen, da erhob sich plötzlich ihre Mutter und hastete durchs Zimmer. Eine jähe Röte stieg Mrs. Fletcher ins Gesicht, und sie schrie mit vor Erregung rauher Stimme:

»Schweig! Das geht dich gar nichts an. Du hast kein Recht...«

»Kein Recht! Haben denn diese Dinge nicht ebensogut mir wie dir gehört? Was in der Familie ist, muß in der Familie bleiben, Mama. Du hast ja noch Geld genug und brauchst nicht an das zu rühren, was dem Vater gehört hat.«

»Ich habe kein Geld. Alles in diesem Hause gehört mir, und ich tue damit, was mir paßt. Wenn dein Vater dich hörte, würde er dich aus dem Haus jagen und du müßtest dir dein Brot selbst verdienen.«

»Das ist nicht wahr«, rief Emily. »Wenn mein Vater hier wäre, würden wir nicht wie arme Leute leben, und ich wäre glücklicher.«

»Genug!« Mrs. Fletcher lehnte sich an ein Möbel und

zitterte vor Wut. Sie hob die Arbeit auf, die ihre Tochter hatte zu Boden fallen lassen, prüfte sie hastig und zog die Brauen zusammen, als sie die unregelmäßigen Stiche der Naht sah. »So arbeitest du? Und bittest noch, daß Gott dich beschützen soll, und machst deiner Mutter Vorwürfe, daß sie ihr Eigentum hingibt, um dich zu ernähren?«

Sie warf das Kleidungsstück zu Boden und drang mit erhobenem Arm auf ihre Tochter ein.

»Rühr mich nicht an!« rief Emily mit einem haßerfüllten Blick auf ihre Mutter. Sie warf den Deckel der Kassette zu und lief aus dem Zimmer. »Du bist ja lächerlich«, rief sie noch im Vorzimmer, »alle Leute verspotten dich wegen deiner Verrücktheiten! Du hältst dich für gut, weil du jeden Abend in der Bibel liest, aber du bist nicht besser als ich, die du nur quälst.«

2

Solche Szenen waren in Mont-Cinère nichts Seltenes. Unter einem gleichmütigen Äußeren verbarg Mrs. Fletcher eine ruhelose und leicht erregbare Seele. Ihr Gesicht verriet nichts von ihrem jähzornigen Temperament, und man konnte sich leicht in ihr täuschen. Mochte ihre Tochter reden, was sie wollte, es fiel doch keinem Menschen ein, sich über Mrs. Fletcher lustig zu machen, und sie wurde oft die gute Mrs. Fletcher genannt. Sie wußte es und war heimlich sehr froh darüber, weil es ihr große Befriedigung verschaffte, für tugendhaft gehalten zu werden. Meistens faltete sie beim Sprechen die Hände, und die Worte kamen ihr nur stockend über die Lippen. Ihre Augen sahen aus, als ob sie sich, vom Licht geblendet, schließen wollten; ihre Lider schienen zu schwer zu sein; ihr gleichgültiger Blick blieb an nichts haften, und sie sah die Menschen traurig und ängstlich an. Ihre fleischige, vorspringende Nase verlieh dem Profil etwas Hartes, Männliches, was aber nicht zu bemerken war, wenn man sie von vorne sah. Ihr graues Haar lag in breiten Strähnen über Stirn und Schläfen und war hinten zu einem einfachen Knoten aufgesteckt. Sie wirkte leicht bucklig, weil sie sich schlecht hielt. Diese untersetzte, kleine Frau erweckte beim ersten Anblick durch ihre gebeugte Haltung einen Eindruck von Unschuld und Demut, der sich schwer beschreiben läßt.

Wenn sie aber glaubte, daß man ihren Egoismus oder Stolz antastete, so verwandelte sich ihr gütiger Ausdruck ganz plötzlich, und sie sah aus, als habe ihr jemand mit der Peitsche übers Gesicht geschlagen. Sie richtete sich auf, ihre Augen weiteten sich, und es funkelte gelb in den schwarzen, lebendig gewordenen Pupillen. Es war nicht mehr dieselbe Frau. Sie konnte nicht an sich halten und ließ sich zu den gröbsten Schimpfworten hinreißen. Ja, sie schrak nicht einmal davor zurück, den Beleidiger tätlich anzugreifen. Nur in solchen Augenblicken gab es eine Ähnlichkeit zwischen Mutter und Tochter.

Mrs. Fletcher war seit fünf Jahren verwitwet. Ein mittelmäßiges Ölgemälde über dem Kamin im Salon rief ihr täglich das Gesicht des Mannes, den sie niemals beweint hatte, ins Gedächtnis zurück. Der Maler hatte ihn in eine düstere Landschaft gestellt, wo sich schwarze Berge von einem blauen, bewölkten Hintergrund abhoben; aber diese romantische, wilde Szenerie paßte ganz und gar nicht zu dem schüchternen, kleinen Mann, der zu dem Bild Modell gestanden hatte. Sein Rücken war gekrümmt, und obwohl er nicht mißgebildet war, machte er einen schwächlichen Eindruck. Das Haar war so gebürstet, daß es die Schläfen verdeckte; er trug einen braunen Anzug, dazu eine weiße Seidenkrawatte, und betrachtete mit seinen schönen, schwarzen Augen einen Kieselstein, den er in der rechten Hand hielt.

Mr. Fletcher war einer jener traurigen, zurückhaltenden Menschen gewesen, denen nach ihrem Tod niemand etwas nachsagen kann und die zwischen Gut und Böse hindurchgehen wie zwischen Hecken am Rande eines breiten Weges. Er hatte die Bekanntschaft seiner Frau in Savannah gemacht, wo er Generalsekretär einer Exportgesellschaft gewesen war, und hatte einige Zeit mit ihr in dieser Stadt gelebt. Aber das fast tropische Klima der Gegend schadete schließlich seiner Gesundheit. Ein Jahr nach der Hochzeit kündigte er seinen Posten und zog sich auf seinen Besitz im Süden von Washington zurück, den er von seinem Vater geerbt und in Erinnerung an eine Reise nach Europa Mont-Cinère genannt hatte.

Dieses Haus im einfachsten Stil amerikanischer Wohnbauten hatte die Form eines Kastens mit einem Säulenvorbau, der fast die ganze Front einnahm. Das Haus war niedrig, hatte kleine Fenster und über dem Vorbau nur ein Geschoß. Die Mauern waren hellgrau getüncht und das Dach leicht geneigt und mit braunen Ziegeln gedeckt. Kein Schmuck belebte die einfache Fassade; ein roter Streifen, der das Gesimse über den Säulen zur Geltung brachte, war der einzige Farbfleck in dieser Eintönigkeit. Riesige Bäume, die wie zufällig vor das Haus gepflanzt schienen, verliehen ihm etwas Prächtiges und überragten das Dach; sie streichelten die Mauern mit ihren mächtigen Ästen.

Vom Vorbau aus erschloß sich ein schöner, freier Blick: große, schwarze Felsen verbargen den Rand des Plateaus, auf dem sich Mont-Cinère erhob, und bildeten am Ende des langgestreckten Gartens eine natürliche Mauer. Ganz in der Ferne wurde der Horizont von einer ununterbrochenen Linie hoher Hügel begrenzt. Sie wirkten in dieser Entfernung bläulich; als kaum erkennbare dunklere Flecken zogen sich die Wälder bis zur halben Höhe. Ging man aber bis ans Ende der weiten Rasenflächen, bis zu der rauhen, ungefügen Masse der schwarzen Felsen, so tat sich ganz unvermutet eine neue Landschaft auf: ein breites, fruchtbares Tal erstreckte sich zwischen Mont-Cinère und den Hügeln, ungeheure Flächen bebauten Landes zogen sich, so weit das Auge reichte, von Norden nach Süden, und Felder von Mais, Getreide, Klee färbten den dunkleren Hintergrund der Wiesen. Lange Wege durchschnitten das Land und verbanden große, baumumstandene Dörfer. Hie und da wurde ein Stückchen nackter, dunkelschimmernder Erde sichtbar, die sich längs der reifen, winddurchfurchten Felder hinzog. Jetzt den Blick zurückgewendet auf Mont-Cinère! Es liegt halb unter Eichen und Tannen versteckt, aber zwischen den schwarzen Stämmen gucken graue Mauern und kleine, viereckige Fenster hervor: das Gebäude gleicht einem Gefängnis. Und doch hatte sich Stephen Fletcher in diesem Hause niedergelassen, um den Rest seines Lebens hier zu verbringen.

Etwas von der Schwermut seines Vaterhauses war auf ihn übergegangen und gehörte zu ihm. Gern schlenderte er mit gesenktem Kopf unter den Bäumen von Mont-Cinère umher, als ob er etwas suche. Manchmal blieb er stehen und betrachtete einen Stein zu seinen Füßen; schien er ihm des Interesses nicht wert, so stieß er ihn mit der Spitze des Stiefels fort und ging weiter. War es aber ein besonderer Stein, so bückte er sich, hob ihn sorgsam auf und betrachtete ihn aufmerksam. Dann schob er ihn in die Tasche seines langen, braunen Rockes und setzte seinen Weg fort.

Er gab jedermann sanft und höflich Antwort, aber mit einem leidenden Ausdruck, der ein wenig peinlich wirkte; die Leute vermieden es, das Wort an ihn zu richten, wenn es nicht notwendig war. An Regentagen und abends nach dem Essen zog er sich in sein Zimmer zurück und las wissenschaftliche Bücher oder Erbauungsschriften. Die Zeit verging, ohne daß sich sein Wesen spürbar verändert hätte. Seine Tochter wurde geboren, sie wuchs an seiner Seite auf, aber er zeigte nicht das geringste Interesse für sie. Sein Leben war anderswo, und dieses Leben blieb allen unbekannt. Im Alter von fünfundvierzig Jahren ereilte ihn die Krankheit, an der er sterben sollte. Anfangs merkte niemand, daß er leidend war. Er schritt wie immer unter den Bäumen auf und ab und betrachtete sinnend die Steine, die er mit der Spitze seines Schuhs fortstieß. Aber manchmal preßte er beide Hände gegen seine Brust, und sein wachsfahles Gesicht färbte sich dunkelrot. Dann führte er ein großes, weißseidenes Taschentuch an die

Lippen und hustete, wobei sein Gesicht ganz in dem Tuche verschwand. Es sah aus, als ob seine Schultern von einem unwiderstehlichen Lachen geschüttelt würden.

Der Tod ihres Mannes war für Mrs. Fletcher kein Grund zu ernstlicher Trauer. Sie war in Armut aufgewachsen und hatte geheiratet, gedrängt von ihrer Familie, die sie aus dem Hause haben oder, wie man zu sagen pflegt, ihre Zukunft sichern wollte. Damals war sie fünfundzwanzig Jahre alt, und obgleich sie nicht schön war, galt sie doch als sympathisch. Sie hatte eine kräftige, aber gute Figur, schöne Augen, schönes Haar und eine jugendfrische, blühende Haut. Kate Elliot gefiel Stephen Fletcher, und er heiratete sie. Später erkalteten seine Gefühle für sie, und er tat alles, um ihre Gesellschaft zu meiden.

Er hatte sie geheiratet, weil er sich in seiner Einsamkeit langweilte, aber er begann sich wieder nach dieser Einsamkeit zurückzusehnen, seitdem ihn die Ehe die Vorzüge des Alleinseins schätzen gelehrt hatte. Mit der Zeit betrachtete er seine Frau als Feindin, und bald sah auch sie in ihm einen Feind. Aber in dem stillen Kampf, der nun zwischen den beiden begann, blieb er Sieger, denn er verstand zu schweigen, und sie konnte es nicht. Sie war jung und eitel und hatte eine ausgesprochene Freude am Streit, aber Stephen Fletcher begegnete ihrer Heftigkeit mit zerstreuter oder gelangweilter Miene, ohne auf ihre Beschimpfungen zu antworten. Gegen einen Mann, der entschlossen ist zu schweigen, kann niemand ankämpfen: man kann ihn nur meiden oder sich seinem Willen beugen. Nach vielen nutzlosen Szenen dämmerte Mrs. Fletcher diese Wahrheit, und sie schluckte, so gut es ging, die Demütigung hinunter, von einem Mann vernachlässigt zu werden, den sie nicht einmal geliebt hatte; und so zog wieder Friede ein in Mont-Cinère.

Als Mrs. Fletcher sich darüber klar wurde, daß sie gar nicht so unglücklich war, wie sie zuerst gemeint hatte, genoß sie ihr behagliches und ruhiges Leben. Mit Ausnahme von zwei Zimmern, in denen ihr Mann arbeitete, und der Allee, in der er spazierenging, gehörten ihr ein großes Haus, ein ausgedehnter Garten, mehrere Wagen und zahlreiche Dienstboten. Sie konnte daheim bleiben oder anspannen lassen und ihre Freundinnen besuchen, zurückkommen oder ausbleiben, wie es ihr gefiel. Man konnte sich gar keine größere Freiheit vorstellen, aber gerade weil ihre Freiheit so groß war, dachte Mrs. Fletcher gar nicht daran, sie voll und ganz auszunützen. Sie fühlte, daß sie leben konnte, wie sie wollte, und schon das genügte ihr.

Wie alle Menschen, die nur ein paar Tage in Mont-Cinère zugebracht hatten, hielt sie es anfangs für unmöglich, längere Zeit dort zu leben. Bis zum nächsten Dorf war es eine gute Wegstunde, und diese Einsamkeit schien ihr zunächst unerträglich. Das Haus selbst war düster und hatte nicht einen einzigen gut beleuchteten Raum, der zum Sitzen und Ausruhen einlud. In der ersten Zeit ihrer Ehe traute sie sich nicht, mit Stephen Fletcher über diese Dinge zu sprechen, aber später überwand sie ihre Scheu und machte ihren Mann persönlich für alle Mißstände des Hauses verantwortlich. Sie ging sogar so weit, ihm zu versichern, daß sie in Mont-Cinère an Trübsinn zugrunde gehe, wenn sie nicht zuvor wahnsinnig geworden oder verblödet sei. Diese Worte waren, wie so viele andere, in die Luft gesprochen. Übrigens glaubte Mrs. Fletcher das, was sie sagte, nur zur Hälfte, denn sie hatte ihre Meinung über Mont-Cinère schon geändert. Es gibt ja keinen Ort in der Welt, an den sich der Mensch nicht gewöhnen könnte oder wo er nicht schließlich doch sein Behagen fände.

An dem Tage, als Mrs. Fletcher zu dieser Überzeugung gekommen war, veränderte sich in ihren Augen die Welt. Anfangs war sie unruhig und besorgt gewesen, jetzt fügte sie sich, und ihr Egoismus gewährte ihr eine Art Frieden: sie erfuhr das eigenartige Glück, vor allen Erregungen geschützt zu sein, vor leidvollen wie vor freudigen. Sie ging treppauf, treppab durchs Haus, von einem Zimmer ins andere und rieb sich die Hände bei dem Gedanken, daß all dies ihr gehörte. Vielleicht war das Haus ein wenig traurig, aber niemand konnte behaupten, daß es häßlich sei. Außerdem lag es sehr schön.

Schon als die Streitigkeiten mit ihrem Manne begannen, hatte Kate Fletcher gar keine Lust mehr, Mont-Cinère zu verlassen, und da Stephen Fletcher die Mahlzeiten bald nicht mehr mit ihr gemeinsam einnahm und seine Frau weder bei Tag noch bei Nacht aufsuchte, konnte sie glauben, daß der Feind das Feld geräumt habe, und richtete sich behaglich ein.

Und nun gab sie sich ihrer Leidenschaft hin, einer Leidenschaft, die sie bisher verheimlicht hatte und die fast anormal war. Kates Mutter war reich gewesen und dann plötzlich durch den Sezessionskrieg ruiniert worden. Kate hatte ihre Kindheit in armseligen Verhältnissen verbracht, und das Wort, das sie in dieser Zeit am häufigsten gehört hatte, war ›Sparsamkeit‹. Aus Sparsamkeit bekam sie kein Spielzeug und mußte ihre Kleider mehrere Jahre tragen, es wurde nur von Zeit zu Zeit ein Saum herausgelassen oder ein Flicken eingesetzt. Aus Sparsamkeit schickte man sie nicht in die Schule, und sie lernte lesen wie es eben ging, aus schmutzigen Büchern, die man verbilligt bekam. Und später zog sich die Mutter aus Sparsamkeit mit ihr aufs Land zurück. Hier mußte Kate den ganzen Tag nähen. Natürlich ging sie nie tanzen, ging niemals aus und trug Kleider aus Stoffen, die die Mutter im Ausverkauf erstanden hatte und selbst zuschnitt. Kurz, sie führte ein Leben wie im Kloster. Als Kate Stephen Fletcher kennenlernte, war sie ein robustes, freudloses Mädchen, das nichts von der Zukunft erhoffte, dem alles gleichgültig war, das weder von der Welt, noch von sich selbst etwas erwartete. Kates schwarze Augen spiegelten nur den Mißmut einer Seele, die nicht weiß, wohin ihr Weg führt, die sich in ihr Schicksal ergibt und sich dem Willen der anderen fügt. Es ist leicht einzusehen, warum sie Stephen Fletcher gefiel. Sie hatte die negativen Eigenschaften, die einen gesetzten, ordentlichen Mann anziehen, der seine Ruhe und seinen Frieden haben will. Sie machte einen schüchternen Eindruck, traute sich kaum zu sprechen und fiel nicht auf.

Ihre Heirat veränderte sie vollkommen. Von heute auf morgen wurde sie reich und selbständig. Hätte jemand sie beobachtet, so hätte er bald bemerkt, daß diese plötzliche Veränderung ihr zu Kopfe stieg und daß sie manchmal ganz planlos handelte. Sie war überraschend gesprächig und mitunter von einer Ausgelassenheit, die ihren Mann verblüffte. Dann errötete sie plötzlich und verstummte. Manchmal weinte sie vor Erregung. Es dauerte Wochen, bis sie sich nicht mehr über all das wunderte, was sie umgab.

Ganz selig, reich zu sein, haßte sie alles, was an das Wort Sparsamkeit erinnerte, und wollte ihr Vermögen genießen. Aber sie hatte kein Glück. Es ist gar nicht so leicht, den Verschwender zu spielen, wenn man nicht daran gewöhnt ist. Kate Fletcher mußte dies bald nach ihrer Hochzeit erkennen.

Sie begann sofort die verschiedensten Dinge zu kaufen und ließ ihrer Gier freien Lauf. Sie war ganz berauscht. Zwei Monate vergingen in einer Art Verzückung. Bis sie eines Tages merkte, daß sie nichts Unnützes gekauft hatte. Alle ihre Einkäufe waren preiswert und nützlich gewesen. Zuerst war sie sehr stolz darauf, aber bald legte sich dieser Stolz. Und schließlich faßte sie den Plan, nur noch Luxusgegenstände zu kaufen. Luxus! Dieses Wort hatte für sie etwas Bezauberndes und Sündhaftes zugleich, und sie beschloß, seinen Sinn zu ergründen. Sie besuchte vor allem die Geschäfte, in denen mit der Eitelkeit der Käufer gerechnet wird und mit ihrem Bedürfnis, schöne Dinge zu erwerben. Aber sie fühlte sich dort nicht wohl. Unwillkürlich machte sie ein schuldbewußtes Gesicht, senkte den Kopf und trat in dem Augenblick, da man sie nach ihren Wünschen fragen wollte, rasch von dem Ladentisch zurück und verließ schließlich mit brennenden Wangen und leeren Händen das Geschäft. Zwar bewunderte sie Schmuck und schöne Stoffe, aber ein Gefühl, stärker als ihr Wille, hielt sie davon ab, diese prächtigen Dinge lange zu betrachten, und manchmal schien es ihr, als ob eine Hand ihren Arm fasse und sie fortziehe.

Dagegen kramte sie in jedem anderen Geschäft mit einer

wahren Wollust unter den Gegenständen, die ihr preiswert erschienen; sie verweilte, stritt mit den Verkäufern bis zum Überdruß, wenn sie glaubte, den Preis etwas herunterhandeln zu können. Sie konnte sich nicht von ihren Kindheitseindrücken befreien, Eindrücken, die mächtiger waren als ihre jetzigen Lebensverhältnisse und die sie prägten, obwohl sie jetzt reich war. Sie wurde sich dessen bewußt und gab es bald auf, gegen ihre Leidenschaft anzukämpfen, denn wenn sie auch nicht klug war, besaß sie doch das richtige Gefühl für das, was ihrem Glück schädlich oder nützlich sein konnte. So beschloß sie, die Gewohnheiten wieder aufzunehmen, die sie nicht zu unterdrücken vermochte, und so zu leben, wie es ihr am besten schien.

Es kamen nur wenig Menschen nach Mont-Cinère. Stephen Fletcher fand weder Geschmack an der Unterhaltung, noch hatte er das Bedürfnis, sich jemandem anzuvertrauen. Seine Frau, der Schweigen und Einsamkeit gemäß waren, hielt es doch für schicklich, einige Besuche zu empfangen, und im ersten Monat ihrer Ehe lud sie ab und zu Freundinnen ein, den Tag mit ihr zu verbringen. Aber abgesehen davon, daß es ihr selbst wenig Vergnügen machte, denn sie war ungeschickt und wußte nichts zu reden, ärgerte sie sich auch über die erstaunten Gesichter ihrer Gäste, wenn sie den Salon betraten. Offenbar fanden sie die Möbel nicht besonders schön, und auch die Anordnung gefiel ihnen nicht; sie waren nicht modern. Oft bemerkte sie in den Augen ihrer Gäste ein Lächeln, das sie kränkte. In solchen Momenten wurde sie sich der großen Lücken ihrer Bildung bewußt, und sie haßte die Sparsamkeit, die ihre Mutter ihr eingeschärft hatte. Und sie träumte davon, so rasch wie möglich nach Washington zu fahren und dort zum Beispiel schöne Stoffe einzukaufen, mit denen sie die Stühle beziehen wollte. Doch dann fuhr sie fast mechanisch über den Plüsch ihres Sessels und sagte: »Eigentlich ist dieser Stoff doch noch recht gut.« Nach und nach brach sie alle Verbindungen ab.

Sie lebte, wie es ihr gefiel, und sah ihren Mann so selten,

daß sie glauben konnte, sie sei die alleinige Herrin auf Mont-Cinère. Jetzt, da sie sich nach einem kurzen Irrweg wiedergefunden hatte, dachte sie nur noch daran, zu sparen; das war das stärkste Bedürfnis ihres Lebens. Am liebsten hätte sie einen Teil des Hauses verschlossen und die Dienstboten entlassen. Ihr Instinkt trieb sie, wieder die gleichen Lebensbedingungen zu schaffen, in denen sie bis zu ihrer Heirat gelebt hatte, aber sie hatte nicht den Mut, so einschneidende Veränderungen vorzunehmen. Übrigens wußte sie auch, daß ihr Mann, so geduldig und zerstreut er auch sein mochte, niemals eingewilligt hätte. So mußte sie ihre Leidenschaft befriedigen, so gut es eben ging.

Ihre erste Sorge war, die Ausgaben für ihre Kleider zu verringern. Dabei erinnerte sie sich der nützlichen Ratschläge, die sie von ihrer Mutter erhalten hatte. Sie zeichnete selbst die Schnittmuster und nähte ihre Kleider von Hand. Die Stoffe blieben immer die gleichen, schwarz oder dunkel, ein wenig grob, aber dauerhaft. Sie verstand es ausgezeichnet, die richtigen auszuwählen. Dabei nahm sie die Muster zwischen Daumen und Zeigefinger, sah sie voll Mißtrauen an, beschnupperte sie und kam immer erst nach langen Verhandlungen mit den Verkäufern zum Entschluß. Wenn es sich um einen Preisnachlaß handelte, blieb sie dank ihrer Beharrlichkeit und einer gewissen Schlauheit, die bei ihr die Intelligenz ersetzte, meistens die Siegerin. Ihre vollendete Geschicklichkeit zeigte sich beim ersten Schnitt ins Tuch, der so wichtig ist, weil er ja die Form des Kleidungsstückes bestimmt. Sie breitete den Stoff auf dem großen Tisch aus, betrachtete ihn lange nachdenklich und machte sich vorsichtig an die Arbeit. Hatte sie aber einmal mit dem Zuschneiden begonnen, so ging es immer schneller und schneller, und sie schnitt beherzt große Stücke zu. So hatte sie sich drei Kleider genäht: eines, das sie im Sommer trug, ein anderes für den Winter und ein drittes, das sie für besondere Gelegenheiten aufbewahrte. Wenn sie ausging, trug sie um die Schultern stets ein Baumwolltuch, das zu

Hause als Tischdecke diente. Sie übertraf in ihrer Sparsamkeit ihre Mutter bei weitem.

Die Leidenschaft, von der sie beherrscht wurde, geriet manchmal in Zwiespalt mit anderen Empfindungen, die eigentlich nicht zu ihr paßten und schließlich zurückgedrängt wurden. Denn diese Frau kämpfte gegen sich selbst, und mit einer wahren Askese zwang sie sich zur Entsagung. Ohne genußsüchtig zu sein, neigte sie doch zur Naschhaftigkeit. Es war ihr unangenehm, Tee ohne Zucker zu trinken, dennoch tat sie es. Zwei oder drei Monate nach ihrer Heirat, als die beiden Ehegatten nicht mehr miteinander lebten, überwand sie ihre natürliche Angst vor der Dunkelheit und gewöhnte sich daran, sich auszukleiden, ohne die Lampe anzuzünden. Alle, die um die Angst und die Schrecken der Finsternis wissen und um den Trost, den der kleinste Lichtschein gibt, werden verstehen, daß eine an sich so einfache Sache doch besondere Willenskraft und großen Mut verrät. So gewinnt manche Leidenschaft eine solche Macht über das Menschenherz, daß sie alles aufrührt, Gutes und Böses.

3

Zu Beginn des Jahres 1872 wurde Emily geboren. Damals bestand schon eine große Entfremdung zwischen Stephen und seiner Frau, und dieses Kind, das ihnen wie das Symbol einer entschwundenen Zeit erschien, hatte in ihren Augen etwas Lächerliches und Peinliches. Stephen Fletcher, der seine Bibliothek nur verließ, wenn er seine einsamen Spaziergänge um das Haus machte, kümmerte sich überhaupt nicht um seine Tochter, und es verstand sich von selbst, daß niemand mit ihm darüber sprach. Mrs. Fletcher, die kaum mehr Zuneigung für ihr Kind als für ihren Gatten empfand, versorgte Emily selbst, sobald sie wieder kräftig genug war, schon um keine Amme bezahlen zu müssen, aber sie tat alles freudlos, ja verbittert darüber, für ein Wesen sorgen zu müssen, dessen Geburt sie keinen Augenblick gewünscht hatte.

Emily brauchte sehr viel Pflege. Sie war so schwach und so klein, daß die Dienerschaft, der man das Kind in der Wiege zeigte, kein Wort hervorbrachte; aber desto deutlicher stand auf ihren Gesichtern zu lesen, was die Leute sich nicht zu sagen trauten: Mitleid und Angst, daß ihre junge Herrin noch vor Ende des Monats sterben würde. Das Kind blieb am Leben, doch war es sehr lange schwächlich. Es weinte nie und setzte alle in Verwunderung durch die sorgenvollen Blicke, mit denen es umherschaute. Dann fanden alle, daß sie wie eine Erwachsene aussehe und sagten: »Sieht sie nicht aus, als würde sie gleich zu sprechen anfangen?«

Ihre Kindheit verging sehr einsam. Da kein Mensch zärtlich zu ihr war, wurde sie schweigsam und verschlossen. Oft kauerte sie im Winkel eines Zimmers und spielte mit allen Dingen, die in ihrer Reichweite lagen, mit Tisch- und Stuhlfüßen, den Fransen eines Vorhanges, oder sie fuhr mit den Fingerspitzen geduldig über die Fugen des Parkettbodens und versuchte, Stecknadeln, Nähnadeln und ähnliches, das manchmal da hineingerät, herauszuholen.

Sie schlief wenig, ihr Schlaf war leicht. Oft fand man sie am Morgen in ihrem Bette sitzend, die Hände im Schoß gefaltet, mit dem aufmerksamen Ausdruck eines Menschen, der ein Schauspiel betrachtet. »Wohin blickst du denn?« fragte die Mutter. Da hob das Kind den Kopf, ohne zu antworten, und schob dabei die Haarlocke zurück, die ihm in die Stirne fiel. In solchen Augenblicken lag ein geheimnisvoller Ausdruck auf seinem Gesicht, der Mrs. Fletchers Ungeduld erregte. »Hast du gut geschlafen? Geht es dir gut?« fragte sie, während die Kleine sich auf den Bettrand setzte und ihre Pantoffeln anzog. Aber in diesen Worten lag keine Liebe, und Mrs. Fletchers Blick war hart. Immer antwortete Emily »Ja«, ohne etwas hinzuzufügen.

Manchmal traf Emily in einem Korridor oder auf dem Rasenplatz ihren Vater. Stephen Fletcher liebte sie nicht. Er heftete seine schwarzen Augen auf das Kind, betrachtete es wortlos, bewegte die Lippen, als ob er etwas sagen wolle; dann kehrte er ihm jäh den Rücken und brummte etwas Unverständliches. Zwischen den beiden bestand eine gewisse Ähnlichkeit, die durch die Jahre noch verstärkt wurde. Emily hielt den Rücken ein wenig gebeugt wie ihr Vater, den Kopf aber vorgeneigt und seltsam unbewegt wie jemand, der lauscht. Und wie er hatte sie schwarze, sehr lebendige Augen, vorstehende Backenknochen und einen so unruhigen Gesichtsausdruck, daß er fast kummervoll und traurig wirkte.

Gegen Ende seines Lebens richtete Stephen Fletcher es so ein, daß er Emily nie mehr sah. Man hätte meinen können, er meide sie aus einem heimlichen Grunde und habe Angst, mit ihr zusammenzutreffen. Sah er sie von weitem auf seinen Spaziergängen, so wandte er sich ab, und wenn irgend möglich, kehrte er um und verschwand unter den Bäumen. Wenn er einmal unversehens mit ihr vor der Tür seines Zimmers zusammentraf, nickte er ihr zugleich ängstlich und gereizt zu und trat rasch in sein Zimmer zurück.

1879 starb er. Emily war gerade sieben Jahre, aber niemand hätte sie für so jung gehalten. Ihr ernstes Wesen paßte nicht zu so einem kleinen Mädchen, und ihr Gesicht hatte etwas Düsteres und Sorgenvolles, das ihr einen ältlichen Ausdruck verlieh. Ihre Mutter hatte nur wenig mit ihr über die Krankheit des Vaters gesprochen: »Heute hat der Vater eine schlimme Nacht gehabt. Es geht ihm schlechter als gestern.« Eines Morgens trat Mrs. Fletcher in Emilys Zimmer, und mit ganz ungewohnter theatralischer Bewegung schlang sie ihre Arme um den Kopf des Kindes und preßte es an ihre Brust. Dann nahm sie Emily an der Hand und führte sie bis zur Tür des Zimmers, in dem Stephen Fletcher am selben Morgen gestorben war.

Sie traten ein. Emily war noch nie in diesem Zimmer gewesen. An den Fenstern hingen braune Vorhänge. Auf dem Tisch lagen verschiedenfarbige Steine und eine Lupe, und neben dem Tisch stand etwas seitwärts ein Sessel, als hätte ihn jemand beim Aufstehen zurückgestoßen. Ein großes Himmelbett, ebenfalls mit braunen Vorhängen, stand in einer Ecke des Zimmers. Emily blickte in diese Richtung; sie schauderte, atmete stoßweise und führte die Hand zum Mund. Ihr Vater lag im Bett, aber ganz verkrümmt und mit dem Gesicht zur Wand. Die Decke war zurückgeschlagen und hing aus dem Bett, das Laken hatte sich zwischen den Beinen verfangen und um den Körper gewickelt. Seine Reglosigkeit, die doch nicht Ruhe war, hatte etwas Fürchterliches.

Emily betrachtete dieses unerwartete Bild und vermochte ihren Blick nicht abzuwenden. Sie öffnete den Mund und machte eine Bewegung, als wolle sie die Finger hineinpressen, um ein Stöhnen zu unterdrücken. Schweißperlen standen ihr auf der Stirn, und sie wandte sich jäh ab, als sei sie von einem Schwindel gepackt. Sie verbarg das Gesicht im Kleid ihrer Mutter. Da umarmte Mrs. Fletcher Emily und küßte sie. »Siehst du, mein Kind, das ist der Tod«, sagte sie mit fester Stimme, als sie über die Treppe gingen. »Vergiß deinen Vater nicht und ehre sein Andenken.«

Sicher dachte diese Frau, damit das Richtige getan zu haben. Der Tod ihres Gatten berührte sie wenig, sie war nur bestürzt. Und sie empfand die Unsicherheit einfacher Menschen, die fürchten, sich bei gewissen feierlichen Anlässen nicht richtig zu benehmen; sie wissen, daß sie tiefe Ergriffenheit zeigen sollten, fühlen sich dazu jedoch nicht fähig. So fragte sie sich jetzt, was sie beim Tod ihres Mannes zu tun habe, welche Haltung angemessen sei. Und mit diesem Mangel an Natürlichkeit, der bei beschränkten Personen gewissermaßen zur zweiten Natur wird, beschloß sie den Dingen jetzt eine dramatische Wendung zu geben.

Die Erschütterung war für ein nervöses Kind wie Emily sehr stark gewesen. Als sie das Sterbezimmer verließ, schauderte sie und klammerte sich an den Arm ihrer Mutter. Niemals zuvor hatte Emily dem Tod gegenübergestanden. Das Wort ›Tod‹ war in ihrem Denken nur ein undeutlicher Begriff, und der Eindruck, den sie soeben empfangen hatte, wirkte in seiner Unfaßbarkeit furchtbar auf sie.

Sie dachte tagelang daran. Vor ihrem Geist stand dieses unheimliche Bild, und es gelang Emily nicht, sich davon freizumachen. Sie erinnerte sich mehrerer Einzelheiten, die ihr im Zimmer ihres Vaters zuerst aufgefallen waren und die sie dann vergessen hatte: an den Zugwind, der lautlos den auf den Boden hängenden Deckenzipfel bewegt hatte, an das große Loch im Hemd des Toten, das vom Hals bis zur Schulter reichte, an die grauenhaft weiß schimmernde Haut. Sie stellte sich vor, daß der Vater das Hemd zerrissen hatte, vielleicht als er sich unter großer Anstrengung, mit angelegten Armen heftig zur Wand gedreht hatte. Manchmal, wenn sie von diesen Vorstellungen nicht loskam, fragte sie sich: Wie mag wohl der Ausdruck dieses Gesichtes gewesen sein, das ich nicht gesehen habe? Und da sie es nicht wußte, rief sie ihre Einbildungskraft zu Hilfe. Dann fiel sie auf die Knie und verbarg ihr Gesicht in den Händen, um diese unheimliche Vision, die sie verfolgte, zu verscheuchen.

Allmählich wurde sie ruhiger, aber der tiefe Eindruck schwächte sich nicht ab. Sie mied das Beisammensein mit der Mutter, vor der sie jetzt eine sonderbare Furcht empfand, denn sie konnte nicht mehr an sie denken, ohne daß ihr zugleich der Vater einfiel. Ihr Leben wurde immer einsamer, weil sich niemand um sie kümmerte, aber das war ihr angenehm. Am liebsten schloß sie sich in ihr Zimmer ein, setzte sich ans Fenster und betrachtete stundenlang die Felsen und Hügel, die vor ihr lagen. Sie hatte eine angeborene Neigung zur Träumerei. Oft sprach sie mit leiser, eintöniger Stimme zu sich selbst und blickte dabei ängstlich umher. Manchmal schrak sie zusammen, sprang jäh auf und lief aus dem Zimmer.

4

Emily war acht Jahre, als sich etwas ereignete, das ihr Leben veränderte. Im Jahre 1880 starb Mrs. Fletchers Bruder in Savannah an einem Fieber, und Mrs. Elliot, die nun niemand mehr als ihre Tochter Kate hatte, sollte zu ihr ziehen. Es ist unnötig, auf all die Verhandlungen einzugehen, mit denen dieser Plan verfolgt wurde. Da Mutter und Tochter keine wirkliche Zuneigung verband, mußten zahlreiche Briefe gewechselt werden, bevor sie sich über die Hauptpunkte einigten, besonders über die Höhe der Summe, die Mrs. Elliot als Pensionspreis zahlen sollte.

Stephen Fletchers Tod gab seiner Frau vollkommene Freiheit zu tun, was ihr beliebte, und vor allem bedeutende Einsparungen zu machen. Und gerade als sich ihre Träume verwirklichen sollten, mutete man ihr zu, für jemanden sorgen zu müssen, der sicherlich weniger bescheiden war als ihr verstorbener Mann. Ihre Mutter würde sich wohl fortwährend um die Führung des Hauses kümmern und gute Ratschläge erteilen. »Ich bin ruiniert«, rief sie, als sie den Brief empfing, mit dem ihre Mutter sie um Gastfreundschaft bat. Sie antwortete unverzüglich, ihr Mann habe nichts als Schulden hinterlassen, die Mutter möge es sich ja nicht in den Kopf setzen, nach Mont-Cinère zu kommen. Übrigens trage sie sich mit der Absicht, ihr Gut im nächsten Jahr zu verkaufen. Mrs. Elliot aber ließ sich von ihrem Vorhaben nicht abbringen und beantwortete die Lüge ihrer Tochter gleichfalls mit einer Lüge: sie sei in der Lage, ihrer Tochter am Tage ihrer Ankunft in Mont-Cinère eine beträchtliche Summe auszuzahlen. »So lange ich lebe«, fügte sie hinzu, »wirst du Mont-Cinère nicht verkaufen müssen.«

Die alte Frau kam ein paar Tage vor Weihnachten an. Sie war etwas über fünfzig Jahre, ebenso dick und schwerfällig wie ihre Tochter, hatte jedoch im Gegensatz zu Mrs. Fletcher eine hochmütige Haltung und einen majestätischen Ausdruck.

Ihre schwarzen Augen erinnerten an Emilys Augen, nur war ihr Blick ruhig und ein wenig spöttisch, nicht so fahrig wie der ihrer Enkelin. Ihre lange Nase, der schmale, stets lächelnde Mund gaben ihr einen süffisanten Ausdruck, und man konnte sie nicht ansehen, ohne zu fürchten, daß sie einem etwas Unangenehmes oder Spöttisches sagen könnte. Ihr Doppelkinn zwang sie, sich noch aufrechter zu halten, was den arroganten Eindruck verstärkte, den sie auf jedermann machte. Ihr schwarzes, faltenreiches Kleid und das enge Mieder zierten als einziger Schmuck ein weißer Leinenkragen und weiße Manschetten. Als sie in Mont-Cinère eintraf, trug sie eine breite Haube aus schwarzem Tüll mit einer pflaumenblauen Schleife unter dem Kinn. Ihr gewelltes Haar fiel in zwei schweren, glänzenden Strähnen über die Schläfen.

Ihre Stimme war sanft, aber doch ein wenig herrschsüchtig, und sie verstand es noch immer, ihrer Tochter Furcht einzujagen. Als sie aus dem Wagen stieg, blickte sie neugierig umher und stieg langsam, mit dröhnenden Schritten die Stufen hinauf. Mrs. Fletcher stürzte ihr mit freudiger Miene entgegen und schloß sie stürmisch in die Arme. Dann begaben sich beide ins Haus, gefolgt von einem Neger, der einen kleinen, schwarzen Handkoffer trug, dessen Deckel mit dickem Plüsch ausgepolstert war.

»Das ist dein ganzes Gepäck, Mama?« fragte Mrs. Fletcher und sah dabei besorgt den Koffer an.

Mrs. Elliot lachte und erwiderte vergnügt: »Selbstverständlich, Kate. Hast du vielleicht geglaubt, ich sei reich? In den ganzen Südstaaten gibt es keine ärmere Haut als mich, und das will schon etwas heißen.«

»Ja, wieso denn?« rief Mrs. Fletcher ganz erschreckt, »du hast mir doch geschrieben...«

»Mach dir darüber keine Sorgen«, erwiderte ihre Mutter in strengerem Ton. »Es gibt einen Spruch... du liest doch die Bibel, da kannst du meinem Gedächtnis zu Hilfe kommen. ›Vertraue auf Gott, den Herrn.‹ Jetzt hab' ich es.«

Sie lachte wieder. »Mach diese Worte zu deinem Wahlspruch. Das wird dir Glück bringen. Wo ist denn eigentlich deine Tochter?«

Emily mußte aus ihrem Zimmer geholt werden. Sie trat schüchtern in den Salon und blieb in einiger Entfernung von Mrs. Elliot stehen. Ihre Augen waren weit aufgerissen, und sie hielt die Hände auf dem Rücken verschränkt. Erst als die Mutter Emily vorwärts stieß, tat das Kind zwei, drei Schritte zu dem Sessel hin, in dem der Gast saß.

»Näher«, befahl Mrs. Elliot mit scharfer Stimme.

Das kleine Mädchen gehorchte.

»Und jetzt mach eine Verbeugung!« sagte die Großmutter und stützte ihre rundliche Hand auf die knochige Schulter des Kindes. Emily errötete, sie verstand zwar nicht, was von ihr verlangt wurde, neigte aber jedenfalls den Kopf.

»Du kleiner Dummrian«, sagte Mrs. Elliot und zog sie an sich, um sie zu küssen. »Ich sehe schon, daß mit dir nichts anzufangen ist.« Sie gab ihr einen Kuß auf den Mund und schob sie lachend fort. »Kate, du erziehst deine Tochter nicht gut, von nun an werde ich mich wohl um sie kümmern müssen.«

Emily setzte sich auf einen Stuhl und sah ihre Großmutter erschreckt und verwundert an. Und doch hatte sie sich vom ersten Augenblick zu dieser dicken Frau hingezogen gefühlt, die sicherlich ganz anders war als ihre Mutter. Zwar fürchtete Emily sich vor Mrs. Elliot, aber gerade ihre Grobheit flößte ihr ein seltsames Vertrauen ein, während die kühle Freundlichkeit ihrer Mutter sie nur abstieß. Emily hörte dem Gespräch der beiden aufmerksam zu.

Es wurde beschlossen, daß Mrs. Elliot das Zimmer bewohnen sollte, das bisher Stephen Fletcher innegehabt hatte. Mrs. Fletcher meinte, es sei das schönste in Mont-Cinère und auch am besten eingerichtet. Es lag zwar ein wenig abseits, aber dafür war es umso ruhiger.

»Was machst du denn da?« fragte plötzlich Mrs. Elliot und wandte sich ihrer Enkelin zu.

»Steh auf, ich will dich ansehen.«

Emily erhob sich und trat näher.

»Wem siehst du eigentlich ähnlich? Jedenfalls niemandem aus meiner Familie. Dreh dich um. Wie schlecht sie sich hält! Kate, siehst du es? Deine Tochter ist ja bucklig. So, halte dich gerade, dummes Kind! Bist du denn gar nicht eitel? Und wie mager du bist! Ganz wie dein Vater. Jetzt bin ich neugierig, ob sie auch seinen Charakter hat.«

Sie neigte sich zu ihrer Tochter und flüsterte:

»Hoffentlich nicht. Wenn die Kleine auch so närrisch und schwächlich ist...« Sie sprach nicht weiter und machte nur eine Handbewegung, die auszudrücken schien: dann wäre es wirklich das beste, ihr einen Stein an den Hals zu binden und sie ins Wasser zu werfen.

Mrs. Fletcher biß sich auf die Lippen, Emily errötete heftig.

»Na, so was«, rief Mrs. Elliot ganz verblüfft, »darf man denn hier nicht die Wahrheit sagen? Laßt uns jetzt das Zimmer ansehen. Emily, komm her, ich will mich auf dich stützen, ich bin müde.«

Sie begaben sich ins obere Stockwerk. Mrs. Fletcher ging voran und suchte einen Schlüssel in der Tasche ihrer schwarzen Tuchschürze. Sie schwieg seit ein paar Minuten und schien mißmutig und in Gedanken versunken.

Das Zimmer war peinlich sauber, und Emily sah mit einem Blick, daß sich seit dem letzten Male, als sie darin gewesen war, nichts verändert hatte, nämlich seit dem Tage, an dem ihr Vater tot im Bett gelegen hatte. Diese Erinnerung drängte sich ihr so plötzlich auf, daß sie unwillkürlich eine erschreckte Bewegung machte. Das Buch lag noch immer auf dem runden Tisch, aber jetzt war es geschlossen, und das Kreuz auf dem schwarzen Lederumschlag verriet, daß es eine Bibel war. Die verschiedenfarbigen Steine lagen geordnet in einer kleinen Vitrine, die zwischen den beiden Fenstern hing. Durch die halbgeöffneten Bettvorhänge sah man eine blaue Decke mit gelben Blumen. Das Kind hatte das unklare Gefühl, verbotene Dinge zu sehen, und hielt sich ein wenig im Hintergrund.

Mrs. Elliot musterte das Zimmer sehr genau; fast schien es, als wolle sie jetzt nach dem Preis fragen, wie bei einem Hotelzimmer. Sie schob die Vorhänge beiseite, betrachtete ziemlich lange die Aussicht und zog die Brauen zusammen. Ihr Fuß befühlte den Teppich, als ob sie prüfen wolle, wie dick er sei; sie setzte sich nacheinander in die drei roten Plüschsessel und klopfte prüfend mit der Faust das Bett ab. Endlich erklärte sie, sie sei zufrieden.

Mrs. Fletcher hatte während dieser Besichtigung kein Wort gesagt. Sie stand mit gefalteten Händen mitten im Zimmer und verfolgte mit ihren Blicken jede Bewegung der Mutter. Ab und zu sah Mrs. Elliot ihre Tochter belustigt an, als ob ihr deren schlechte Laune Spaß mache. Sie wandte sich an Emily, der keine ihrer Bewegungen entging, und machte kurze, boshafte Bemerkungen, die Mrs. Fletcher an ihrer empfindlichsten Stelle trafen. Trotz seiner Schüchternheit mußte das Kind über ihre Worte lachen.

»Sieh nur«, sagte die Großmutter und fuhr dabei liebkosend mit der Hand über den verblaßten Plüsch eines Stuhles, »wie kostbar dieser Samt ist und von welch schöner Farbe!« Sie rollte die Augen und warf einen verstohlenen, heuchlerischen Blick auf Mrs. Fletcher, die aber nicht mit der Wimper zuckte. Oder sie drehte einen Armsessel hin und her, an dessen Fuß eine Rolle fehlte. »Und ist dieser gut gepolsterte Sessel nicht der Sessel von Präsident Haye?« Dabei machte sie eine drollige Kopfbewegung.

Trotz ihres Spottes konnte man sehen, daß ihr das Zimmer gefiel, und sie richtete sich unverzüglich darin ein. Aber sie äußerte verschiedene Wünsche. Der Teppich sei schon zu alt, an mehreren Stellen ganz abgewetzt und ausgefranst. Auch sei es notwendig, die Sitze der Polstersessel frisch zu überziehen. Sie sagte das in einem ernsten, tadelnden Ton, der ihre Tochter zur Verzweiflung brachte. Mrs. Fletcher konnte nicht länger an sich halten:

»Mama, bedenke doch, was das alles kostet! Ist denn bei dir alles so . . .«

»Bei mir«, unterbrach sie Mrs. Elliot, »ist alles einfach, aber nicht armselig. Doch das hier ist armselig, meine Liebe, und dies und dies und dies.«

Und sie wies auf die Löcher und schadhaften Stellen; dann setzte sie in befehlendem Ton hinzu:

»Das muß alles hergerichtet werden.«

Mrs. Fletcher schwieg. Im Verlauf der nächsten Wochen wurde das Zimmer tatsächlich neu hergerichtet, ganz nach Mrs. Elliots Wunsch.

Im Gegensatz zu Mrs. Fletcher, die die Sparsamkeit zum Vergnügen betrieb, so wie man sich einer Leidenschaft hingibt, hatte ihre Mutter immer nur notgedrungen und ganz gegen ihren Willen gespart. Sie trauerte ihrem einstigen Reichtum nach und konnte die Zeit nicht vergessen, wo es ihr gut gegangen war, und da, wo ihr das Sparen sinnlos schien, wie bei ihrer Tochter, kam es ihr nur lächerlich vor. So machte sie sich nicht die geringsten Gewissensbisse, Mrs. Fletcher zu Anschaffungen zu überreden, die ihr berechtigt erschienen.

Angesichts dieser Herrschsucht fühlte sich Kate Fletcher wieder als kleines Mädchen und machte sich die bittersten Vorwürfe, daß sie ihrer Mutter erlaubt hatte, nach Mont-Cinère zu kommen. Kannte sie sie denn nicht? Genügten denn die paar Jahre, die sie die Mutter nicht gesehen hatte, um ihr heuchlerisches und herrschsüchtiges Wesen zu vergessen? Ihre Habgier und ihre Ungeduld, wenn man sich ihr nicht in allem fügte? Wie hatte sie nur einen einzigen Augenblick glauben können, daß die Mutter eine Pension zahlen werde? Oh, wie töricht war sie gewesen! Sie weinte bittere Tränen, wenn sie allein war.

Sie machte sich Vorwürfe und mußte im Bewußtsein ihrer eigenen Dummheit zusehen, wie die Mutter durch das ganze Haus wanderte und jedes einzelne Möbelstück prüfte. Kate sagte nichts, sie schluckte ihren Zorn, so gut es ging, herunter und schickte sich ins Unvermeidliche. Allmählich führte Mrs. Elliot in Mont-Cinère ihre Gewohnheiten ein. Niemand durfte zwischen zwei und vier den Salon betreten, weil sie dort ihre Siesta hielt; sie hatte den besten Lehnstuhl für sich beschlagnahmt und ans Fenster stellen lassen. Auch der Tisch im Speisezimmer mußte an eine andere Stelle gerückt werden, damit sie das Licht während der Mahlzeiten nicht störte und sie außerdem den Platz einnehmen konnte, der ihr der beste schien. All dies waren nur Kleinigkeiten, aber Mrs. Elliot stellte noch viel größere Ansprüche. So wollte sie zum Beispiel die Holzverkleidung frisch streichen, die Zimmer neu tapezieren, die Möbel ausbessern lassen, als ob das Haus ihr gehöre. Jedesmal, wenn Kate sah, daß ihre Mutter einen Sessel untersuchte oder einen Vorhang befühlte, begann sie zu zittern und dachte traurig und voll Zorn: »Ich bin ruiniert.«

Mrs. Fletcher hielt sich, so gut es ging, für diese Anschaffungen schadlos. Glücklicherweise legte die alte Frau keinen Wert aufs Essen und aß aus Angst, dick zu werden, fast gar nichts. Dadurch konnte Kate Fletcher die Ausgaben für die Mahlzeiten sehr einschränken. Statt zweierlei Gemüse gab es nur Reis, auch die Nachspeise verschwand, die Portionen wurden kleiner und die Mahlzeiten immer kürzer. Auf jede neue Ausgabe Mrs. Elliots folgte eine neue Sparmaßnahme Mrs. Fletchers, die vor keiner Entbehrung zurückschreckte. Emily litt am meisten unter dieser Art von Duell. Die Mutter gab ihr keine Bettbezüge mehr, und Emily mußte ihre Wäsche doppelt so lange tragen wie früher. In ihren zerrissenen Schuhen spürte sie jeden Stein, sie boten keinen Schutz gegen Nässe, und da ihr die Mutter verbot, sie zum Schuster zu geben, blieb sie zu Hause und schöpfte nur frische Luft vor dem Haus. Selbstverständlich erlegte sich Mrs. Fletcher dieselben Entbehrungen auf, aber im Gegensatz zu ihrer Tochter, die darüber klagte, war sie von der Richtigkeit dieser Maßnahmen überzeugt und ertrug sie wortlos.

5

Endlich schien eine unsichtbare Macht Mrs. Fletcher zu Hilfe kommen zu wollen. An einem Nachmittag im Februar wurde ihre Mutter von einer Schwäche befallen, als sie gerade die Lehnsessel begutachtete, die der Tapezierer zurückgebracht hatte. Sie stützte sich auf einen Tisch und griff sich mit der Hand an die Stirne. Ihr Gesicht wurde feuerrot, und sie zog schmerzlich die Brauen zusammen. Emily, die allein mit ihr im Zimmer war, blickte sie erschrocken an.

»Was hast du, Großmutter?« rief sie, als sie sah, wie die alte Frau wankte und ihr der Kopf auf die Schulter fiel.

»Nichts. Ruf die Mutter«, stammelte Mrs. Elliot. Sie riß die Haube herunter; ihr Haar löste sich. Sie versuchte einen Stuhl zu erreichen, doch die Beine versagten ihr, und sie schwankte. Ihr Blick schien leer und unfähig, etwas zu erfassen. Sie hob die Arme, versuchte sich an einen der Türvorhänge zu klammern und brach plötzlich vor den Füßen ihrer Enkelin zusammen, die schreiend aus dem Zimmer lief.

Mrs. Elliot erholte sich ziemlich rasch von diesem Anfall, und nach einigen Tagen fühlte sie sich wieder wohl. Nur war sie oft müde, anscheinend ohne Grund, und schlief in ihrem Lehnstuhl ein. Sie wollte ein oder zwei Wochen in ihrem Zimmer bleiben, um sich vollständig zu erholen. Immer wieder sprach sie von dem Anfall und schilderte die Gefühle, die sie in diesem Augenblick gehabt hatte. Sie meinte, es komme wohl von ihrer langen, anstrengenden Reise. Sie habe sich so aufgeregt, ihre Tochter nach sechsjähriger Trennung wiederzusehen. Dies erzählte sie allen, die sie besuchten, Mrs. Fletcher, Emily und den Dienstboten, die ihr das Essen brachten.

Etwas an ihr war verändert, aber es wäre schwer zu sagen gewesen, was es war. Körperlich war sie dieselbe, vielleicht blickten ihre Augen weniger hart, vielleicht hatte ihr Ausdruck etwas von seiner Schärfe verloren. Aber es fiel noch etwas anderes an ihr auf: sie war jetzt redseliger und weniger schroff. Mrs. Fletcher faßte ihre Gedanken eines Tages in

Worte. »Emily«, sagte sie in einem ihr ungewohnten Mitteilungsbedürfnis, »man könnte fast meinen, Gott habe das Herz deiner Großmutter gerührt.« Sie wollte damit wohl ausdrücken, daß Mrs. Elliot mehr Güte besaß, als es den Anschein hatte, daß es aber, wie so oft, eines heftigen Schmerzes bedurft hatte, um diese Güte zum Vorschein zu bringen. Vielleicht aber verbarg Mrs. Fletcher unter diesen frommen Worten auch einen gewissen freudigen Triumph, der sie zum Sprechen drängte.

Es vergingen zwei Wochen, ohne daß Mrs. Elliot vom Aufstehen sprach. Offenbar hatte sie sich an ihre neue Lebensweise gewöhnt und Gefallen daran gefunden. Emily besuchte Mrs. Elliot jetzt jeden Tag ein paarmal, und zwischen Großmutter und Enkelin entwickelte sich eine wirkliche Vertrautheit. Das kleine Mädchen hatte seine frühere Furcht vergessen, und die quälenden Erinnerungen, die das Zimmer ihres Vaters zuerst in ihr erweckt hatte, verblaßten allmählich unter den neuen Eindrücken, die sie jetzt empfing.

Die Großmutter führte oft stundenlange Gespräche mit ihr. Emily, die gewöhnlich schweigsam und sehr schüchtern war, sprach ganz ungezwungen und vertraulich über das, was sie bewegte. Was ihr am meisten bei diesen Gesprächen gefiel, war, daß Mrs. Elliot mit ihr wie mit einer Erwachsenen sprach und sie niemals fühlen ließ, daß sie ein kleines, unwissendes Mädchen war, das nicht einmal lesen konnte. Das gab ihr Mut, und erregt genoß sie das bis jetzt unbekannte Glück, die Gedanken aussprechen zu dürfen, die sie in ihrer Einsamkeit beschäftigt hatten.

Mrs. Elliot hielt die Hände auf der Decke gefaltet und hörte aufmerksam und mit gütigem Ausdruck zu. Sie stützte sich bequem in drei oder vier Kissen, die sich hinter ihrem Rücken auftürmten, nickte und lächelte hin und wieder. Manchmal unterbrach sie sich beim Sprechen mitten im Satz, um nach Worten zu suchen; oft wurde ihre Zunge schwer, und sie vermochte nicht zu sagen, was sie wollte. Dann sah Emily, wie die Großmutter feuerrot wurde; ein sonderbarer Glanz flackerte in ihren Augen. »Was hat sie nur?« dachte das kleine Mädchen und wandte sich ab, weil ihr diese plötzliche Veränderung, die sie sich nicht erklären konnte, peinlich war.

Mrs. Elliot war nicht mehr dieselbe Frau. Der Dünkel, den sie in den ersten Tagen ihres Aufenthaltes in Mont-Cinère gezeigt hatte, und auch der spöttische Ausdruck, der jedem Wort einen eigentümlichen Sinn zu verleihen schien, waren verschwunden. Und doch sah man in ihren Augen ein kurzes, zorniges Leuchten, wenn ihr plötzlich die Stimme versagte und sie nicht weitersprechen konnte. Aber diese Augenblicke, die sie plötzlich verwandelten und ihr wieder das hochmütige Aussehen gaben, das Emily an ihr gekannt hatte, waren selten. Nach kurzer Zeit wurde ihr Blick wieder teilnahmslos und unstet.

In den langen, einsamen Stunden hatte sie Geschmack am Lesen gefunden, und sie ließ sich alle Romane bringen, die in Mont-Cinère aufzutreiben waren. Es gab davon eine ganze Menge in Stephen Fletchers Bibliothek, der sich auf sein Interesse für Literatur immer etwas eingebildet hatte. Emily brachte die Bücher in das Zimmer der Großmutter. Vorher bat sie Mrs. Fletcher, ihr die Titel einiger dieser Werke zu nennen, die sie dann leise auf der Treppe vor sich hinsagte. Nachdem sie die ganze Liste bei der Großmutter wiederholt hatte, traf diese ihre Auswahl.

Anscheinend tat dieses faule Leben Mrs. Elliot sehr gut. Ihre Wangen bekamen wieder Farbe. Morgens, während man ihr Bett machte, ging sie in einem Kabinett, das an das Schlafzimmer stieß, ein wenig auf und ab; sie nannte das ihre körperliche Übung, und sie schien ihr vollauf zu genügen. Manchmal sah sie zum Fenster hinaus und beobachtete die Natur, die sich im Wechsel der Jahreszeiten langsam veränderte. Niemals jedoch verspürte die alte Frau Lust, hinunterzugehen und einen Spaziergang über die Wiesen zu machen, oder endlich wieder die Steine und den Erdboden unter den Füßen zu fühlen. Es war ihr immer kalt, und sie jammerte, wenn das Fenster geöffnet wurde, bevor sie Zeit gehabt hatte, sich gut zuzudecken. Deshalb zog sie beim Aufstehen ein langes, ärmelloses Gewand aus dunkler Wolle an, das sie sorgfältig um ihre Schultern legte; dann schritt sie langsam und vorsichtig von einem Ende des kleinen Kabinetts zum andern und stützte sich dabei auf die Möbel. Es fiel auf, daß sie sich weniger gerade hielt und ihre Locken nicht mehr so schön ordnete. Sie trug zwar noch immer ihre Tüllhaube wie vor der Krankheit, aber das tat sie wohl weniger aus Eitelkeit, sondern weil sie es so gewohnt war.

Der Winter ging zu Ende, ohne daß sich an diesem Zustand etwas geändert hätte. Allmählich gewann Mrs. Fletcher das verlorene Terrain zurück. Am Tage nach dem Anfall ihrer Mutter ließ sie den Wagen anspannen, der seit Stephen Fletchers Tod nicht mehr benutzt worden war, und fuhr eilig nach Wilmington und nach Salem, um Mrs. Elliots Bestellungen zu widerrufen.

Mrs. Fletcher kämpfte so leidenschaftlich, als ginge es um ihr Leben. Die Lieferanten, die nach Mont-Cinère kamen, wurden fortgeschickt. »Mrs. Elliot hat sich anders besonnen«, sagte ihnen Kate, die die Leute empfing, »sie braucht, was sie bestellt hat, nicht mehr.« In solchen Augenblicken zeigte diese Frau, der es bei jeder anderen Gelegenheit an Entschlossenheit fehlte, einen starken Willen.

Niemals zahlte sie eine Rechnung für ihre Mutter, ohne auf einem Preisnachlaß zu bestehen. Sie ging mit ihrem Wirtschaftsbuch in die Geschäfte und wies mit ihrem gebieterischen, breiten Finger auf die Ziffernreihen, die den Einkäufen des Vorjahres galten. Immer behauptete sie, daß die Preise erhöht worden seien, und brach jeden Streit dadurch ab, daß sie so viele Banknoten auf den Ladentisch legte, wie sie für richtig hielt. Half auch dies nichts, so erzählte sie, was sich in Mont-Cinère zugetragen hatte. Die Bestellungen habe nicht sie aufgegeben, sondern ihre Mutter, ohne sie vorher zu fragen. Sie habe niemals die Absicht gehabt, diese Dinge zu kaufen. Und jetzt solle sie alles bezahlen? Dabei schlug sie zum Zeichen des Widerspruchs mit der flachen Hand auf den

Ladentisch. Durch diese überall wiederholten Auftritte gelang es ihr, kleine Preisnachlässe zu erzielen, denn sie verstand es meisterhaft, die Aussprache so peinlich zu gestalten, daß es ihren Gegnern schließlich zu bunt wurde, sosehr sie auch auf ihren Vorteil bedacht sein mochten. Oft appellierte sie an das gute Herz der Kaufleute, wenn sie glaubte, daß diese Methode Erfolg haben könnte. Sie bettelte. In ihren schwarzen Kleidern sah sie so armselig aus, daß sie Mitleid erweckte. Mrs. Fletcher trug mit Vorliebe Handschuhe, deren Finger an mehreren Stellen zerrissen waren. Und wenn sie ihr Wirtschaftsbuch durchblätterte, tat sie, als wolle sie ihre Hände möglichst wenig zeigen, um vor den Verkäufern die traurigen Zeichen ihrer Armut zu verbergen und ihr Mitleid desto mehr zu erregen.

In ihrem Hause ging alles wieder so, wie sie es haben wollte. Sie wußte, daß ihre Mutter kränker war, als man zuerst geglaubt hatte, und daß sie ihr Zimmer so bald nicht verlassen würde. Das war Mrs. Fletcher sehr unangenehm, denn sie hatte vor jeder Krankheit und vor allem, was sie irgendwie an den Tod erinnerte, ein natürliches Grauen, aber sie empfand große Genugtuung, daß sie wieder tun konnte, was sie wollte. Es hatte den Anschein, als würde sich das Leben in Mont-Cinère von nun an in geregelten Bahnen bewegen. Mrs. Elliot verließ ihr Zimmer nicht mehr, und ihre Enkelin besuchte sie ab und zu, doch brachte die Gewohnheit auch da schließlich Regelmäßigkeit hinein. Die alte Frau kümmerte sich, wie sie es versprochen hatte, um Emilys Erziehung und lehrte sie lesen, nähen und rechnen. Weiter reichten ihre eigenen Kenntnisse nicht. Und genügten denn diese Fähigkeiten nicht vollkommen? Oft beobachtete sie das Kind, während es mühsam seine Lektion aufsagte, und verfiel dann in Grübeleien: sie stellte sich Emily mit zwanzig, mit dreißig Jahren vor, Emily als alte Frau mit dem schmerzlichen Blick, den sie an dem Porträt Stephen Fletchers, das im Salon hing, bemerkt hatte. Und wenn die Kleine den Kopf hob, ganz verwundert, daß ihre Großmutter schwieg und nichts mehr verbesserte, erschrak Mrs. Elliot: dieses Gesicht war nicht das Gesicht eines Kindes, es trug schon das Zeichen eines künftigen schweren Lebens voller Qual.

Mrs. Fletcher arbeitete im Haushalt und nähte viel. Unmerklich gewann die Tätigkeit jedes dieser drei Menschen den Anschein einer Notwendigkeit, eines Zwanges, dem sich bescheidene Existenzen bei ihren unbedeutendsten Verrichtungen unterwerfen. Zweifellos gingen im Wesen dieser Frauen Veränderungen vor, aber mit der Stetigkeit, mit der die Natur arbeitet, und so unmerklich, daß sie nicht einmal denen auffielen, die sie am leichtesten hätten beobachten können. Wie Mrs. Fletchers Sparsamkeit zu einer Sucht, einem Geiz ausgeartet war, der alles beherrschte, das hätte Emily nicht zu sagen vermocht. Ebenso hatte sich Mrs. Elliots Gleichgültigkeit in eine gewisse Empfindungslosigkeit verwandelt, aber das ergab sich so natürlich, daß sich das kleine Mädchen nicht darüber wunderte. Lange sprach die alte Dame vom Aufstehen, dann immer seltener und schließlich gar nicht mehr. Sie war krank geworden, so wie andere Menschen fromm werden, nach reiflichem Nachdenken. Zu der Zeit, von der wir jetzt sprechen, erinnerte sich niemand mehr in Mont-Cinère, daß Mrs. Elliot je ein Kleid oder einen Hut getragen hatte, daß sie über die Stiege gegangen oder durch Haus und Garten gewandert wäre. Sie war krank; niemand vermochte sich vorzustellen, daß es anders sein könnte oder daß es jemals anders war.

Und ebenso wußten Mutter und Großmutter beinahe nichts von dem Kind, das sie aufwachsen sahen, und sie hatten keine Ahnung, was in seiner Seele keimte und langsam emporwuchs.

6

In dieser Nacht schlief Emily schlecht. Sie stand ein paarmal auf, zündete ihre Kerze an und holte ein Buch, um die Gedanken zu verscheuchen, die sie wach hielten. Es gelang ihr aber nicht, ihre Aufmerksamkeit auf das Buch zu richten, sie übersprang Zeilen und begriff nichts von dem, was sie las. Das totenstille Haus machte ihr Angst. Sie saß auf dem Bettrand, das Haar, das über das Buch fiel, verdeckte ihr Gesicht. Beim leisesten Geräusch richtete sie sich auf, schob heftig die Haarsträhne zurück und blickte furchtsam umher. Vom Fenster drang ein kalter Luftzug herein und ließ sie erschauern, aber sie wagte nicht aufzustehen. Sie hielt die Ellbogen an den Körper gepreßt und sah von Zeit zu Zeit ängstlich nach der Kerze, die neben ihr auf dem Tisch stand und immer kleiner wurde. Wenn der Wind an den Fensterrahmen rüttelte, wandte sie sich mit klopfendem Herzen um und blickte auf die Vorhänge, die sich bewegten, als ob ein geheimnisvolles Leben in ihnen sei.

Die Angst schien ihre Sinne zu schärfen, und sie meinte rascher und klarer zu denken als sonst. Seit dem Auftritt, den sie mit ihrer Mutter gehabt hatte, fühlte sie, daß etwas in ihr verändert war. Als ob ein Abschnitt ihres Lebens zu Ende gegangen sei und ein neuer beginne. Nie mehr würde sie so weiterleben können wie bisher, dieselben Dinge sagen und denken wie früher. Und sie versuchte zu erkennen, was sich in ihrer Seele verändert hatte, sie fühlte diese Veränderung ganz deutlich, konnte aber keinen Grund dafür finden. »Wahrscheinlich ist es so, weil ich jetzt erwachsen werde«, dachte sie. Und nun empfand sie trotz aller Angst, die sie im schlecht beleuchteten Zimmer furchtsam umherspähen ließ, ein seltsames Glück, das in ihrem Herzen aufkeimte. Sie überwand sich, stand auf, trat zum Fenster und schob die Vorhänge zurück. Die Nacht war hell, sie beugte sich hinaus und sah den Rasenplatz durch die Bäume schimmern. Kein Geräusch drang an ihr Ohr, nur das Brausen des Windes, das anschwoll und wieder schwächer wurde. Ganz fern im Tal krähte ein Hahn. Nach ein paar Minuten legte sie sich zu Bett.

Als sie am nächsten Morgen erwachte, erinnerte sie sich sofort an die Gedanken und Entschlüsse, die sie in der Nacht gefaßt hatte, aber jetzt kamen sie ihr kindisch vor. Ihre Mutter klopfte an die Tür, wie jeden Tag, und ein bleiches Licht sickerte durch die Vorhänge und zeigte Emily ihr Zimmer, das aussah wie immer. Was sollte sich denn in ihrem Dasein verändern, wenn sich all dies nicht veränderte? Wo sollte sie leben außer in Mont-Cinère? Und wenn sie in Mont-Cinère lebte, mußte sie dann nicht ihrer Mutter gehorchen? Sie gab sich diesen freudlosen Erwägungen so lange hin, bis Mrs. Fletcher sie in den Salon rief.

Emily ging ohne Eile hinunter. Zum ersten Mal empfand sie Langeweile angesichts des täglichen Einerleis, das unabänderlich vor ihr lag. So kannte sie zum Beispiel die Treppe so genau, daß sie imstande war, mit geschlossenen Augen hinunterzugehen; und sie tat es mit übereinandergelegten Händen, wobei sie die Stufen zählte. Das Spiel gelang, und sie erreichte gerade das Speisezimmer, als Mrs. Fletcher die Tür öffnete und sie zum zweiten Male rief. »Du brauchst zu lange zum Ankleiden«, sagte sie zur Tochter. »Es ist sechs Uhr vorbei, und der Tee steht auf dem Tisch.«

Emily kniete jetzt vor einem Sessel im Speisezimmer und beobachtete ihre Mutter, die die täglichen Gebete sprach. Sie sah sie von hinten, wie sie auf dem Plüschpolster kniete und, die Hände auf dem Tisch gefaltet, aus einer kleinen Bibel vorlas, die am Brotkorb lehnte. Es war noch dunkel, obwohl es schon halb sieben geschlagen hatte. Nur das flackernde, schwache Licht einer Kuppellampe erhellte Mrs. Fletchers gesenkten Kopf und ihre gebeugten Schultern. Da fragte sich Emily, wie oft sie wohl noch morgens aus ihrem Zimmer ins Speisezimmer hinuntergehen und hinter ihrer Mutter niederknien und hören würde, wie die Mutter mit tonloser Stimme Gebete sprach, die in ein unverständliches Gemurmel übergingen. Innerlich stellte sie eine ganze Liste der Anklagen auf, die sie gegen Mrs. Fletcher erhob. Sie haßte die geheuchelte Sanftmut dieser Frau, ihr schüchternes Wesen und den unschuldigen und traurigen Ausdruck, den sie in Gegenwart anderer Leute annahm, um unter der Maske der Güte ein hartes Herz zu verbergen, das gierig nach irdischer Habe verlangte. Was sollte denn dieses fromme Getue? Vielleicht wollte sie sich selber schmeicheln. War sie doch in sich verliebt und genoß es, ein guter Mensch zu sein, denn sicherlich hielt sie sich für gut. Plötzlich erinnerte sich Emily, daß die Mutter sie beauftragt hatte, dem Stubenmädchen zu kündigen, und Empörung stieg in ihr auf, als sie an die Peinlichkeit dachte, die ihr jetzt bevorstand. Eine jähe Röte trat ihr ins Gesicht, sie empfand plötzlich den sonderbaren Wunsch, aufzustehen, vor die Mutter hinzutreten und sie bei den Haaren zu packen, sie zu beschimpfen und sich an ihr zu rächen. Dieser Gedanke erschien ihr furchtbar und lächerlich zugleich, aber mit boshafter Freude stellte sie sich die ganze Szene vor: sie würde sich vorsichtig erheben, sich mit der Hand aufstützen, um jedes Geräusch zu vermeiden, sich auf den Zehenspitzen hinschleichen und plötzlich die Finger ausstrecken. Diese Bewegungen standen ihr so klar und deutlich vor Augen, daß sie sich fragte, warum sie das alles denn nicht wirklich ausführte. Sie schloß die Augen und verbarg ihr Gesicht in den Händen, als ob sie diese Vision verscheuchen wolle, und begann leise zu weinen.

Mrs. Fletcher schloß ihr Buch und erhob sich. »Du vergißt nicht, mit dem Stubenmädchen zu sprechen«, sagte sie und wandte sich an Emily. »Sie muß Ende des Monats gehen.«

Sie erwähnt also den Auftritt gar nicht mehr, den wir gestern hatten, dachte Emily und erhob sich gleichfalls. Sie fürchtet, daß ich wieder zornig werden und mich weigern könnte, ihr zu gehorchen. Sie ist ja so feige. Nicht einmal mit den Dienstboten wagt sie zu sprechen.

»Was hast du denn, mein Kind?« Mrs. Fletcher bemerkte, daß Emily blinzelte, als ob das Licht zu grell sei.

»Nichts, Mama.«

»Vergiß nicht, daß das Mädchen nicht fortgehen darf, bevor du seinen Koffer untersucht hast. Ich werde das Geschirr nachzählen.«

Emily gab keine Antwort. Die beiden setzten sich einander gegenüber. Ein fahles Licht drang durch die Fenster, und das junge Mädchen sah von seinem Platz die schweren Äste der Tannenbäume, die sich langsam bewegten. Einen Augenblick lang verharrte Emily unbeweglich und blickte ganz versunken auf die Bäume, deren Anblick ihr doch so vertraut war. Plötzlich verzog sie das Gesicht zu einer Grimasse, die einem Lachen glich. Sie führte die Serviette an die Augen und brach in Schluchzen aus.

»Was hast du denn?«, rief Mrs. Fletcher, die soeben das Brot aufschnitt. Sie ließ das Messer fallen und erhob sich unwillkürlich. Sie schien unentschlossen und beugte sich über den Tisch. Aber Emily saß zusammengekrümmt auf ihrem Stuhl und erstickte fast vor Schluchzen.

Mrs. Fletcher stieß ihren Sessel heftig zurück und rief erschrocken: »Du wirst doch nicht krank werden?« Sie lief zu ihr, half ihr, sich aufzurichten und zwang sie, sich auf das Kanapee zu legen.

Emily schob die Mutter fort, die ihr ein Kissen unter den Kopf legen wollte. Dann drehte sie sich zur Wand, als wolle sie schlafen. »Laß mich«, flüsterte sie, als sie sich beruhigt hatte. Aber Mrs. Fletcher gab nicht nach und fragte weiter: »Geht es dir jetzt besser? Was tut dir denn weh? So sprich doch endlich«, bat sie, aber ihre Stimme klang gereizt. »Glaubst du, daß du krank bist?« Sie sah Emily angstvoll an und blickte verzweifelt um sich. Endlich ging sie zum Tisch zurück und brachte ihrer Tochter eine Tasse Tee. »Trink.« Mrs. Fletcher faßte sie an der Schulter und zwang sie, sich aufzurichten. »Gleich wird dir besser werden.« Endlich trank Emily auf Zureden der Mutter einen Schluck, aber dann machte sie eine abwehrende Handbewegung und sank wieder auf das Kanapee.

Mrs. Fletcher trug die Tasse zurück, setzte sich mißmutig

an den Tisch und trank den Tee aus, den ihre Tochter zurückgewiesen hatte. »Hast du gut geschlafen? Hast du dich bestimmt nicht erkältet?« fragte sie von ihrem Platz aus und wiederholte eigensinnig: »Gleich wird's dir besser gehen.« Einen Augenblick später sagte sie mit lauterer Stimme, ungehalten über das Stillschweigen ihrer Tochter, die den Kopf immer noch zur Wand gedreht hatte: »Geht es dir noch nicht besser«, als ob sie glaube, daß Emily bereits durch ihre Fragen geheilt sei.

Ohne ein Wort zu sprechen, erhob Emily sich und setzte sich auf ihren Platz; sie zog die Brauen zusammen, und mit zitternder Hand schob sie die langen Haarsträhnen beiseite, die ihr über die Stirne hingen und über die nassen Wangen fielen.

»Na, siehst du«, rief Mrs. Fletcher völlig beruhigt, »ich war sicher, daß es vorübergeht.« Und sie setzte sich mit einem triumphierenden Ausdruck in den Augen behaglich in ihrem Stuhl zurecht.

Ein wenig später hörte Emily, wie das Stubenmädchen den Teppich im Vorzimmer kehrte. Sie ging zu ihr und sagte ihr ohne Einleitung, daß Mrs. Fletcher sie nicht mehr brauche und daß sie im Laufe der Woche gehen könne. Das Stubenmädchen sah sie blöde an. Es war eine Negerin, die so nachlässig gekleidet war wie alle Negerinnen. Sie wagte nicht nach dem Grund zu fragen, da Emily in so hartem Tone gesprochen hatte, und entfernte sich unverzüglich mit schlurfenden Schritten. In diesem Augenblick kam Mrs. Fletcher aus dem Speisezimmer.

»Nun, hast du es ihr gesagt?«

»Ja.«

»So?« erwiderte die Mutter, als könne sie es nicht recht glauben.

Sie senkte ein wenig den Kopf und sah sich nach rechts und nach links um, eine Bewegung, die angestrengtes Nachdenken bei ihr bedeutete; sicherlich würde sie jetzt Fragen stellen, sich diese gute Nachricht von ihrer Tochter wiederholen lassen, aber Emily ging an ihr vorüber und stieg rasch die Treppe hinauf. Als sie zum ersten Absatz gekommen war, wandte sie sich um und sah, wie die Mutter ins Speisezimmer zurückging. Einen Augenblick lang betrachtete sie den runden Rücken und diesen ergrauten Kopf, der sicherlich wieder über neue Sparmaßnahmen grübelte, und mit einem zornigen Seufzer stieg sie vollends hinauf.

Es war die Zeit, wo sie gewöhnlich ihre Großmutter besuchte. Mrs. Elliot schlummerte noch, als Emily ins Zimmer trat. Sie hatte sich seit dem Beginn der Krankheit kaum verändert, und ihr Gesicht schien sogar einen Abglanz der Jugend zurückgewonnen zu haben. Sie war dicker geworden, und ihr Hemdausschnitt ließ den mächtigen Hals frei. Graue Haarsträhnen quollen unter ihrer schmutzigen Musselinhaube hervor, die sie jedesmal zerknitterte, wenn sie sich auf die andere Seite legte. Sie hatte die Hände über einem Buch gefaltet. Als die alte Frau Emily eintreten hörte, öffnete sie die Augen und begrüßte sie liebevoll.

»Setz dich. Warum bist du denn so erregt? Ist etwas passiert?«

Emily nickte und setzte sich auf die Bettkante.

»Was denn?« fragte Mrs. Elliot, wandte sich lebhaft Emily zu und drückte voller Interesse die Hände des jungen Mädchens.

»Ist es wegen der Mutter?«

Emily schilderte ihr die gestrige Szene mit der Mutter und sprach auch von dem Unwohlsein, das sie selbst am Morgen befallen hatte.

»Sie macht mich so unglücklich. Wenn ich sie nur sehe, möchte ich am liebsten anfangen zu weinen. Und ich habe allerlei schlechte Gedanken...«

»Was meinst du mit schlechten Gedanken?«

Emily zog die Brauen zusammen und antwortete nach einem Augenblick:

»Ich liebe sie nicht.«

Eine Weile herrschte Schweigen, dann legte Mrs. Elliot den

Arm um Emily und schmiegte ihr Gesicht an das des Mädchens.

»Wenn du Kummer hast, mußt du zu mir kommen.« Und sie lächelte, wobei sie ihre Zähne bis zum Zahnfleisch entblößte.

Emily erzählte ihr auch von der Kündigung des Stubenmädchens und sagte schließlich kopfschüttelnd:

»Sicher wird sie eines schönen Tages finden, daß wir auch keine Köchin brauchen. Dann wird sie die Möbel verkaufen, wie sie das Silber und die Leuchter im Salon verkauft hat. Warum nicht? Sie spricht ja auch davon, Mont-Cinère zu verkaufen; sie wäre dazu imstande.«

»Das würde sie nicht wagen«, sagte Mrs. Elliot und drückte das junge Mädchen noch stärker an sich.

»Großmutter«, fragte Emily unvermittelt, »wird Mont-Cinère nicht eines Tages mir gehören?«

Mrs. Elliot warf ihrer Enkelin einen sonderbaren Blick zu und erwiderte lächelnd:

»Nun ja, wahrscheinlich, zweifellos. Warum fragst du mich das?«

Emily wurde dunkelrot.

»Mama kümmert sich überhaupt nicht um dich. Hier zum Beispiel ist es nie warm genug; sie spart am Holz.« Emily senkte die Augen und fügte hinzu: »Ich will, daß du glücklich bist.«

»Du bist ein gutes Kind«, rief die alte Frau und drückte ihre Lippen auf die magere Wange des jungen Mädchens. »Gott belohne dich für dein gutes Herz.« Bei diesen Worten ergriff Emily mit ihren mageren Händen die fleischige Hand ihrer Großmutter und drückte sie heftig. Dabei glänzten ihre Augen vor Dankbarkeit, als habe sie von Mrs. Elliot das ganze Haus zum Geschenk erhalten.

»Du bist noch jung«, fuhr Mrs. Elliot fort. »Vielleicht wirst du mich eines Tages brauchen. Du wirst schon sehen, daß das Leben noch schwieriger ist, als es dir jetzt erscheint, dann werden dir die Ratschläge deiner Großmutter nützlich sein.

Versprich mir, daß du mir von nun an nichts verschweigst, nur dann kann ich etwas für dich tun.«

»Ich werde dir alles sagen, Großmutter«, rief Emily und nahm dabei die Hände der alten Frau in die ihren.

»Verheimliche mir nichts, sonst kannst du nicht auf mich rechnen. Ich bin in meinem Zimmer eingesperrt und sehe nicht, was draußen vorgeht; und ich muß alles erfahren, wenn ich dir raten soll.«

Sie sprach diese Worte lebhafter und ergriff dabei die Hand der Enkelin; ihr Blick hatte etwas Unruhiges, das Emily in Erstaunen setzte.

»Sei ganz unbesorgt, Großmutter, ich verspreche, dir in allem zu gehorchen.«

7

Emily hörte die Mutter rufen und eilte aus dem Zimmer.

Sie verstand ganz gut, was Mrs. Elliot mit ihren Andeutungen gemeint hatte. Die Feindschaft, die ihre Großmutter gegen Mrs. Fletcher hegte, war ihr kein Geheimnis. Sie hatte sie aus der zurückhaltenden Art erraten, mit der die beiden voneinander sprachen. Emily erinnerte sich auch, daß ihre Mutter eines Tages aus Mrs. Elliots Zimmer auffallend blaß und mit verstörter Miene herausgekommen war. Sie hatte sie aufgefordert, ihr in den Salon zu folgen, dessen Tür sie heftig schloß. Von nun an werde sich die Großmutter um Emilys Erziehung kümmern, erklärte sie ihr mit vor Zorn bebender Stimme, und schon am nächsten Tage werde sie bei Mrs. Elliot lesen lernen. Obgleich Emily damals noch sehr jung gewesen war, hatte sie dennoch bemerkt, wie sonderbar ihre Mutter um sich blickte; sicher war dies nicht nur ein Ausbruch des Zorns oder der Ungeduld, es mußte etwas Tieferes, Ernsteres dahinterstecken. Und wirklich bemerkte sie von nun an, daß Mrs. Fletcher selten das Zimmer der Großmutter betrat, ja daß sie es anscheinend sogar vermied, ihren Namen auszusprechen. War sie jedoch einmal gezwungen, die alte Frau aufzusuchen, so tat sie es mit finsterer Miene, die sich auch beim Sprechen nicht aufhellte. Mehrmals hatte Emily Gelegenheit gehabt, die beiden zu beobachten. Sie erledigten ihre Unterredung in kaltem Ton und mit dem deutlichen Wunsch, ein Gespräch abzukürzen, das ihnen beiden peinlich war.

Diese Haltung verschärfte sich mit den Jahren. Mrs. Elliot hegte gegen ihre Tochter den wilden Haß der Kranken, einen Haß, der um so stärker und hartnäckiger ist, weil er mit dem Verstand nichts zu tun hat. Schließlich wird er dann gewissermaßen ein Bestandteil der Krankheit, eine ihrer Begleiterscheinungen wie Fieberanfälle, Übelkeit und Schmerzen. Allmählich gelangte die alte Frau zu der Überzeugung – die Einsamkeit tat das ihre dazu – daß die Tochter ihren Tod herbeiwünschte.

Längst schon war in Mrs. Fletcher jedes natürliche Gefühl für ihre Mutter erloschen, jedenfalls aber liebte sie sie nicht. Übrigens hätte sie ihre Anwesenheit im Hause geduldiger ertragen, hätte Mrs. Elliot ihre Tochter nicht dadurch beleidigt, daß sie an ihrer Sparsamkeit herumnörgelte und ihr entgegenzuarbeiten suchte. Das war der empfindliche Punkt, die offene Wunde, die sich niemals schloß. Mrs. Fletcher war nicht imstande, Mrs. Elliots Worte über Emilys vernachlässigte Erziehung zu vergessen; sie brannten in ihrem Herzen wie ein verzehrendes Gift.

Emily schwankte nicht, für welche der beiden Frauen sie sich entscheiden sollte. Die Mutter sprach nur mit ihr, um sie zu schelten oder ihr eine unangenehme Arbeit aufzutragen. Die Großmutter hingegen hörte ihr zu, wenn sie sich ihr anvertraute, half ihr mit Rat, ermutigte sie, und Emily dankte es ihr mit der ganzen Neigung, deren sie fähig war. Sie besuchte sie jeden Morgen und berichtete ihr alles genau: nicht nur, was sie selbst am Tag zuvor erlebt hatte, sondern auch alles, was die Mutter betraf, sah sie doch, daß die alte

Frau ihr gerne zuhörte. Und so kam es, daß Mrs. Elliot, die in ihrer krankhaften Trägheit das Bett nie verließ, doch von all den tausend Dingen unterrichtet war, aus denen sich das Leben ihrer Tochter zusammensetzte. Sie wollte sie unter keiner Bedingung sehen, aber sie hätte nur ungern auf die kleine Chronik verzichtet, die Emily ihr täglich lieferte. Denn weit unangenehmer, als sie zu sehen, wäre es ihr gewesen, nie mehr von ihr sprechen zu hören.

Mrs. Elliots Gedanken kreisten alle um einen Punkt: ihre Tochter. Was tat sie? Auf welche Weise versuchte sie, ihr zu schaden? Hinderte sie die Dienstboten daran, ihr Holz zu bringen? Und sie horchte angestrengt auf jeden Schritt in den Zimmern des Erdgeschosses, wo Mrs. Fletcher sich gewöhnlich aufhielt. Mit Hilfe von Emilys Mitteilungen versuchte sie herauszubringen, womit ihre Tochter sich gerade in diesem Augenblick beschäftigte. Hatte sie ihre Mahlzeit beendet? Arbeitete sie? Und trat dann die Enkelin wieder bei ihr ein, so wollte sie immer noch mehr von ihr erfahren als bisher. Sie wollte wissen, in welchem Ton Mrs. Fletcher vor ihr sprach. Seufzte sie dabei? Schien sie unglücklich oder unzufrieden? Hob sie vielleicht die Augen zum Himmel, wenn sie die Ausgaben erwähnte, die die Pflege einer Kranken erfordert? Dennoch vermied es Mrs. Elliot, unmittelbare Fragen zu stellen, die ihre Neugierde allzusehr verraten hätten. Manchmal tat sie sogar, als sei sie böse, und schalt Emily aus, wenn diese, ganz glücklich, eine Zuhörerin zu haben, alles eifrig berichtete und mit leiser Stimme die kleinen Geheimnisse, die sie entdeckt zu haben glaubte, ausplauderte. Aber sie schalt immer erst dann, wenn sie schon genügend unterrichtet war, oder stellte sich in dem Augenblick schlafend, wenn Emily sie nach ihrer Meinung über das Verhalten ihrer Mutter fragen wollte. Da sie sehr mißtrauisch war, fürchtete sie, daß das junge Mädchen der Mutter alles weitererzählen könnte. Das hätte sie sehr gedemütigt, und so sah sie sich gezwungen, eine Zurückhaltung zu bewahren, unter der sie selbst am meisten litt. Vor allem aber war es Mrs. Elliot wichtig, daß ihre

Tochter glaubte, alles, was außerhalb des Krankenzimmers vorging, sei ihr gleichgültig. Das war eine Art Ehrenpunkt für die Kranke.

Allmählich erlegte sie sich etwas weniger Zwang auf. Sie hatte erkannt, daß ein Verrat oder auch nur eine Gedankenlosigkeit nicht in Emilys Charakter lagen. Es dauerte aber lange, bis sie vollständig davon überzeugt war, und bis zu ihrem fünfzehnten Jahr hatte Emily von der Großmutter niemals ein herabsetzendes Wort über ihre Mutter gehört.

8

Wenn Emilys Zimmer auch klein und häßlich möbliert war, so fühlte sie sich dort doch behaglicher als in jedem anderen Raum des Hauses und würde sich stundenlang darin aufgehalten haben, wenn sie in der Stube hätte heizen dürfen, wovon aber natürlich keine Rede war. Es machte ihr Freude, das Zimmerchen in Ordnung zu bringen und sich dabei zu sagen: »Hier bin ich zu Hause, alles das gehört mir.« Und sie legte die Hand auf die Sessellehne oder auf die Kommode und wiederholte mit herrischer Gebärde: »Dies und dies«, als fürchtete sie, daß ein unsichtbares Wesen ihr alles abstreiten könnte. Sie hing leidenschaftlich an allem, was sie als ihr Eigentum betrachtete. Dabei betrachtete sie alle Gegenstände mit gleicher Liebe, ohne einen dem anderen vorzuziehen. Von ihrem Bett bis zu dem Pappschächtelchen, worin sie ihre Stecknadeln aufbewahrte, schien Emily in ihrem Zimmer alles in gleichem Maße kostbar und wichtig. Es war, als ob die bloße Tatsache, daß sie ihr gehörten, den Möbeln und den anderen Gegenständen eine besondere Eigenart und einen besonderen Wert verliehe.

Im Sommer setzte sie sich beim Nähen in die Fensternische, hob fortwährend den Blick von ihrer Arbeit und ließ ihn über das polierte Holz ihrer Möbel gleiten, die sie jeden

Morgen mit einem Lappen abrieb: eine massive Kommode, ein plumpes Mahagonibett und ein Schaukelstuhl, über den eine granatrote, gestickte Decke gebreitet war. Sie glaubte, sie würde beinahe sterben, wenn jemand ihr diese Möbel fortnähme, an die sie seit frühester Kindheit gewöhnt war und die sie mehr liebte als jedes menschliche Wesen.

Die anderen Möbel im Hause fand sie ebenfalls schön, und sie betrachtete sie oft genau und nicht ohne eine uneingestandene Begierde, aber sie gehörten eigentlich nicht ihr, und dies allein genügte schon, daß sie ihr Herz nicht daran hängte. Manchmal kam ihr der Gedanke, der mit den Jahren immer mehr Macht über sie gewann: Eines Tages gehört ja doch alles mir. Es machte ihr Freude, von einem Zimmer ins andere zu wandern und alles, was sich darin befand, gründlich zu betrachten, bis sie sich schließlich Vorwürfe machte wegen der Gedanken, die dabei in ihr aufstiegen. Wünschte sie nicht, daß dieser Tag schon bald kommen möge? Und was bedeutete das? Dann errötete sie über ihre Habgier, und wenn sie nachts von Gewissensbissen gequält erwachte, die durch die nächtliche Stille noch verschärft wurden, beschuldigte sie sich unbarmherzig, den Tod ihrer Mutter herbeigesehnt zu haben.

Aber sie war der Begierde verfallen, und dieselbe Frage drängte sich wieder und wieder in ihre Gedanken, mit der Beharrlichkeit und Unerbittlichkeit einer Obsession: Wann würde ihr Mont-Cinère gehören? Schon bald? Sie kämpfte gegen den Abgrund, der sich in ihrem Inneren aufgetan hatte, und fragte sich, ob denn Mont-Cinère nicht ebenso ihr Eigentum sei wie das ihrer Mutter? Sagte sie denn nicht immer: unsere Möbel, unser Haus? Aber ihre Vernunft bewies ihr bald, daß diese Worte eigentlich gar nichts bedeuteten. Denn die Mutter hätte ihr zum Beispiel niemals erlaubt, auch nur einen der Sessel aus dem Speisezimmer in ihr Zimmer zu stellen.

Jetzt grübelte sie stundenlang über solche Dinge, und es gelang ihr nicht, sich davon zu befreien. Schließlich sah sie in

Mrs. Fletcher nur noch ein Hindernis, und diese Erkenntnis, die sich ihr ganz gegen ihren Willen aufdrängte, quälte sie sehr. Oft kniete sie nieder, um zu beten, aber sie fand keinen inneren Frieden, und ihre Unruhe wurde nur noch stärker.

9

Als Emily eines Abends ins Speisezimmer trat, fand sie ihre Mutter in eine Zeitung vertieft, aber beim Geräusch ihrer Schritte faltete Mrs. Fletcher die Zeitung sorgfältig zusammen und legte sie in eine Schublade. Seit langem hatte das junge Mädchen keine Zeitung in Mont-Cinère gesehen, denn es wurde keine gekauft. Emily bezwang ihre Neugier, griff schweigend nach einem Buch und setzte sich in einen Lehnstuhl, um bis zum Abendessen zu lesen. Es war jedoch offenkundig, daß Mrs. Fletcher nur auf eine Frage Emilys wartete. Sie hatte unweit von ihrer Tochter Platz genommen und sah sie von Zeit zu Zeit an, als ob sie ihr etwas sagen wolle. Sie atmete hörbar, legte ihre Arbeit in den Schoß und öffnete den Mund. Dann besann sie sich plötzlich, schüttelte nachdenklich den Kopf und nahm ihre Näharbeit wieder auf.

Nach ein paar Minuten setzten sie sich zu Tisch beim Schein eines Lämpchens, dessen Docht Mrs. Fletcher immer wieder zurückschraubte, so daß es fast verlösche. Niemand sprach ein Wort, Emily aus schlechter Laune, die Mutter aus Schüchternheit und einem Gefühl des Unbehagens. Etwas quälte Mrs. Fletcher, das sah man an ihrem starren Blick und den langsamen Bewegungen. Ab und zu seufzte sie, faltete die Hände oder strich mit ihren dicken Fingern die Krumen auf dem Tischtuch zusammen und ordnete sie halbkreisförmig um ihr Glas. Als die Mahlzeit beendet war, konnte Mrs. Fletcher nicht mehr an sich halten; sie schob den Teller zurück, legte die Hände auf den Tisch und sagte mit sanfter Stimme:

»Mein Kind, ich habe mir etwas überlegt.«

Emily hob überrascht den Kopf; ihre Bewegungen hatten immer etwas Herausforderndes, das ihre Mutter ärgerte.

»Die Köchin ist heute morgen nach Wilmington gegangen, um eine Rechnung zu bezahlen«, fuhr Mrs. Fletcher fort, »sie hat eine Zeitung mitgebracht.«

Sie erhob sich und holte die Zeitung aus der Schublade.

»Hier«, sagte sie und setzte sich wieder, legte das Blatt vor sich auf den Tisch und tat, als ob sie lese, um nicht sehen zu müssen, wie Emily sie anstarrte.

»Du wirst dich wohl noch an das erinnern, was ich dir neulich gesagt habe. Du mußt mir ein wenig helfen. Du bist schon groß...«

Ihre Zunge wurde schwer, sie zögerte einen Augenblick, dann sagte sie:

»Es handelt sich nämlich um verschiedene Einkäufe. Jetzt haben wir Ende Oktober, in einem Monat ist der Winter da, und du weißt, daß wir kaum noch Holz haben.«

»Nun?« fragte Emily mit harter Stimme.

»Nun, das bedeutet neue Ausgaben!« antwortete Mrs. Fletcher ein wenig gereizt und errötete. »Das Holz ist schließlich nicht für mich. Gott ist mein Zeuge, daß niemals ein Scheit Holz in meinem Zimmer gebrannt hat.«

Sie hielt inne, faltete die Hände nachdenklich über der Zeitung, als überlege sie.

»Das ist noch nicht alles. Wir brauchen Decken – meine taugt höchstens noch zu Scheuerlappen – sie sind schon zu alt. Deine Mutter trägt ein Kleid, das in Fetzen fällt.«

Sie streckte den Arm aus und drehte das Handgelenk, um der Tochter eine Stelle am Ärmel zu zeigen, wo der fadenscheinige Stoff ausfranste. Emily beugte sich ein wenig vor.

»Hier auch.« Mrs. Fletcher erhob sich, ermutigt durch die Aufmerksamkeit ihrer Tochter. Und sie zeigte mit dem Finger auf mehrere Risse an ihrem Kleid. »Sieh nur, der Stoff ist schon überall sehr dünn.«

Sie setzte sich wieder.

»Nun las ich gerade in der Zeitung, daß nächste Woche eine Auktion stattfindet.«

»Eine Auktion!« Emily versagte die Stimme. »Ja, denkst du denn daran, etwas aus unserem Hause zu verkaufen?«

»Du verstehst mich nicht.« Mrs. Fletcher errötete. »Ich rede ja nicht vom Verkaufen, sondern vom Kaufen. Wieso haben wir eigentlich nicht schon früher daran gedacht?« Sie sprach mit großer Lebhaftigkeit. »Da kann man wirklich viel sparen. Von nun an werden wir nichts mehr in einem Geschäft kaufen. Bei diesen Auktionen gibt es immer sehr preisgünstige Dinge. Hör zu!«

Und sie las mit einem leichten Zittern in der Stimme:

»Dienstag, den 20., wird eine Erbschaft versteigert: Möbel, Küchengeräte, Kleider.«

»Willst du vielleicht Kleider kaufen?« fragte Emily heftig.

»Natürlich.« Mrs. Fletcher hob den Kopf. »Warum denn nicht?«

»Das sind doch alte Kleider, alte, schmutzige Kleider. Und die willst du tragen?« Emily war empört. Ihr Gesicht verzerrte sich, als hätte jemand auf dem Tisch ekelhaft schmutzige Röcke und Blusen ausgebreitet.

»Was sagst du da?« Mrs. Fletchers Stimme klang beleidigt. »Sollten die Kleidungsstücke wirklich schmutzig sein, so lassen sie sich ja sehr leicht reinigen. Wir leben doch nicht im Mittelalter; die Leute haben ja schließlich nicht die Pest.«

Sie merkte an Emilys verächtlichem Blick, wie wenig stichhaltig ihr Einwand war. Mrs. Fletcher griff zur stärksten Waffe:

»Wir sind arm.« Sie sprach mit lauter Stimme und schlug mit der flachen Hand auf den Tisch. »Wir müssen uns einschränken.«

»Nein, wir sind nicht arm, Mama«, unterbrach Emily, die bleich geworden war, »aber du zwingst uns zu leben wie Bettler.«

»Ich? Ich?« fragte Mrs. Fletcher mit dumpfer Stimme.

Emily war nahe daran, ihrem Zorn Luft zu machen, aber

die Worte blieben ihr in der Kehle stecken. Sie verspürte ein eigenartiges Schwindelgefühl und blickte umher, ohne etwas zu sehen: die Umrisse der Gegenstände wurden undeutlich und verschwammen ineinander. Sie wäre gern aufgesprungen und davongelaufen; aber eine unüberwindliche Macht hielt sie fest. Tausend wirre Gedanken stiegen in ihr auf, und sie brachte lange kein Wort heraus. Endlich hörte sie die Stimme ihrer Mutter wie aus weiter Ferne und kaum erkennbar. Sie dachte: ›Ich war wohl halb ohnmächtig.‹

Offenbar hatte Mrs. Fletcher schon ein paar Minuten lang gesprochen.

»Glaubst du denn nicht, daß wir anders leben würden, wenn es ginge?« sagte sie mit verhaltener Heftigkeit und ein wenig stotternd. »Verzichte ich denn zu meinem Vergnügen auf alles, was das Leben angenehm macht? Wenn ich nicht unaufhörlich daran dächte, unsere Ausgaben zu verringern, so hätten wir schon vor Jahren das Kapital angegriffen, das dein Vater uns hinterlassen hat. Und was dann? Ich habe noch ein wenig Geld beiseite gelegt und werde mein Möglichstes tun, daß wir wenigstens noch ein paar Jahre damit auskommen. Und das Geld, das er hinterlassen hat . . .«

Sie atmete hörbar. Dann fuhr sie fort, als ob sie zu sich selbst spräche:

»Lieber Gott, steh mir bei, daß ich es niemals anrühren muß. Wenn ich daran denke, wie leichtsinnig meine Mutter ist . . .«

Sie sah ihre Tochter an und fuhr mit lauterer Stimme fort:

»Du solltest mir wirklich helfen, das wenigstens kann ich von dir verlangen. Später wirst du deiner Mutter dankbar sein, daß sie dir ein Haus erhalten und ein wenig Geld zum Leben zurückgelegt hat.«

Ihre Augen wurden feucht, als ob die eigenen Worte sie rührten, und sie faltete langsam die Zeitung zusammen.

»Ich werde also zu der Auktion gehen.« Sie blickte zu Boden. Plötzlich schoß ihr ein Gedanke durch den Kopf; sie verschränkte die Arme über der Brust: »Du lieber Gott, jetzt fällt mir eben ein, daß wir ja unseren Wagen nicht benutzen können! Was soll ich tun, mein Kind?«

Der Wagen stand schon seit vielen Monaten in der Remise und wurde nicht benutzt, weil eine Radachse gebrochen war. Das Pferd, eine klapprige Stute, hatte man an einen Kaufmann aus Wilmington vermietet.

Emily hob den Kopf und sagte müde:

»Du kannst ja glücklicherweise mit der Eisenbahn fahren.«

»Ich fahre nie mit der Eisenbahn«, sagte Mrs. Fletcher ernst; sie empfand eine leidenschaftliche Abneigung gegen dieses Verkehrsmittel, aber niemand wußte weshalb. War es aus Angst vor Unfällen, oder weil sie dafür bezahlen mußte? Waren es religiöse Bedenken, die sie in dieser modernen Erfindung ein Teufelswerk sehen ließen?

Emily zuckte die Achseln.

»Ich habe gedacht, daß wir die Stevens bitten könnten, uns ihren Wagen zu borgen«, sagte Mrs. Fletcher und reichte Emily mit einer freundlichen Geste die Hand.

»Das tun sie sicher nicht, es sind sehr unangenehme Leute.«

»Woher weißt du das?« erwiderte die Mutter lebhaft. »Du könntest sie doch morgen nachmittag darum bitten.«

»Ich kenne sie doch kaum«, rief Emily, der ein Besuch bei diesen unfreundlichen Leuten höchst widerwärtig erschien.

»Du willst mir also gar nicht helfen?« Mrs. Fletcher sprach mit flehender Stimme. »Muß ich denn meine Tochter bitten, daß sie mir gehorcht?«

Sie wollte in diesem Ton fortfahren, aber Emily, schon ganz erschöpft, sagte hastig:

»Gut, du brauchst dich nicht zu beklagen, Mama. Ich gehe zu Stevens.«

Sie entfernte sich empört, und ihre Mutter blieb ganz verblüfft zurück und glücklich darüber, daß der Sieg diesmal so leicht gewesen war.

Am nächsten Tag berichtete Emily ihrer Großmutter von dieser Szene, hatte sie doch versprochen, nichts zu verheimlichen. Die alte Frau hörte ihr schweigend zu, dann verfinsterte sich ihr Gesicht, sie zog Emily ganz nahe heran und sagte halblaut zu ihr:

»Meine Enkelin ist ein dummes kleines Mädchen. Ist es nicht ein rechtes Glück, daß ich da bin, um ihr zu helfen?«

Aber plötzlich wurde sie unfreundlich und warf sich heftig in ihre Kissen zurück; ihr Gesicht veränderte sich und bekam einen zornigen Ausdruck; sie blickte Emily scharf an und rief mit rauher Stimme:

»Du kleiner Dummrian, hast du denn keinen eigenen Willen? Wirst du dich von dieser Frau beherrschen lassen, bis sie dich ganz und gar erniedrigt? Sie tut nichts mehr selber. In einer Woche wird sie dir befehlen, an Stelle der Köchin einkaufen zu gehen. Sie wird die Köchin entlassen, wie sie das Stubenmädchen entlassen hat. Ist es nicht genug, daß sie dich zwingt, dein Zimmer selbst zu kehren? Es wird nicht mehr lange dauern, und du mußt wie eine Haushälterin arbeiten; unterdessen wird sie es sich in ihrem Lehnstuhl bequem machen und die Dollars zählen, die sie durch deine Arbeit gespart hat.«

Mrs. Elliot schüttelte wütend den Kopf, und ihre grauen Haare flogen um die Flügel ihrer Haube.

»Du wirst schon sehen«, fuhr sie erregt fort, »sie macht noch eine kleine Sklavin aus dir; sie wird dir dein Haus stehlen, dir kaum mehr zu essen geben. Und eines schönen Tages, wenn sie merkt, daß du außerstande bist, dich zu wehren, wird sie dich fortjagen.«

Ihre Worte wurden unverständlich, und sie lallte vor Aufregung. Dabei machte sie mit beiden Händen eine abwehrende Bewegung, als wolle sie etwas Furchtbares wegschieben. Schließlich stammelte sie ängstlich:

»Ich komme auch noch dran, sie haßt mich ja.«

»Was hast du denn?« rief Emily ganz entsetzt über die Erregung ihrer Großmutter, »ich hätte dir das alles nicht erzählen sollen.« Mrs. Elliot ergriff die Hand ihrer Enkelin und hielt sie fest.

»Oh doch, du mußt mir alles sagen, das hast du mir versprochen – alles, was sie tut...« Sie hielt inne und fragte unvermittelt:

»Hat sie von mir gesprochen?«

»Nein, Großmutter.«

»Sag mir nur alles, liebes Kind.« Sie neigte sich vor und preßte ihre Lippen auf Emilys magere Hände. »Schau, ich bin deine arme Großmutter, die dir vertraut. Ich will dir helfen, hör mir zu.« Sie lächelte Emily zu wie einem Kinde, dem man ein Spiel vorschlägt.

»Sagt sie vielleicht, daß ich eine unangenehme Person bin? Sei ganz unbesorgt, das verletzt mich nicht im geringsten.«

»Sie spricht gar nicht von dir, Großmutter.«

»Wirklich nicht? Sagt sie zum Beispiel nicht, daß ich sie sehr viel koste? Doch, nicht wahr?« Mrs. Elliot merkte, daß Emily nachdachte.

»Sie hat gesagt, daß sie die Heizung in deinem Zimmer sehr teuer zu stehen kommt.«

»Die Heizung in meinem Zimmer?« Die alte Frau stöhnte. »Sie will meinen Tod! Hat sie denn kein Herz im Leibe? Habe ich sie nicht selbst ernährt, erzogen, sie umsorgt? Barmherziger Gott! Was sagt sie noch?«

Die alte Frau streichelte Emilys Hände, um sie zum Weitersprechen zu bewegen. »Gott wird es dir lohnen, daß du so gut zu mir gewesen bist.«

»Sonst sagt sie nichts, das ist alles.« Die Fragen machten Emily nervös. Aber Mrs. Elliot ließ nicht locker:

»Ich bin sicher, daß sie noch anderes sagt. Wenn sie dich aus meinem Zimmer kommen sieht, sagt sie da gar nichts? Oder wenn sie mir das Essen bringen läßt, sagt sie da nicht...«

»Sie sagt wirklich nichts«, wiederholte Emily.

»So hör doch.« Mrs. Elliot war gereizt und sprach ein wenig geziert, um die Freundlichkeit ihrer Tochter nachzuahmen: »– – ungefähr so: ›Ach, wieviel Geld geben wir doch für deine Großmutter aus, liebes Kind.‹«

Emily erhob sich jäh und schüttelte den Kopf:

»Nein, das sagt sie nicht.«

»Ach, liebste Emily, ich langweile dich wohl, aber du mußt freundlich sein und Geduld mit mir haben«, sagte Mrs. Elliot scheinbar zerknirscht. »Ich bin krank, ich brauche Schonung. Setz dich, mein Kind. Hör zu. Ich habe große Fehler, und ich will ja nur wissen, wie deine Mutter darüber denkt.« Wieder faßte sie Emilys Hände und drückte sie sanft. »Wahrscheinlich findet sie mich mürrisch, da wäre ich gar nicht beleidigt. Sie kann auch denken, daß ich zu verschwenderisch bin und daß man zuviel Holz in meinem Kamin verbrennt. Sagt sie etwa, ich sei undankbar?«

»Nein.«

»Unsauber, verwahrlost, schmutzig, etwas wird sie doch wohl sagen, wie?« rief Mrs. Elliot verzweifelt. »Ich weiß genau, daß sie mich haßt!« Und als die alte Frau sah, daß Emily keine Antwort gab, richtete sie sich mit erstaunlicher Kraft in ihrem Bett auf. Das Blut stieg ihr ins Gesicht, und sie rief erregt: »Du sagst mir nichts. Auch du bist eine Verräterin! Du hältst zu ihr und nimmst gegen mich Stellung. Du wirst ihr alles von mir erzählen. Geh!«

Der Zorn erstickte ihre letzten Worte. Sie versuchte aufzustehen, aber die Kräfte verließen sie; sie fiel aufs Bett zurück und verbarg ihren Kopf in den Kissen. Einen Augenblick lang stand Emily vor Angst wie gelähmt vor ihr und wußte nicht, was sie über diesen sonderbaren Auftritt denken sollte. Sie fürchtete, daß ihre Großmutter wieder einen Anfall erleiden könnte, und wollte um Hilfe rufen. Aber das regelmäßige Atmen der alten Frau beruhigte sie.

Sie ging hinaus.

Emily blieb noch einige Minuten vor der Tür stehen und lauschte angestrengt. Zuerst machte sie sich Vorwürfe, daß sie ihre Großmutter allein gelassen hatte, und dann fürchtete sie, durch ihre Gegenwart einen neuen Wutausbruch hervorzurufen. Schließlich ging sie in ihr Zimmer und wartete auf das Mittagessen.

Emily war über Mrs. Elliots Benehmen bestürzt, und es machte sie traurig. Sie hatte die Großmutter noch nie so zornig gesehen und konnte es nicht fassen, daß dies dieselbe Frau war, die sonst so gütig mit ihr sprach. Enttäuscht und erschreckt kam ihr zum Bewußtsein, wie jäh sich die Großmutter verändert hatte: Zuerst war sie zärtlich zu ihr gewesen, und dann hatte sie sie plötzlich aus dem Zimmer gejagt.

Nach einiger Überlegung beschloß Emily, sich wieder so zu benehmen, als ob zwischen ihr und der Großmutter am Morgen nichts vorgefallen sei. Dieser Entschluß machte sie ruhiger, aber sie mußte sich überwinden, um die wachsende Verzweiflung in ihrem Innern zu unterdrücken. Allerlei Träume ihres Herzens waren auf einmal in nichts zerronnen, und sie hatte ihre einzige Zuflucht verloren. Emily sah sich einer kalten, strengen Wirklichkeit gegenüber, die jede Illusion zunichte machte: sie mußte also das Zusammenleben mit der Mutter, das schwere Joch, weitertragen, bis es Gott gefiele, sie davon zu befreien. Welche Pläne hatte sie heute noch gehabt! Welche Hoffnung hatte sie erfüllt! Bei diesem Gedanken wurde sie von grenzenlosem Selbstmitleid erfaßt. Sie kniete am Fußende des Bettes nieder und begann heftig zu schluchzen.

Eine Weile später ging sie in das Speisezimmer. Die Mutter saß schon bei Tisch, ganz in Gedanken, und bemerkte weder Emilys gerötete Lider noch ihr verweintes Gesicht. Mrs. Fletcher schärfte ihrer Tochter genau ein, was sie den Stevens zu sagen habe. Ab und zu hielt sie inne und schüttelte den Kopf, als wolle sie jeden ihrer Sätze, die sie sich innerlich vorsagte, nochmals überdenken. Dann fuhr sie laut fort mit einer Reihe von Befehlen: »Sag ihnen, daß ich dich schicke und daß ich nicht ausgehen kann, weil ich nicht ganz wohl bin. Übrigens regnet es«, fügte sie hinzu, wie um ihre Ausrede zu rechtfertigen. »Vergiß nicht, daß wir den Wagen Dienstag früh brauchen. Sag ihnen auch, daß wir uns gegebenenfalls erkenntlich zeigen werden.«

Emily hörte ihrer Mutter schweigend und zerstreut zu. Manchmal hob sie den Blick zum Fenster und beobachtete den Regen, der unaufhörlich fiel. Sie konnte gegen ihre Schwermut nicht ankämpfen; alles schien ihr freudlos und widerwärtig: die Mahlzeit, die sie beendete, der Schal, dessen Wärme sie am Hals und an den Schultern fühlte, der ganze Aufwand, um dieses armselige Leben zu erhalten. »Wozu das alles? Ich werde ja doch niemals glücklich sein! Bringt mir doch jeder Tag nur neuen Verdruß...« Und sie fand sich selbst lächerlich, weil sie Hoffnungen in die Zukunft gesetzt und Pläne geschmiedet hatte.

Jetzt war sie ganz willenlos und in ihr Schicksal ergeben; sie hätte noch zehnmal mehr getan, als von ihr verlangt wurde, ohne an Widerstand zu denken. Sie war nicht mehr imstande, sich dieser Frau zu widersetzen, die ihr gegenübersaß und mit sanfter Stimme unaufhörlich wiederholte, was sie tun und sagen sollte.

Es hörte nicht auf zu regnen. Aber Emily wollte nicht länger warten, obwohl ihre Mutter schwach protestierte und so tat, als wolle sie sie zurückhalten.

Sie befestigte ihr Tuch über der Brust, spannte den Schirm auf und lief über den Rasenplatz durchs Gittertor auf die Straße. Es sah fast aus, als ob sie aus Mont-Cinère fliehe.

Es war nicht weit nach Rockly, wo die Stevens wohnten, aber der Weg war sehr steil, in schlechtem Zustand und an manchen Stellen ausgewaschen. An Regentagen war das Erdreich zwischen den großen Steinen ganz aufgeweicht. Da mußte man längs der Böschung gehen, die den Weg zu beiden Seiten säumte, durch schlüpfriges Gras und dichtes Gestrüpp. Emily fürchtete das, wenn sie bei schlechtem Wetter diesen Weg nehmen mußte, aber heute war es ihr gleichgültig, ob ihr das Wasser in die Schuhe drang und die Strümpfe von den Dornen zerrissen wurden; ja, es bereitete ihr sogar eine gewisse Freude, die Freude, sich ganz dem Schicksal zu überlassen, ohne dagegen anzukämpfen.

Sie hatte die Stevens fast zwei Jahre nicht gesehen. Sie waren Farmer, die früher im Dienst ihres Vaters gestanden hatten und denen er das Stück Grund verkauft hatte, auf dem sie wohnten. Sie besuchten oft die umliegenden Dörfer und Märkte, wo sie ihr Gemüse verkauften; aber sonst blieben sie zu Hause und verkehrten kaum mit den Nachbarn. Sie waren zu zweit: Frank Stevens und seine Frau. Als Stephen Fletcher noch lebte, war Stevens in Mont-Cinère als Gärtner angestellt, aber nach dem Tode ihres Gatten hatte Mrs. Fletcher eine Lohnstreitigkeit zum Vorwand genomen, um den jungen Mann zu entlassen. Ein- oder zweimal war er noch in Mont-Cinère gewesen, um dort sein Obst und Gemüse anzubieten, aber als er sah, daß ihm nichts oder kaum etwas abgekauft wurde, kam er nicht mehr. Mrs. Fletcher urteilte sehr hart über ihn und fand, daß er kein ehrliches Gesicht habe, doch sie fügte immer hinzu, daß sie sich mit ihren Nachbarn vertragen und den Stevens stets helfen wolle, wenn sie etwas brauchten. Und da sie das ihrer Tochter immer wieder versicherte, schien es ihr, daß die Stevens verpflichtet seien, sich dankbar zu zeigen. Mrs. Fletcher ging mitunter hinüber und borgte sich Gartengeräte und Körbe aus. Ja, diese sonst so schüchterne Frau hatte die Frechheit, ihnen für Rhabarber und Mais einen so lächerlichen Preis zu bieten, daß sie in unverschämter Großmut nichts dafür forderten und ihr die Beute umsonst überließen. Eines Tages gab es einen ziemlich heftigen Wortwechsel wegen eines Gartenmessers, das Mrs. Fletcher ausgeliehen, aber nicht zurückgegeben hatte, und damals hatte sie beschlossen, Rockly nicht mehr zu betreten. Seither hatte sie die Stevens nicht wiedergesehen; sie fürchtete vor allem den Zorn der Frau, die

Mrs. Fletcher einen alten Geizkragen genannt und mit der Polizei gedroht hatte, wenn sie ihr Gartenmesser nicht zurückbekäme.

Emily wußte nichts von diesem Streit, da ihre Mutter sich gehütet hatte, ihr davon zu erzählen. Trotzdem schien es ihr, daß die Stevens Mrs. Fletcher nicht sonderlich liebten, und sie schloß aus den Reden der Dienstboten, daß sie sie wegen ihres vermeintlichen Reichtums beneideten. Bei diesem Gedanken blieb Emily auf ihrem Wege nach Rockly einen Augenblick unentschlossen stehen. Höchstwahrscheinlich würden die Stevens ihren Wagen nicht verleihen. Wäre es da nicht viel einfacher, nach Mont-Cinère zurückzukehren und zu sagen, ihre Bitte sei abgeschlagen worden? Aber ihre natürliche Abneigung gegen jede Lüge ließ Emily diesen Gedanken gleich wieder aufgeben.

Sie fand das Gitter offen und schritt durch den Garten, ohne jemandem zu begegnen; aber als sie die Stufen des Vorbaus hinaufstieg, lief ihr bellend ein alter Jagdhund entgegen. Im selben Augenblick rief aus dem Hause eine rauhe Stimme nach dem Hund, und die Tür wurde jäh geöffnet.

Emily erblickte einen großen jungen Mann mit einem kleinen, runden Schädel auf einem mächtigen Hals und athletischen Armen. Ein mächtiger brauner Haarschopf fiel ihm weit in die Stirn und beschattete die tiefliegenden, schwarzen Augen. Mit seiner breiten, eckigen Nase, den vollen Wangen und den aufgeworfenen roten Lippen war er ein Bild der Gesundheit und Kraft, aber sein Blick war unstet und hatte etwas Unangenehmes. Er trug eine Drillichhose, und das offene Hemd ließ seine Brust sehen.

»Ich komme in Mrs. Fletchers Auftrag«, sagte Emily hastig.

»Bitte treten Sie ein, Fräulein.«

Der Raum war niedrig und eng, das Licht fiel durch zwei kleine Schiebefenster. In dem Backsteinkamin brannte ein Scheit Holz armselig auf einem Häufchen Asche. Ein langer Küchentisch stand an der Wand. Vom Lehmboden zur geschwärzten Decke zog grauer Rauch aus dem Kamin; die Luft war stickig.

Sie setzten sich einander gegenüber ans Feuer.

»Meine Mutter möchte Sie um etwas bitten«, begann Emily. »Können Sie ihr am Dienstag den Wagen leihen?«

Frank senkte den Kopf, zögerte mit der Antwort und rieb sich langsam und verlegen die Hände.

»Wissen Sie«, sagte er mit sanfter Stimme, die im Gegensatz zu seinem ein wenig rauhen Äußeren stand, »wir brauchen unseren Wagen zweimal wöchentlich. Am Dienstag und Samstag fahren wir auf den Markt.«

Emily hielt die Antwort für eine Lüge und verachtete den jungen Mann deswegen. Überdies mißfiel ihr der höfliche Ton, in dem er mit ihr sprach, weil er ihr unnatürlich erschien. Sie erinnerte sich, wie voreingenommen ihre Mutter gegen den früheren Gärtner war, und fragte sich, ob sie nicht guten Grund dazu hatte.

»Wir brauchen den Wagen gerade am Dienstag.«

»Wenn Mrs. Fletcher vielleicht an einem anderen Tag...«

»Nein, am Dienstag«, beharrte Emily, glücklich, daß ihre Mutter den Wagen nun doch nicht bekommen würde, und befestigte das Umhängetuch, das sie beim Eintreten auseinandergeschlagen hatte.

»Warten Sie einen Augenblick«, rief Frank, der glaubte, daß Emily gehen wolle. »Wohin möchte Mrs. Fletcher am Dienstag fahren?«

»Nach Wilmington!«

»Zur Auktion? Ich fahre auch hin. Warum sollten wir nicht miteinander fahren? Ginge das nicht?«

Emily nickte.

Allmählich hatte sie sich an den Rauchgeruch gewöhnt und fühlte sich in diesem warmen Zimmer fast behaglich. Sie hörte den Regen, der dumpf an die Scheiben schlug, doch schien er schwächer zu werden. Verstohlen blickte sie umher und bemerkte verschiedene Kleinigkeiten, die sie erstaunten und interessierten. Alles verriet große Nachlässigkeit. Auf dem Boden lagen Haufen von Gemüse neben verschiedenen Gartengeräten. Leere Flaschen waren in einem Winkel gestapelt. Die Tapete war verblaßt und fleckig. Und Emily verglich im Geiste diese Verwahrlosung mit dem peinlich sauber geführten Hause ihrer Mutter; sie dachte an das Speisezimmer in Mont-Cinère; jeden Tag wurden die Möbel poliert, der Parkettboden war mit äußerster Sorgfalt gewachst und glänzte wie Metall. Aber in diesem großen, ungastlichen Zimmer brannte nie ein Feuer, an dem man behaglich hätte sitzen und lesen können, und Emily warf einen neidischen Blick auf das Holzscheit, das langsam zu ihren Füßen verglomm.

Schließlich erhob sie sich, und Frank begleitete sie zur Tür. Er sah sie einen Augenblick lang von der Seite an und schien etwas sagen zu wollen, ohne die richtigen Worte zu finden. »Ich bin sehr froh, daß ich Sie heute gesehen habe, Fräulein«, sagte er plötzlich, als sie unter dem Vorbau waren und sie die Stufen hinuntersteigen wollte. »Übrigens wollte ich noch in diesem Monat nach Mont-Cinère kommen.«

Emily blieb stehen.

»Auch ich möchte Ihre Mutter um einen Gefallen bitten.« Er senkte den Blick. »Aber nach drei Jahren ist das schwierig...«

»Worum handelt es sich?«

»Es ist wegen des Gartenmessers, Sie wissen schon. Mrs. Fletcher war damals sehr ungehalten. Meine Frau hat es zurückgefordert.«

Dann fügte er rasch hinzu:

»Übrigens kann Mrs. Fletcher das Gartenmesser behalten.«

Emily verstand nicht und sagte hastig:

»Sie können am Dienstag ja selbst mit meiner Mutter sprechen.«

Er hielt sie nochmals zurück: »Bitte, sagen Sie ihr, daß meine Frau im Bett liegt«, bat er unterwürfig. »Sie kann nicht arbeiten.« Dann fügte er leiser hinzu, als wolle er wegen seiner Worte um Entschuldigung bitten: »Sie bekommt ein Kind.«

Emily sah zur Seite; sie verstand ihn nicht recht, war betroffen, ohne zu wissen weshalb, und errötete. Vielleicht brachte Franks beschämte Miene sie in Verlegenheit. Sie wiederholte: »Ein Kind?« Und sie hätte gern gefragt: »Ja, aber was fehlt denn Ihrer Frau?«

Jetzt regnete es schwächer. Einen Augenblick lang herrschte Schweigen.

»Wenn Sie vielleicht ein gutes Wort für uns einlegen könnten«, sagte Frank schüchtern.

Emily heftete ihre schwarzen Augen auf den jungen Mann; sein ängstlicher Ausdruck verursachte ihr Unbehagen, und sie antwortete hart: »Es ist besser, wenn Sie ihr alles selbst sagen.«

Dann öffnete sie ihren Regenschirm und entfernte sich rasch. Sie war schon auf der Landstraße, als sie hörte, wie Frank ihr vom Hause nachrief: »Soll ich Sie nicht mit dem Wagen zurückfahren?«

Sie setzte mit einer verneinenden Handbewegung den Weg nach Mont-Cinère fort.

Zuerst kam ihr die Entfernung geringer vor. Es regnete noch ein wenig, aber Emily achtete nicht darauf, schritt rasch aus und sprach zu sich selbst, so sehr hatte sie dieser Besuch erregt. Sie stellte sich vor, wie sie der Großmutter ihren Besuch bei Stevens schildern, seine Bewegungen und seine Art zu sprechen nachahmen würde. Sie erregte sich bei dieser Vorstellung und übertrieb unwillkürlich. Da erinnerte sie sich plötzlich, daß Mrs. Elliot ja sehr aufgebracht über sie war und daß sie sie in nächster Zeit wahrscheinlich nicht sehen würde. Plötzlich blieb sie mitten auf der Straße stehen. Nie zuvor war sie so traurig gewesen.

12

Emily kam unruhig und mutlos nach Mont-Cinère zurück, und die Mutter, die sie im Vorzimmer traf, war ihr in ihrer äußerlichen Ruhe noch unangenehmer als sonst. Es kam Emily vor, als ob sich ihr Leben plötzlich verändert habe: bis heute war es nur langweilig gewesen, jetzt war es unerträglich geworden. Vor Schwäche und Angst war ihr fast übel. Woher kam diese plötzliche und heftige Abneigung? Sie wußte es nicht. »Vielleicht weil ich kein Kind mehr bin«, wiederholte sie sich, »vielleicht kann ich mich deshalb nicht mehr mit diesem Leben abfinden.« Am liebsten hätte sie ihrer Mutter ins Gesicht geschrien: »Bitte, frag mich nichts. Frag nichts! Laß mich in Ruhe!«

»Nun, Emily«, sagte Mrs. Fletcher und rieb sich die Hände. »Was hast du zu berichten?«

»Frank Stevens wird dich am Dienstag in seinem Wagen abholen«, sagte Emily mit tonloser Stimme.

»So?« Mrs. Fletcher triumphierte; sie hielt inne und wollte etwas fragen. Aber Emily lief an ihr vorüber und eilte zur Treppe. »Am Dienstag?« wiederholte die Mutter. »Kommt er hierher?«

»Ja.« Emily hastete die Treppe hinauf.

»Wohin gehst du denn?« fragte Mrs. Fletcher mißmutig, als sie ihre Tochter davoneilen sah.

»Ich will mich umziehen, ich bin ganz durchnäßt.«

Sie wollte allein sein. Wäre es möglich gewesen, sie wäre geflohen, um ihre Mutter nie mehr sehen zu müssen. Sie fühlte ihr Herz heftig schlagen; in einem ihrer plötzlichen Zornesausbrüche, vor denen sie selbst erschrak, stürzte sie in ihr Zimmer, schloß die Tür ab und warf sich aufs Bett. So blieb sie ein paar Minuten, eingewickelt in ihren langen, nassen Schal, den sie vergessen hatte abzulegen, und zitterte vor Kälte und Erregung. Ein einziger Gedanke beherrschte sie in ihrer Verwirrung, und sie sagte halblaut vor sich hin: »Ich möchte sterben, ich möchte sterben.«

Endlich erhob sie sich, aber sie wurde von einem Schwindel erfaßt, sank am Fußende ihres Bettes nieder und fiel auf die Knie. In ihren Ohren brauste es. Sie neigte ihr Gesicht auf die Decke, barg den Kopf in den Händen und versuchte, sich ihrer düstern Gedanken zu erwehren und zu beten. Aber ihre Lippen sprachen Worte, deren Sinn sie nicht erfaßte. Verzweifelt begann sie zu stöhnen: »Ich bin ja so schlecht. Lieber Gott, ändere mich.«

Es dunkelte schon, als sie sich erhob, und mit dem sonderbaren Schrecken, den jäh Erwachende empfinden, blickte sie umher. Sie vermochte nur mit Mühe die Hände zu bewegen und merkte, daß sie geschlafen hatte. Vor dem Spiegel konnte sie einen Schrei nicht unterdrücken; ihr Gesicht war weiß, und lange Haarsträhnen, die an ihrer Stirn klebten, gaben ihr ein wildes Aussehen; ihre weit aufgerissenen Augen schienen schwärzer und glänzender als sonst. Sie wurde von einem Schauder erfaßt und dachte entsetzt: »Ich werde krank.«

Sie kleidete sich aus, so rasch sie konnte, und zog ein schwarzes Wollkleid an, das sie im Winter trug. Ihre Füße waren eiskalt, und es gelang ihr nicht, sie zu erwärmen. Dann fuhr sie in die Pantoffeln und trocknete ihr nasses Haar mit einem Handtuch. Die Angst, krank zu werden, schnürte ihr das Herz zusammen. Sie zog ein altes Tuch aus der Tischschublade, das sie zu einer Kapuze formte und über der Brust befestigte. Dann zündete sie die Kerze an, setzte sich an den Tisch, öffnete ihre Bibel und begann die Psalmen zu lesen. Es schien ihr, daß jeder Satz eigens für sie geschrieben sei. Die Worte ergriffen sie und schenkten ihr eine schmerzliche Beruhigung. Emily sah ein, daß es fast immer besser sei, sich mit dem Gegebenen abzufinden, anstatt sich aufzulehnen, und daß man sich nicht zu einer Tat des Zornes hinreißen lassen solle. Nach einer Weile trübte sich ihr Blick, und Tränen flossen ihr über die Wangen. Sie berührte gedankenlos die Gegenstände, die sie umgaben, blätterte in ihrem Buch und hielt mit einem Streichholz die Wachstropfen auf, die in den

Leuchter fielen, als ob dieses Spiel die Trauer, die sie verzehrte, verscheuchen könne. Bald darauf hörte sie die Mutter rufen und begab sich ins Speisezimmer. Es war Essenszeit. Aber welchen Zwang sie sich auch antat, sie war nicht imstande, einen Bissen hinunterzubringen. Sie zitterte unablässig, und Mrs. Fletcher sah sie angstvoll an. Doch in ihre Besorgnis mischte sich Gereiztheit, und sie fragte ungeduldig: »Was hast du denn schon wieder? Du wirst doch nicht krank werden?«

Sie wollte Emily zwingen, einen Teller Suppe zu essen. Die Angst, Lebensmittel zu vergeuden, nahm ihrer Stimme die gewohnte Sanftheit und Schüchternheit.

»Iß doch«, wiederholte sie, »ich will, daß du ißt.« Aber Emily schüttelte eigensinnig den Kopf. Sie mußte hinaufgehen und sich niederlegen, bevor die Mahlzeit zu Ende war. Ihre Mutter wagte nicht, sie zurückzuhalten, bot ihr sogar ihre Hilfe an, denn das Zittern, das Emily befallen hatte, erschreckte sie.

»Morgen wirst du schon wieder gesund sein!« Sie begleitete ihre Tochter bis zur Treppe. »Nicht wahr, morgen ist alles wieder gut?«

Emily ging sofort zu Bett; sie hatte ihre Kleider über die Bettdecke gelegt, um sich rascher zu wärmen, und schlief bald ein. Aber ein paarmal schreckten quälende Träume sie jäh aus ihrem Schlaf.

Ein besonders schrecklicher Traum ließ sie laut aufstöhnen. Sie träumte, daß sie in Rockly sei, ganz allein in dem Raum, in den Stevens sie am Nachmittag geführt hatte. Der Regen prasselte mit großer Heftigkeit an die Scheiben. Emily blickte um sich und erkannte im Dämmerlicht den Kamin, die Stühle, eine Hacke, die an der Wand lehnte. Und plötzlich sah sie die Mutter zu ihren Füßen liegen, mit dem Gesicht am Boden, und ihre kleinen, fleischigen Hände bewegten sich, als wollten sie nach etwas greifen. Emily sah sie einen Augenblick lang an, ohne sich zu regen. Endlich erinnerte sie sich mit großer Anstrengung, wie man sich weit zurückliegender Dinge entsinnt, daß sie ihre Mutter mit dem Gartenmesser erstochen hatte. Außer sich vor Angst lief sie durch den Raum und suchte etwas, womit sie den Leichnam bedecken könnte. Endlich fand sie hinter einer Tür an einem Wandhaken eine lange braune Kutte. Sie riß sie vom Haken und warf sie hastig über die Tote. Es klopfte. Sie hatte gerade noch Zeit, sich an den Tisch zu setzen und »Herein!« zu rufen. Da öffnete sich die Tür ganz weit, als hätten Regen und Sturm sie aufgerissen. Stevens stand auf der Schwelle. Wasserbäche rannen aus den Falten seines Anzuges. Er schien sich unbehaglich zu fühlen und sah zu Boden, aber fast gleichzeitig tat er ein paar Schritte vorwärts und sagte:

»Ich möchte mit Mrs. Fletcher sprechen. Wegen des Gartenmessers, Fräulein.«

Emily gab keine Antwort, sie versuchte die Augen von der braunen Kutte abzuwenden, aber es gelang ihr nicht; sie hörte ihren eigenen rauhen, keuchenden Atem; es war ihr, als ob Stunden vergingen. Endlich trat der junge Mann zu dem Leichnam und zog das Gewand weg. Mit einem fürchterlichen Schrei stürzte Emily zur Tür und lief so rasch sie konnte durch den Garten auf die Straße, wo ihre Füße in dem bodenlosen Schmutz wie in Treibsand versanken. Leute liefen hinter ihr her; sie liefen schneller als Emily; gleich würden sie sie einholen. Wie viele Menschen waren ihr auf den Fersen? Einer schrie etwas, aber der Wind verwehte die Worte; er schrie lauter, und es klang wie ein Jammern; vielleicht war es gar keine menschliche Stimme. Emily nahm ihre ganze Kraft zusammen, kletterte die Böschung hinauf und lief jetzt noch rascher. Aber die Stimme verfolgte sie mit ihrem Jammern: es war die Stimme ihrer Mutter.

»Das Gartenmesser! Das Gartenmesser!«

Emily erwachte in Schweiß gebadet; ihre Hände zitterten vor Entsetzen, und sie suchte Kerze und Streichhölzer. Erst als das brennende Licht auf dem Tisch stand, beruhigte sie sich langsam, setzte sich im Bett auf und blieb lange regungslos, den Kopf an die Knie gedrückt. Alle fürchterlichen Einzelheiten ihres Alptraums kamen ihr wieder zum Bewußtsein. Erst als der Morgen dämmerte, entschloß sie sich, die Kerze auszulöschen; dann schlief sie wieder ein.

13

Am nächsten Morgen mußte sie sich zwingen, aufzustehen. Ihre Glieder schmerzten bei jeder Bewegung so sehr, daß sie aufstöhnte. Sie zitterte unaufhörlich, und ihre Zähne schlugen aufeinander; aber ihre Wangen brannten, und ihre Augen glänzten stärker als sonst. Trotzdem ging sie ins Speisezimmer hinunter.

Ihre Mutter, die überzeugt war, daß Emily wiederhergestellt sei, war über das Aussehen der Tochter höchst beunruhigt.

»Was hast du denn?« Ihre Stimme zitterte und klang gereizt. »Wirst du etwa krank werden, damit ich noch mehr Sorgen habe?« Und als das junge Mädchen erwiderte, daß es friere, legte sie über das Tuch, das Emily trug, noch einen zweiten Schal und einen Umhang, der Stephen Fletcher gehört hatte. Schließlich kam ihr eine glänzende Idee: »Geh zur Großmutter, in ihrem Zimmer ist geheizt, dort wird dir behaglicher sein.«

Emily willigte gern ein. Aus eigenem Antrieb hätte sie Mrs. Elliot wohl nicht besucht, weil sie fürchtete, schlecht empfangen zu werden; aber sie war glücklich, daß sie dazu gezwungen wurde. Trotzdem verharrte sie einen Augenblick vor der Tür und rief leise; es kam keine Antwort.

Schließlich trat sie ein und setzte sich ans Bett. Die alte Frau war eingenickt, aber sie erwachte sofort und lächelte, als sie ihre Enkelin sah.

»Du bist ein gutes Kind.« Und sie faßte zärtlich Emilys Hände.

»Es ist sehr lieb von dir, daß du das Böse, das man dir

zugefügt hat, so rasch vergißt. Gestern nachmittag habe ich an dich gedacht, ich wäre so froh gewesen, wenn du gekommen wärst. Hast du denn gefürchtet, daß ich noch zornig sein könnte? Das hat nichts zu sagen, du weißt ja, daß ich krank bin. Ich bin manchmal heftig, aber ich habe dich sehr lieb, Emily.«

Dann fragte sie unvermittelt:

»Du hast doch der Mutter nichts erzählt?«

Emily schüttelte den Kopf.

»Was ist denn mit dir?« Mrs. Elliot sah, daß Emily zitterte, und sie faßte einen Zipfel des Umhangs, den sie bis jetzt noch nicht bemerkt hatte: »Was hast du denn da?«

Emily erzählte nun von ihrem Besuch in Rockly und von dem erzwungenen Gang im strömenden Regen. Sie fügte kurz hinzu, daß sie die ganze Nacht nicht habe schlafen können. Wenn sie für einen Augenblick eingeschlummert sei, so habe sie ein Alptraum gequält. Emily merkte, daß Mrs. Elliots Gesicht während ihrer Erzählung dunkelrot wurde vor Empörung. Die alte Frau zürnte ihrer Tochter: sie besaß keinen Stolz und hatte Emily in die Lage gebracht, von Stevens grob behandelt zu werden. Als Emily dann den Rückweg nach Mont-Cinère schilderte, wie sie fast im Straßenschmutz versunken sei, brach Mrs. Elliot los:

»Natürlich, jetzt bist du krank.« Ihre Stimme bebte vor Zorn. »Und wer ist schuld daran? Diese Frau und ihr widerlicher Geiz. Sie könnte ja ganz gut mit der Eisenbahn fahren. Aber nein! Da müßte man Geld ausgeben!« Jetzt machte sie ein düsteres und besorgtes Gesicht wie ihre Tochter, wenn es um Dollars ging. »Sieh dir einmal das Feuer an. Sie gibt mir, ihrer Mutter, nicht mehr Holz, und ich bin doch krank. Ein Armeleutefeuer, zwei Scheite Holz glimmen im Kamin.«

Emily überzeugte sich davon.

»Lieber ließe sie sich in Stücke reißen, ehe sie noch ein Scheit Holz nachlegte. Gott allein weiß, wieviel Holz sie im Keller hat. Ach, liebes Kind, niemand ist so unbarmherzig wie ein Geizhals. In deiner Mutter ist jedes Gefühl erloschen.«

Die alte Frau hielt einen Augenblick inne, dann sagte sie heftig:

»Weißt du, daß sie gestern nachmittag bei mir war?«

»In diesem Zimmer?« fragte Emily sehr verwundert.

»Ja, in diesem Zimmer«, wiederholte Mrs. Elliot mit einem Lächeln, das ihre Zähne freiließ. »Während du in Rockly warst, habe ich mich sehr elend gefühlt und mußte rufen, da ist sie gekommen.«

»Was hat dir denn gefehlt, Großmutter?«

»Nichts von Bedeutung; ich hatte sehr starke Kopfschmerzen, und da habe ich gerufen, und deine Mutter ist gekommen. Weißt du, daß sie schon seit einem Jahr nicht in meinem Zimmer gewesen ist? Ich finde sie ganz verändert.«

Sie sah Emily kopfschüttelnd an.

»Ja. Um den Mund hier«, sie zeigte es mit dem Finger, »sind Falten, die sie früher nicht hatte. Richtige Runzeln einer geizigen alten Frau. Dann ist auch ihr Teint so unrein geworden. Du hast mir nicht gesagt, daß ihre Haut ganz gelb ist.«

»Die Mutter geht ja nie aus«, sagte Emily.

»Und wie sie gealtert ist und wie böse sie durch das Alter geworden ist«, setzte Mrs. Elliot heftig hinzu. »Hast du bemerkt, wie sie einen anschaut? Sie hat ja kaum gesprochen, aber ich fühlte, daß sie voller Groll und Haß ist. Wie vieles muß sie in ihrem Innern verbergen! Spricht sie viel mit dir?«

»Nein, Großmutter.«

»Spricht sie niemals von mir?«

»Nein.«

»Sicher denkt sie um so mehr an mich. Du hättest nur den Ausdruck ihres Gesichtes sehen müssen, als ich ihr gesagt habe, daß mir kalt sei und daß man Holz nachlegen solle! Ach Gott, ich muß dir etwas sagen.«

Sie senkte die Stimme und flüsterte geheimnisvoll:

»Ich würde mir nicht wünschen, daß sie meine Arzneien bereitet, wenn ich gezwungen wäre, welche zu nehmen.«

Emily fuhr zusammen, und ihre Augen wurden größer.

»Was sagst du da, Großmutter?«

Mrs. Elliot schüttelte wieder den Kopf, einige Haarsträhnen lösten sich aus ihrer Haube und zitterten auf den Wangen.

»Ich sage, was ich denke«, antwortete sie traurig lächelnd und fügte sogleich hinzu: »Ich hätte bald vergessen, dir zu erzählen, daß sie über dich gesprochen hat.«

Dabei blickte sie das junge Mädchen an, aber Emily verzog keine Miene und schwieg. Vielleicht ließ Mrs. Elliots Ton sie eine ähnliche Szene wie die vom vorhergehenden Tage befürchten.

»Sie hat gesagt«, fuhr die Großmutter fort, »daß neuerliche Ausgaben sie sicherlich zwingen würden, die Köchin zu entlassen. Sie rechnet damit, daß du mit ihr die ganze Hausarbeit machen wirst.«

Sie hielt eine Weile inne, als ob sie die Wirkung ihrer Worte beobachten wolle. Eine leichte Röte stieg in Emilys Wangen.

»Ich habe sie wohl verstanden.« Mrs. Elliot hob die Stimme. »Sie kauerte vor dem Kamin und legte Holz nach. Dabei murmelte sie halblaut vor sich hin. Hätte sie mir alles ins Gesicht gesagt, ich hätte sie sicherlich weniger verachtet, weniger gehaßt, aber sie wagte es nicht, sie ist ja so feige...«

Plötzlich richtete sie sich im Bett auf und wies mit der Faust zur Tür:

»Was für ein böses Weib! Gott möge sie strafen!« Ihre Stirn und Wangen färbten sich dunkelrot; sie faßte die Hand ihrer Enkelin, die sie entsetzt ansah. »Sie will mich loswerden«, dabei schüttelte sie Emilys Hand, »sie sagt, daß ich sie um ihr Geld bringe.«

Vor Erregung geriet Mrs. Elliot außer Atem; sie sah Emily an, verzweifelt und zornig zugleich. Tränen zitterten an ihren Wimpern, und ihre Lippen bewegten sich, ohne daß ein Laut hervordrang.

»Sie sagt nichts, Großmutter«, stammelte Emily. »Sie wird dich nicht anrühren, ich verspreche es dir.«

»Laß gut sein«, flüsterte Mrs. Elliot mit bebender Stimme. »Ich weiß, daß sie mich vergiften will.«

Jäh ließ sie die Hand ihrer Enkelin fahren, verbarg ihr Gesicht in der Decke und brach in Schluchzen aus.

14

Mrs. Fletcher wußte nichts von diesen Gesprächen und Szenen und hatte keine Ahnung, daß sie selbst eine so große Rolle darin spielte. Wohl fragte sie sich manchmal, was Emily und Mrs. Elliot miteinander reden mochten, aber sie war nicht neugierig, näheres zu erfahren, und dachte: »Sicher bringt die Mutter ihr den Katechismus bei oder läßt sie die Bibel vorlesen.« Denn sie verließ sich vollständig auf Mrs. Elliot, was Emilys Unterricht betraf, und kümmerte sich nicht darum, worin das Erziehungsprogramm der alten Frau eigentlich bestand. »Sie lehrt sie das, was sie mich seinerzeit gelehrt hat, und das genügt.«

Dadurch war sie vollständig Herrin ihrer Zeit und widmete sich ungestört den tausend Nichtigkeiten, aus denen ihr Leben bestand. Schon vor Tagesanbruch war sie auf den Beinen und weckte selbst die Köchin, eine alte Negerin, die seit ihrer Geburt den Fletchers gehörte. Sie war zwar durch den Krieg frei geworden, verließ ihre Herrschaft jedoch nicht. Nie hatte sie zu Lebzeiten Stephen Fletchers von ihm einen Lohn erhalten, aber er hatte mit ihr in so liebevollem Ton gesprochen wie mit niemand anderem und sie gütig behandelt. Mrs. Fletcher hingegen begnügte sich damit, ihr das Essen zu geben und sie in einem Verschlag auf einem Strohsack schlafen zu lassen; nur selten richtete sie ein anderes Wort als einen Befehl an die Negerin, und selbst dann klang ihre schüchterne Stimme kurz und unangenehm.

Die beiden Frauen arbeiteten von fünf Uhr morgens an; die Negerin backte Brot, Mrs. Fletcher kehrte und staubte die Möbel ab. Um halb sieben waren sie fertig, und ein wenig später kam Emily ins Speisezimmer, wo bereits alles aufgeräumt war; das Frühstück stand auf dem Tisch. Emilys tägliche Aufgabe beschränkte sich darauf, ihr Zimmer in Ordnung zu bringen und die Näharbeiten zu machen, die die Mutter ihr jeden Morgen zuwies.

Der Rest des Tages verging für Mrs. Fletcher sehr rasch: neben der Arbeit, die früher das Stubenmädchen verrichtet hatte, dachte sie sich allerlei Obliegenheiten aus, die sie bis zum Abend in Atem hielten. So überprüfte sie unermüdlich alle Räume des Hauses, um sich zu vergewissern, daß nichts fehlte und nichts zerbrochen war. Sie zählte stets von neuem alle Nippsachen, die ihr Mann von seinen Reisen mitgebracht hatte; sie standen auf ihrem angestammten Platz, von dem sie niemals fortgenommen werden durften. Ein ungeheures Mißtrauen hatte seit einigen Jahren von dieser Frau Besitz ergriffen. Für sie gab es keinen Zweifel, daß die Bewohner von Mont-Cinère, ja alle Menschen, die sich dem Hause näherten, habgierig seien. Fast täglich stieg sie heimlich in den Verschlag hinauf, wo die Köchin schlief, und durchwühlte ihren armseligen Strohsack. Mrs. Fletchers ständige Angst war, daß die Negerin Kleinigkeiten an sich bringen und in ihrem Lager verstecken könnte. Auch scheute sie nicht davor zurück, die Kleidungsstücke der alten Magd zu durchsuchen; vielleicht hatte sie darin Geldstücke verborgen. Vorsichtshalber schrieb sie auf kleine Zettel die Liste der Gegenstände, die ihr die wertvollsten im Hause schienen; dann schob sie diese eigenartigen Verzeichnisse zwischen die Blätter ihrer Bibel, und mehrmals wöchentlich las sie diese Aufzeichnungen ängstlich und genau durch. Sie liebte diese Gegenstände nicht um ihrer Schönheit oder Annehmlichkeit willen, sondern dachte nur an ihren Wert und sagte sich, daß sie vielleicht eines schönen Tages sehr glücklich sein würde, durch ihren Verkauf ein wenig Geld zu erzielen.

Infolge ihrer Veranlagung neigte Mrs. Fletcher zu Schwermut und bangte vor einer Zukunft in Armut. Nichts vermochte diese quälende Unruhe zu betäuben; manchmal, scheinbar ohne Grund, steigerte sie sich zur Furcht. Dann sprach sie von nichts anderem als davon, daß sie Mont-Cinère verkaufen oder sich noch mehr einschränken müsse, um die Reste ihres kleinen Vermögens zu retten. Neue quälende Vorstellungen hatten sich ihrer bemächtigt und ließen sie nicht schlafen. Mitten in der Nacht stand sie plötzlich auf und stieg in die Zimmer des Erdgeschosses hinunter, um sich zu überzeugen, ob alle Türen und Fenster gut verschlossen seien. Und trotz ihrer Ängstlichkeit lief sie mit der brennenden Kerze durch das ganze Haus, um nach versteckten Dieben zu suchen.

Lange Zeit wurde sie von einer besonders seltsamen Furcht gequält. Oft, wenn alles in Mont-Cinère schlief, sprang sie aus dem Bett, um auf Zehenspitzen zur Tür der Kammer zu schleichen, wo die Köchin schlief. Und dort lauschte sie auf die Atemzüge der alten Frau, die sie innerlich beschuldigte, daß sie mit dem ganzen Silberzeug fortlaufen wolle. Es schien ihr so einfach, einen solchen Diebstahl auszuführen, und sie sagte sich immer wieder: »Wenn ich daran gedacht habe, so hat sie ebenso leicht auf den Gedanken kommen können.« Sie legte sich erst dann nieder, wenn im Speisezimmer Löffel und Gabeln flüchtig nachgezählt waren, die sie zu diesem Zwecke zu je zehn Stück zusammengebunden hatte. Sie verschloß das Besteck im Schrank und trug den Schlüssel an ihrem Hals. Aber sogar diese Vorsichtsmaßnahmen regten sie auf, und sie sagte sich immer wieder: »Wenn ich das Silber so sorgfältig aufbewahre, so ist das ein Beweis, daß eine Gefahr lauert, mein Instinkt trügt mich nicht!«

Und in der Stille der Nacht grübelte sie nach über das Benehmen der Köchin während des Tages. So kam es ihr plötzlich vor, als ob Josephine schweigsamer als sonst gewesen sei. Die Köchin hatte sie zweimal im Speisezimmer aufgesucht, was sie sonst nie tat. Mrs. Fletcher sah in ihrer überreizten Phantasie jetzt die alte Negerin, wie sie die Tür des Schrankes aufbrach und aus Mont-Cinère flüchtete, das ganze Silberzeug in ihrer Schürze. Dabei warf sie sich unruhig im Bett hin und her, sie, die Eigentümerin dieses Besitzes, und fragte sich, ob sie nicht doch lieber ins Speisezimmer hinuntergehen sollte.

Einmal, im Winter, hielt sie es nicht mehr aus. Sie erinnerte sich, daß sie schon früher dieses und jenes aus dem Nachlaß ihres Mannes verkauft hatte, und beschloß, nun auch mit dem Silber so zu verfahren; doch da sie fürchtete, daß diese Maßnahme zu unangenehmen Szenen zwischen ihr und ihrer Tochter führen könnte, griff sie zu einer List und ordnete an, das Silberbesteck solle nur noch an den Tagen verwendet werden, wo man Besuch erwarte, was übrigens nur zu Lebzeiten ihres Mannes und nun seit Jahren nicht mehr vorgekommen war. Sie schloß es also weg und ersetzte es prompt durch schlechtes Metallbesteck. Monate vergingen, und Emily hatte schon fast vergessen, daß es jemals Silberbesteck in Mont-Cinère gegeben hatte, doch eines Tages erinnerte sie sich daran, und der Wunsch, ihren späteren Besitz in Augenschein zu nehmen, trieb sie, das Büfett zu öffnen. Ausnahmsweise steckte der Schlüssel im Türschloß. Das junge Mädchen zog den großen Kasten aus Zitronenholz heraus, der mit einer Kupferplatte verziert war, und hob den Deckel, aber sie wühlte vergeblich in seiner grün ausgeschlagenen Tiefe; Mrs. Fletcher hatte alles verkauft.

Die Mutter hatte ihren Plan in aller Heimlichkeit und mit einem vagen Gefühl der Unruhe, das sie lange nicht losließ, ins Werk gesetzt. Wenn sie daran dachte, was sie getan hatte, mußte sie sich selbst immer die Gründe dafür vorhalten. Zu guter Letzt redete sie sich ein, sie habe ganz richtig gehandelt, und beruhigte sich ein wenig, hütete sich aber, mit ihrer Tochter darüber zu sprechen; dazu fehlte ihr der Mut. Andererseits wäre es ihr lieber gewesen, wenn Emily es gewußt hätte und einverstanden gewesen wäre. Sie steckte deshalb den Schlüssel wieder ins Schloß des Büfetts und machte ab und zu eine Anspielung auf das Silber; man benutze es ja gar nicht mehr, dabei habe es doch einen beträchtlichen Wert, und diese Geldsumme brauche sie unbedingt, wenn sie Mont-Cinère halten wolle, ohne ihr Kapital anzugreifen.

Als Emily sah, daß der Kasten leer war, dachte sie zuerst an Diebstahl, aber nicht lange; dann ahnte sie die Wahrheit. Sie verachtete ihre Mutter deshalb und weinte um einen Besitz, den sie noch mehr liebte, weil man ihn ihr genommen hatte; dann bezwang sie ihren Zorn und schwieg. Da Mrs. Fletcher nicht herausfand, ob ihre Tochter vom Schicksal des Silbers wußte, verwandelte sich ihre Unruhe nach und nach in Ärger und Groll. Es erbitterte sie, daß ihr Seelenfrieden von einem Wort Emilys abhängen sollte und daß Emily schwieg; tagelang nahm sie ihr das übel und dachte ständig an das Unrecht, das ihre Tochter ihr antat. Als die zugleich gefürchtete und erwünschte Szene endlich stattfand, wurde es Mrs. Fletcher nach der ersten Aufwallung des Zornes und der Entrüstung leichter ums Herz. Ihr unsteter Geist wollte am liebsten vergessen und bewegte sich schon bald wieder auf den gewohnten Bahnen seiner Überlegungen.

Sie hatte stets den Eindruck, ihre Aufgabe habe erst begonnen, und die Einsparungen, die sie gemacht hatte, zählten noch gar nicht. Dieser Gedanke verfolgte sie mit unabweisbarer Hartnäckigkeit, und sie sagte sich immer wieder: »Das ist erst der Anfang.« Trotzdem fand sie an diesen Sorgen ein seltsames Vergnügen und gefiel sich in ihrer Unruhe. Mit Vorliebe sagte sie sich, daß ihre Fürsorge vielleicht eine Katastrophe, den totalen Ruin verhinderte, aber sie schloß die Möglichkeit eines solchen Ruins, einer solchen Katastrophe nicht aus und verweilte mit einer Art Wollust bei diesen trüben Gedanken. Dann fing sie ängstlich wieder an zu rechnen, dachte über Möglichkeiten nach, wie Geld aufzutreiben wäre, damit sie ihren laufenden Verpflichtungen nachkommen könnte, ohne die Summe auf der Bank in Wilmington anzugreifen. Bei allem, was sie umgab, sah sie nur noch den Verkaufswert. Manchmal ging sie morgens, noch bevor sie die Köchin weckte, von einem Zimmer ins andere und betrachtete nachdenklich die Möbel und Nippsachen; oder sie setzte sich in einen Sessel, verschränkte die Hände über dem Bauch und erging sich in den Berechnungen, die sie stets aufs neue anstellte. Mehr als einmal bedauerte sie, daß es nicht möglich war, die Dienstboten zu verkaufen, und überschlug traurig die Summe, die ihr Josephine, die ehemalige Sklavin ihres Mannes, eingebracht hätte.

Sie sprach, außer mit Emily beim Essen, mit niemandem mehr und führte ein immer zurückgezogeneres Leben. Daraus erwuchs eine äußerste Unlust zu handeln, und am liebsten hätte sie sich mit der Verwirklichung der Pläne, die sie in ihrer Einsamkeit ausgeheckt hatte, gar nicht mehr befaßt. Das Alter verstärkte ihre angeborene Schüchternheit. Wenn sie der Köchin Anweisungen geben mußte, geriet sie oft in ein peinliches Stottern und ärgerte sich dann über die alte Frau, die sie zu wiederholen zwang, was sie doch schon gesagt hatte. Sie war fast immer überfordert, wenn man sie unvorhergesehen etwas fragte; erst wenn sie eine ganze Weile darüber nachgedacht hatte, fühlte sie sich zu einer Antwort imstande, und sie litt derart unter dieser Schwerfälligkeit des Geistes, daß sie auch die banalsten Gespräche sorgfältig vermied. Vor allem aus diesem Grunde stattete sie ihrer Mutter, deren Bosheit und jähe Einfälle sie fürchtete, nach Möglichkeit keinen Besuch ab.

Doch eines Tages, als sie im Speisezimmer nähte, hörte sie aus Mrs. Elliots Zimmer einen Schrei. Überrascht und erschreckt ließ sie die Arbeit sinken, die sie in der Hand hielt, und horchte. Ihr Herz klopfte heftig. Sie hielt den Atem an. Im Haus war es totenstill; nur der Regen schlug gleichmäßig an die Scheiben. Da fühlte Mrs. Fletcher zum ersten Mal, wie die Angst vor der Einsamkeit sie überkam. Die Köchin war im Dorf, Emily bei den Stevens; sie war also ganz allein in Mont-Cinère mit einer bettlägerigen alten Frau. Was hinderte einen Landstreicher, ins Haus einzudringen? Was sollte sie tun, wenn man sie angriff? Und sie dachte plötzlich an den jungen

Stevens mit dem unsteten Blick und den mächtigen Fäusten. Ein Mord ereignete sich vor ihrem inneren Auge. Jäh sprang sie auf und hielt die Hand vor den Mund. Vielleicht hatte ihre Mutter sie gegen einen Mörder zu Hilfe gerufen? Sie wußte nicht, was sie tun sollte, und stützte sich auf die Lehne ihres Sessels. Da sie nichts hörte, ging sie schließlich bis zur Tür, die ins Vorzimmer führte; dort blieb sie stehen und fragte sich, ob sie sich nicht getäuscht hatte. Die Stille beruhigte sie ein wenig. Sie stieg zum Zimmer ihrer Mutter hinauf und klopfte zaghaft; keine Antwort. Plötzlich packte sie erneut die Angst, sie öffnete rasch die Tür und stürzte ins Zimmer.

Mrs. Elliot lag auf dem Rücken quer im Bett. Die Haube war ihr vom Kopf gerutscht, und das graue Haar hing ihr ins Gesicht. Die wild zerwühlten Decken zeigten, daß sie sich heftig bewegt haben mußte, doch im Augenblick rührte sie sich nicht, und aus ihrer Kehle drang ein Röcheln. Mrs. Fletcher trat näher. Furchtsam strich sie ihr die Haarsträhnen aus dem Gesicht und blickte in ein verstörtes Antlitz und weit aufgerissene Augen.

Sobald Mrs. Elliot wieder einige Worte sprechen konnte, wollte sie wissen, wo Emily sei. Mrs. Fletcher, die gerade eine große Schüssel heißes Wasser wegtrug, erklärte mit vor Erregung zitternder Stimme, das junge Mädchen sei ausgegangen. Darauf murmelte die alte Frau mit schwerer Zunge irgend etwas Unverständliches. Ihr Gesicht war jetzt ruhiger, aber ihre Züge wirkten noch immer starr und wie betäubt. Einen Augenblick später rief sie ihre Tochter, die etwas im Ankleidezimmer aufräumte, und stieß mit rauher Stimme hervor: »Mir ist kalt.«

Mrs. Fletcher wollte der Mutter die Decke wieder über die Beine legen, die sie aufgeschlagen hatte, aber Mrs. Elliot sagte in befehlendem Ton: »Nein, du mußt heizen.« Und sie wiederholte ungeduldig: »Mir ist kalt.«

Mrs. Fletcher antwortete zunächst nicht; sie stützte sich

mit beiden Händen auf das Bettgestell und machte ein verlegenes Gesicht.

»Nun?« fragte die Mutter mehrmals und bewegte die Hände in ihrem Bett wie ein kleines Kind.

Mrs. Fletcher sah zu Boden und begab sich wieder in das Ankleidezimmer, wo sie eine Weile blieb, um Zeit zu gewinnen. Der Wunsch ihrer Mutter mißfiel ihr zutiefst; für gewöhnlich wurde in Mrs. Elliots Zimmer erst Anfang November geheizt; sie selbst verzichtete den ganzen Winter auf Heizung. Sie räumte die Flaschen in einem Regal um und verschob geräuschvoll einen Stuhl, damit ihre Mutter glauben sollte, sie sei beschäftigt. Vergeblich suchte sie nach einer Ausrede, um nicht tun zu müssen, was man von ihr verlangte. Dann ging sie plötzlich wieder ins Zimmer zurück und steuerte rasch auf die Tür zu, in der Hoffnung, sie könne verschwinden, bevor Mrs. Elliot wieder von dem Feuer anfinge, aber sie hatte noch keine drei Schritte gemacht, da schrie die alte Frau zornig:

»Hol sofort Holz. Mir ist kalt.«

Eine Viertelstunde später erschien Mrs. Fletcher wieder mit Holzscheiten und Reisig. Sie schloß die Tür mit einem Fußtritt und schimpfte leise vor sich hin. »Was sagst du?« fragte Mrs. Elliot. Sie antwortete nicht, schürzte den Rock, kauerte sich vor den Kamin und verteilte das Holz auf dem Rost. Dann richtete sie sich auf, ließ die Klappe herunter, daß es krachte, und sah sich nach der Streichholzschachtel um, die sie mitgebracht und irgendwo abgelegt hatte. Sie vermied es, ihre Mutter anzusehen, und war so empört über das, was sie bei sich die ›Ansprüche‹ dieser alten Frau nannte, daß sie ihre Furcht vor einem Streit mit ihr fast vergessen hätte und an sich halten mußte, um sie nicht zu beschimpfen.

Endlich fand sie die Streichhölzer und zündete das Reisig an. Dann setzte sie sich in einen Sessel, strich sich mit dem Handrücken die Haare aus der Stirn und betrachtete dieses Zimmer, das sie so selten sah. Die Möbel waren sorgfältig poliert, die Vorhänge sauber und ordentlich zugezogen. Daran erkannte sie die Hand ihrer Tochter, und als sie ihr inneres Gleichgewicht wiedergefunden hatte, begann sie sogleich, wie es ihrer Gewohnheit entsprach, die Nippsachen auf dem Kamin zu taxieren.

»Was sagst du?« wiederholte Mrs. Elliot, die sie vor sich hinmurmeln hörte. Mrs. Fletcher fuhr zusammen.

»Ich? Nichts; ich habe nichts gesagt.« Und da das Feuer jetzt auflöderte, machte sie die Klappe wieder auf, erhob sich und ging wortlos hinaus.

Sie kehrte ins Speisezimmer zurück und setzte sich ans Fenster. Da sie unzufrieden und verärgert war, machte es ihr einige Mühe, mit ihrer Näharbeit fortzufahren, und sie brummte vor sich hin, während sie in ihrem Nähkorb wühlte. Bis zu diesem Tage war es ihr gelungen, ihre Mutter zu vergessen und sich als Herrin von Mont-Cinère zu fühlen, doch seit einer Stunde störte die Anwesenheit dieser Frau sie ganz erheblich. Und in einem plötzlichen Zornesausbruch rief sie ganz laut:

»Was tut sie noch auf dieser Welt? Wozu ist sie denn zu gebrauchen?«

Die Brutalität dieser Überlegungen ließ sie schamrot werden, und sie richtete ihre Gedanken wieder auf die Möbel, die ihr Mann in seinem Zimmer aufgestellt hatte. Mrs. Elliot hatte sie mit grünem Plüsch überziehen lassen, der zu den Vorhängen und Teppichen des Zimmers paßte; das Ganze hatte einen Hauch von Luxus, der Mrs. Fletcher ganz betroffen machte. Konnte man, wenn man zu einem Verkauf gezwungen wäre, aus diesen Stühlen und Polstersesseln nicht eine schöne Summe herausschlagen? Selbstverständlich gehörten sie ihr ganz allein, denn sie hatte die Rechnungen des Polsterers bezahlt. Aber wie könnte man sie abstoßen, bevor sie überflüssig geworden wären? Unwillkürlich ersehnte sie das Ereignis, das diesen Zustand herbeiführen würde.

Nach und nach beruhigte sie sich. Sie hatte ihre Arbeit beendet und ging händereibend durch das Haus, als Emily von Rockly zurückkam. Im Dämmerlicht des Vorzimmers sah sie nicht, daß das junge Mädchen bleich war und zitterte, doch einen Augenblick später mußte sie erkennen, daß Emily krank war, was sie sogleich schmerzlich beunruhigte. Der Schrecken stand ihr ins Gesicht geschrieben: »Da haben wir die Bescherung; krank ist sie. Jetzt muß auch noch ein Arzt gerufen werden.«

Sie ging spät zu Bett und schlief schlecht. Mehrmals stand sie auf und betete, daß ihre Tochter gesund werden möge. Sie dachte an dies und jenes Heilmittel und bemühte sich, sich alte Rezepte gegen Husten und Erkältung ins Gedächtnis zurückzurufen. Wenn sie sich fragte, ob man wirklich einen Arzt brauchte, regte sich jedesmal ein heftiger, beharrlicher Widerstand in ihr. Sie nahm es ihrer Tochter übel, daß sie ihr solche Sorgen machte, und erinnerte sich mit Unmut an ihr fahles Gesicht und ihren Schüttelfrost. Hätte sie mit dem Aufbruch nicht warten können, bis es zu regnen aufhörte? Würde diese Dummheit etwa neue Ausgaben zur Folge haben? Hatte man mit *einer* Kranken im Haus nicht schon vollauf genug?

Sie ließ sich die verschiedenen Vorfälle dieses Tages durch den Kopf gehen, und als sie daran dachte, daß wahrscheinlich von nun an im Zimmer der Mutter jeden Tag geheizt werden müsse, beschloß sie, daß das junge Mädchen auch etwas davon haben solle. Emily könnte sich doch den größten Teil des Tages in Mrs. Elliots Zimmer aufhalten. Sie fand diesen Plan ausgezeichnet und überdachte ihn so lange, bis sie einschlief.

Als sie am nächsten Morgen das verstörte, unglückliche Gesicht ihrer Tochter erblickte, erschrak sie heftig. Sie hatte gehofft, daß Emily über Nacht gesund werden würde, und sah sie nun in einem schlechteren Zustand als am Abend zuvor. Diese Enttäuschung empfand sie als eine persönliche Kränkung und hatte plötzlich Lust, Emily zu mißhandeln, aber sie beherrschte sich, wickelte sie in Schals und Tücher und schlug ihr vor, den Tag bei der Großmutter zu verbringen, als sei ihr dieser Gedanke gerade erst gekommen. Sie freute sich so sehr, daß Emily damit einverstanden war, daß sie für einen Augenblick ihre Befürchtungen vergaß. Aber wenig später kamen ihr wieder Bedenken. Sie zwang sich zum Nähen, doch diese mechanische Arbeit hinderte sie nicht am Nachdenken, ja sie schien sogar dazu anzuregen. Von Zeit zu Zeit sagte sie leise zu sich: »Ein Arzt kommt mir nicht ins Haus«, und ihr energischer Ton verriet die Macht, mit der dieser Gedanke von ihr Besitz ergriffen hatte.

15

Der Gedanke an die Großmutter, die bitterlich weinte bei der Vorstellung, von ihrer Tochter vergiftet zu werden, erfüllte Emily mit jähem Schrecken. Aber sie bezwang sich und beschloß, die alte Frau diesmal nicht zu verlassen. Sie wartete, bis der erste Verzweiflungsausbruch vorüber war, und tröstete sie, so gut sie es vermochte, was nicht sonderlich schwer war. Denn Mrs. Elliots Laune wechselte wie bei einem Kind, und das nahm mit dem Alter und der Krankheit noch zu. Als Emily ihr versicherte, daß sie stets zu ihr halten wolle, trocknete Mrs. Elliot ihre Augen am Bettuch und lächelte bald wieder. »Ich vertraue dir, mein Kind. Wenn ich zu niemand mehr Vertrauen hätte, könnte ich dann überhaupt noch leben?«

Zwei Stunden später brachte die Köchin Josephine ein großes Tablett mit Tellern und Schüsseln und stellte es auf den Tisch, den sie an Mrs. Elliots Bett schob.

»Die gnädige Frau wünscht, daß Sie hier speisen«, sagte sie zu Emily.

Emily aß nicht viel, aber sie empfand die behagliche Wärme des Zimmers, war erfreut über die Abwechslung in ihren Gewohnheiten und glücklich, daß sie die Mahlzeit nicht mit ihrer Mutter einnehmen mußte. Mrs. Elliot, die liebenswürdig sein wollte, stellte ihr unzählige Fragen über ihr Befinden; sie versuchte Emily zu zerstreuen und machte kindische, derbe Witze, bis Emily lächelte. Dann lachte Mrs. Elliot laut auf und drückte ihr kräftig die Hand.

Nach dem Essen fuhren sie fort zu plaudern. Emily kümmerte sich ständig um das Feuer; sein Schein verlieh diesem Zimmer, das sonst so düster war wie alle Zimmer in Mont-Cinère, eine gewisse Behaglichkeit und veranlaßte die beiden Frauen, herzlicher und rückhaltloser als sonst miteinander zu sprechen. Emily kam immer wieder auf ihre Zukunftspläne zurück. Sie sprach ganz offen mit ihrer Großmutter darüber, und oft begann sie ihre Sätze mit den Worten: »Wenn ich einmal Herrin von Mont-Cinère sein werde...« Diese Reden schienen Mrs. Elliot zu gefallen, sie nickte ihrer Enkelin ermutigend zu und fragte sie halblaut mit einem Lächeln: »Nun, was tätest du dann?« Und wenn Emily ausgemalt hatte, wie es in Mont-Cinère unter ihrer Führung einmal aussehen würde, griff die alte Frau den Gesprächsstoff gern auf und spann ihn erfinderisch weiter, was bewies, wie häufig sie selbst sich damit beschäftigte.

»Wir werden glücklich sein, Emily. Es wird mir besser gehen, und du wirst sehen, eines schönen Tages stehe ich wieder auf. Ich werde im ganzen Haus umhergehen und bestimmen, welche Zimmer neu hergerichtet werden sollen. Wirst du mir denn erlauben, daß ich dir mit meinen Ratschlägen helfe?«

»Aber Großmutter!«

»Schön. Der Salon wird wieder geöffnet. Wir nehmen die Schonbezüge von den Möbeln. Wir kaufen eine neue Tapete und neue Vorhänge; ich bin sicher, daß alles in schlechtem Zustand ist. Wir werden wieder vier Dienstboten haben wie zu Lebzeiten deines Vaters, und einen Gärtner und einen Kutscher. Mont-Cinère wird nicht mehr wiederzuerkennen sein. Es wird dein Haus sein.«

»Ja, ja«, rief Emily mit kindlicher Freude, als ob dies alles schon bald Wirklichkeit würde. Sie rückte ihren Lehnstuhl an Mrs. Elliots Bett, faltete die Hände in ihrem Schoß und sah die Großmutter freudestrahlend an. Die fieberhaft glänzenden Augen verklärten ihr mageres Gesicht; sie begann lebhaft zu sprechen und ließ ihrer Erregung freien Lauf:

»In jedem Zimmer müssen große Körbe voll Holz stehen, wie früher im Speisezimmer, und das Feuer wird so lange brennen, wie es uns freut. Du bekommst zwei schöne Lampen in dein Zimmer. Wir kaufen dann auch einen neuen Teppich. Vielleicht können wir Gas anschließen lassen...«

Hastig und ohne etwas zu vergessen, zählte sie alle Verbesserungen auf, die sie in Mont-Cinère für notwendig erachtete. Ihr scharfer Blick hatte nichts übersehen, und sie wußte genau, welch armseligen Eindruck Mont-Cinère seit dem Tode Stephen Fletchers machte. Emily hatte jede kleine Sparmaßnahme der Mutter in ihrem Gedächtnis getreulich verzeichnet. Nicht weil sie allzusehr unter den Einschränkungen litt; sie fand sich leicht hinein, da sie von Natur aus sehr anspruchslos war. Aber ein unwiderstehlicher Instinkt trieb sie, sich dem Willen ihrer Mutter zu widersetzen und alles zu tun, um ihr Werk zu zerstören.

Noch etwas anderes hatte Emily auf dem Herzen. Sie fürchtete, Mrs. Fletcher werde Bilder und Möbel verkaufen, wenn sie Geld brauchte.

»Großmutter«, sagte sie plötzlich und stockte mitten im Satz, »hast du mir nicht gesagt, daß Mont-Cinère eines Tages mir gehören wird?«

Sie zitterte ein wenig, als sie das sagte, und preßte ihre Hände ineinander, bis das Blut aus den Nägeln wich.

»Zweifellos, Emily.«

Das junge Mädchen überlegte einen Augenblick.

»Wie kann ich dann Mama daran hindern, das zu veräußern, was sich im Hause befindet? Sie hat das Silber verkauft und noch andere Dinge. Hat denn dies alles nicht ebenfalls mir gehört? Gehört mir denn nicht überhaupt schon alles, was hier ist, da ich ja eines Tages ganz Mont-Cinère erben soll?«

»Natürlich!« Mrs. Elliot sprach heftig. »Das ist doch ganz klar. Siehst du denn nicht, daß diese Frau dich bestiehlt?«

Sie setzte sich ein wenig in ihrem Bett auf und stützte den

Ellbogen auf das Kissen. Dann schlang sie einen Arm um Emilys Hals.

»Habe ich dich vielleicht auf die Idee gebracht, daß Mont-Cinère dir gehört? Du hast es von selbst gesehen, du bist ein kluges Mädchen, Emily. Du mußt aber auch stark sein, laß dir nicht alles gefallen, sei kein Opferlamm. Ich werde dich mit meinen Ratschlägen unterstützen. Nie wirst du deine Mutter so kennenlernen, wie ich sie kenne; sie ist schwach, aber wenn ihr Geiz im Spiel ist, gibt sie nicht nach.«

Mrs. Elliots Stimme wurde plötzlich laut und kreischend; heftiger Zorn verzerrte ihre Züge. »Sie ist wie ein Raubtier, wenn es um ihr Geld geht, um ihr Geld, um ihr Geld!«

Fast klang es, als wolle sie das Knurren eines Hundes nachahmen, dem man seinen Knochen wegnehmen will; sie ließ Emily los und preßte die Hände theatralisch an die Schläfen: »Wie lange wirst du dich noch von dieser Frau schikanieren lassen? Jeden Tag, den du verlierst, gewinnt sie. Bald wirst du ein Niemand sein, dich nicht einmal mehr trauen, mit ihr zu sprechen.«

Sie packte Emily am Handgelenk und schüttelte sie.

»Verstehst du nicht, worum es sich handelt? Du mußt Widerstand leisten, tapfer sein, ihr zu verstehen geben, daß das Haus dir gehört. Ach, wenn ich nur so jung wäre wie du! Ich kenne sie, ich weiß, daß nie ein Funken Güte in ihr war... Weißt du, was ich täte?«

Da sah sie die Angst in Emilys Gesicht und hielt inne:

»Nun, nun, mein Kind«, sagte sie ruhiger, »ich bin zu heftig, ich mache dir Angst, du bist ja noch ein Kind.«

Sie zog Emily an ihre Brust und küßte sie.

16

Emily sollte diese Nacht und vielleicht auch die folgenden Nächte, solange es ihr nicht besser ging, im Zimmer der Großmutter schlafen. Das war ein Ereignis in ihrem Leben, und sie tat es gerne, so wie sie alles gerne tat, was die tägliche Einförmigkeit unterbrach. Josephine half ihr, ein Lager auf dem Sofa herzurichten, das sie dann an die Wand schoben, so daß Emily über die Sofalehne klettern mußte, wenn sie zu Bett gehen wollte. Vergnügt machte sie sofort einen Versuch und fand ihr neues Bett ganz ausgezeichnet.

Gegen Abend schob sie ihren Lehnstuhl zum Kamin und begann zu lesen. Aber bald glitt ihr das Buch aus der Hand und fiel ihr in den Schoß. Sie verstand nicht, was sie las. Ihr Geist schweifte ab, und sie versank in wirre Träumereien. Seit einigen Stunden dachte sie nur über ihre Zukunft nach und fragte sich unaufhörlich: »Was soll denn aus mir werden?« Quälte sie eine böse Vorahnung? Und bei dem Gedanken, daß ihr am Ende ein Unglück, eine Katastrophe bevorstand, die sie nicht abzuwenden vermochte, wurde sie nervös und unruhig. Sie würde den Lauf ihres Schicksals nicht zu ändern vermögen, ja ihn nicht einmal kennen. Und sie kam sich vor wie eine Blinde, die mitten durch eine Menschenmenge geht und hört, wie man ihr zuruft: »Achtung! Wenn Sie da weitergehen, stürzen Sie in einen Abgrund«, oder: »Sehen Sie denn die Klippen nicht?«, und die dennoch in ihr Verderben rennt, weil sie ja blind ist. Emily redete sich ein, daß eine innere Stimme sie vor einer nahenden Gefahr warnen und sie retten wolle. Aber warum sprach diese Stimme nicht deutlicher?

Die Großmutter schlief, und Emily hörte sie geräuschvoll und gleichmäßig atmen. Emily erinnerte sich, wie sich die Züge der alten Frau plötzlich verändert, wie ihre Augen geglänzt hatten, als sie von Mrs. Fletcher sprach; diese Erinnerung war ihr peinlich, und sie fragte sich zum ersten Male: »Warum haßt sie meine Mutter?«

Der Tag war zu Ende gegangen, ohne daß Emily noch einmal mit Mrs. Elliot gesprochen hätte, und beide verzehrten schweigend ihre Mahlzeit. Die alte Frau hatte keine Lust zu plaudern, als sie von ihrem Schläfchen erwacht war. Gleich nach dem Abendessen klagte sie über heftige Kopfschmerzen und schlummerte wieder ein, obwohl es noch nicht neun Uhr war. Emily rückte den Lehnstuhl an den Kamin, in dem das Feuer fast erloschen war, und griff wieder zu ihrem Buch. Aber sie mochte die Seiten lesen so oft sie wollte, die Sätze bildeten keinen Sinn. Da schloß sie das Buch und lauschte auf die ihr wohlbekannten Geräusche im Hause, die sie aber niemals vom Zimmer der Großmutter aus vernommen hatte. Sie hörte das Klirren des Geschirrs, das die Köchin abräumte, dann die Schritte ihrer Mutter, die von einem Zimmer ins andere ging, um nachzusehen, ob alle Türen und Fenster sorgfältig verschlossen seien. Endlich wurde es still.

Eine lange Viertelstunde verging. Emily sah ins Feuer und schürte die Glut mit dem Haken; sie schob die letzten verglimmenden Holzstücke zu Häufchen zusammen; zuletzt blieb nur noch ein wenig rote Asche, die auch bald erlöschen würde. Sie dachte: »Ich bleibe hier sitzen bis das Feuer ganz ausgegangen ist«, aber etwas, das sie sich nicht eingestehen wollte, hielt sie in ihrem Armstuhl zurück: sie fürchtete sich in diesem Zimmer. Der Wind mit seinem verwirrenden Brausen ließ sie erzittern. Abergläubische Angst packte sie, und sie wagte nicht, sich umzudrehen oder auch nur eine Bewegung zu machen.

Als die Uhr im Speisezimmer zehn schlug, erhob Emily sich endlich. Das Feuer war schon lange erloschen, und es begann kalt zu werden. Sie kleidete sich aus und murmelte dabei Gebete, um ihre Furcht zu betäuben, aber ein immer wiederkehrender Gedanke drängte sich ihr auf, sosehr sie sich auch bemühte, ihn zu verscheuchen: »In diesem Zimmer ist mein Vater gestorben.« Sie zog die Kleider mit kurzen, hastigen Bewegungen aus, ohne die Augen zu senken oder ihren Blick von der Tür zu wenden, voll Angst, daß sie sich unter dem Druck eines übernatürlichen Wesens öffnen könnte.

Emily machte das Fenster auf, löschte die Lampe und sprang mit einem Satz ins Bett. Klopfenden Herzens drehte sie sich zur Wand und zog die Decke über den Kopf; jetzt fühlte sie sich in Sicherheit, und bald war sie eingeschlafen.

Sie erwachte jäh aus einem unruhigen Schlaf, der von bösen Träumen erfüllt gewesen war. Es herrschte tiefe Dunkelheit. Emily fühlte, daß ihr Körper feucht von Schweiß war; sie setzte sich in ihrem Bett auf, schob die nassen Haare aus der Stirn und schauderte: Da hörte sie, wie die Großmutter im Traum vor sich hinmurmelte, und wußte, daß sie von diesem Gemurmel geweckt worden war.

Sie schlüpfte wieder unter die Decken, und um ihre Angst zu bekämpfen, versuchte sie sich an die Worte eines Psalmes zu erinnern, den sie auswendig kannte; aber ihr Gedächtnis ließ sie im Stich. In ihrer Angst begann sie, laut das Vaterunser zu beten. Da drang ein ersticktes Heulen an ihr Ohr und schnürte ihr das Herz zusammen. Die Großmutter wurde offenbar von einem Alptraum geplagt, und Emily wollte sie anrufen, umsonst; die Stimme blieb ihr in der Kehle stecken.

So wartete sie und horchte auf den Atem, der stoßweise aus Mrs. Elliots Brust drang. Die alte Frau stöhnte. Ein paar Minuten lang, die ihr unendlich erschienen, rührte Emily sich nicht. Sie hatte die Finger in die Lehne des Kanapees gekrallt, die Beine hochgezogen und hielt den Atem an, um dieses schreckliche Gemurmel besser zu hören, das sie vor Angst erstarren ließ. Schließlich hörte sie, wie die Großmutter ihre Decken hin- und herschob und sie dann wütend auf den Boden schleuderte. Fast im selben Augenblick drang ein rauher Schrei an ihr Ohr: »Bring sie um!« grölte die alte Frau im Traum. »Sie will mich vergiften! Du mußt sie umbringen!«

Dann vernahm das junge Mädchen nichts mehr. Es schien Emily, als ob etwas Ungeheuerliches versuche, Macht über sie zu gewinnen. Sie sank kraftlos auf ihr Lager zurück und verlor das Gefühl für alles, was vorging.

Als sie wieder zu sich kam, glitt bereits ein schwacher Lichtschimmer über den Teppich zwischen dem Kanapee und dem Armstuhl, in dem sie abends mit ihrem Buch gesessen hatte. Ihr erster Gedanke war, daß ein fürchterlicher Alptraum sie gequält hatte, und sie drehte sich zur Wand, um wieder einzuschlafen. Da fiel ihr der wütende Aufschrei der Großmutter ein. Diese Erinnerung war so lebendig und stark, daß sie nicht an der Wirklichkeit des Geschehenen zweifeln konnte, und sie begann am ganzen Körper zu zittern, als vernehme sie diesen Schrei zum zweiten Mal. Sie blickte in die Richtung, wo das Bett der Großmutter stand, aber sie sah nur eine große schwarze Masse, sonst nichts. Emily lauschte und hörte nur ihre eigenen schweren Atemzüge... Da wurde sie von Entsetzen gepackt, sprang unwillkürlich vom Kanapee auf und stürzte zum Bett der Großmutter.

Der Kopf der alten Frau war in den Kissen vergraben, ein Laken hatte sich um ihre Beine geschlungen, und die Decken waren zu Boden gefallen. Langsam hoben und senkten sich ihre Schultern unter mühseligen Atemzügen.

Emily mußte sich an einen Bettpfosten lehnen: mit Entsetzen erinnerte sie sich, daß sie ihren Vater zum letzten Mal genauso in diesem Bett hatte liegen sehen. Mrs. Elliot erschien ihr als ein grauenhaftes Abbild dieses Mannes in seinen letzten Augenblicken.

Es dauerte eine Weile, bis das Mädchen ein wenig Ordnung in seine Gedanken zu bringen vermochte. Sie suchte den Riß im Hemd, der sich vom Hals bis zu den Schultern zog und wunderte sich, ihn nicht zu finden. Einen Augenblick lang glaubte Emily, Mrs. Elliot sei gestorben, obgleich sie ihren Atem hörte.

Plötzlich raffte sie sich auf, überwand Ekel und Angst, warf die auf dem Boden liegenden Decken über die Beine der Großmutter und deckte sie damit zu.

Dann streichelte Emily Mrs. Elliots Arm, um sie zu wekken, aber sie rührte sich nicht. Da verlor sie den Kopf und kniete sich auf das Bett. In ihrer Verwirrung weinte sie und beschwor die Großmutter, ihr zu antworten und sie zu beruhigen. Schließlich faßte Emily Mrs. Elliot an den Schultern und drehte sie mit Gewalt auf den Rücken.

Emily zitterte so sehr, daß sie einen Augenblick innehalten mußte. Mrs. Elliot lag ausgestreckt vor ihr, das Gesicht von wirrem Haar verdeckt. Die Atemzüge gingen so heftig, daß ihr eine Haarsträhne in den Mund geriet. Emily wandte den Kopf ab, so abstoßend und zugleich lächerlich wirkte dieser unheimliche Anblick. Gedankenlos hob sie das Buch auf, das auf den Boden geglitten war. Die zerknüllte Haube lag unter der Decke; anscheinend war das Band zerrissen, als Mrs. Elliot sie vom Kopf gezerrt hatte.

Emily glaubte ohnmächtig zu werden, aber sie raffte sich auf und strich mit den Fingerspitzen der Großmutter die Haare aus dem Gesicht. Sie erschrak über das gedunsene, rote Antlitz, das sie in der Dämmerung kaum erkannte, und wich zurück. Der leblose Körper, das fahle Morgenlicht, das Zimmer, alles erschien ihr plötzlich von einer furchtbaren und tragischen Häßlichkeit; die Beine versagten ihr den Dienst, sie wankte und stürzte in panischer Angst zur Tür.

Sie verließ das Zimmer und tastete sich an der Wand entlang. Endlich erreichte sie die erste Treppenstufe und setzte sich nieder. Am liebsten hätte sie den Rest der Nacht in ihrem Zimmer verbracht, aber sie fürchtete sich, in der Dunkelheit die finsteren Räume zu durchqueren. Zu Mrs. Elliot jedoch wollte sie um keinen Preis zurückkehren.

Es war bitter kalt. Emily schauderte und umfing ihre bloßen Füße mit den Händen, um sie zu erwärmen. Ab und zu hörte sie, wie sich die Tannenzweige im Winde bewegten, als ob Menschenhände über die Mauer strichen. Sie sagte ein paarmal ganz laut, um sich Mut zu machen: »Ich bleibe hier, bis es Tag wird. Hier fürchte ich mich nicht so sehr wie im Zimmer der Großmutter.«

Langsam vergingen die Minuten. Die Uhr im Speisezimmer schlug jede Viertelstunde. Emily kauerte an der Wand und versuchte einzuschlafen, aber Kälte und Dunkelheit hielten sie wach; im Stiegenhaus befanden sich keine Fenster und keine Lampe, es war stockfinster.

Seit dem Augenblick, wo sie sich auf die Treppe gesetzt hatte, vermochte sie nicht die leiseste Bewegung zu machen, ja nicht einmal die Hand auszustrecken, ohne heftige Schmerzen in den Gelenken zu spüren. Aber schließlich hielt sie es vor Kälte nicht mehr aus, klammerte sich an das Geländer und erhob sich mühsam.

Der Boden knarrte unter ihren Füßen, so daß sie vor Schreck kaum wagte, einen Schritt zu tun. Endlich erreichte sie das Speisezimmer. Es war ungefähr halb sechs, und ein fahles Licht drang durch die Ritzen der Fensterläden. Emily öffnete ein Fenster und atmete die frische Luft ein. Der Himmel war grau, und ein paar Sterne funkelten noch durch die Äste der Bäume. Sie lauschte und hörte im Tale die Hähne krähen.

17

Der Verabredung gemäß erschien einige Tage später Frank Stevens mit seinem Wagen. Mrs. Fletcher wartete ungeduldig. Sie hatte schon den Hut aufgesetzt und trug einen Koffer in der Hand. Der Wagen hielt kaum an, da schwang sie sich schon hinauf und nahm neben dem jungen Mann auf dem als Bock dienenden Brett Platz. Die Köchin stand im Hauseingang und reichte ihrer Herrin den Koffer hinauf. Dann setzte sich der Wagen in Bewegung.

Emily beobachtete diese kleine Szene von ihrem Fenster aus. Sie war von Natur aus mißtrauisch, und der Koffer schien ihr ein übles Vorzeichen. Es war ihr aufgefallen, daß die Mutter mit dem Koffer hatte einsteigen wollen; aber die Köchin hatte ihn ihr abgenommen und ihn erst dann hinaufgereicht, als Mrs. Fletcher oben saß. Warum? Der Koffer mußte demnach sehr schwer gewesen sein? Er war vielleicht nicht leer! Was mochte darin sein? Emily stellte sich das Ärgste vor und lief sehr erregt aus dem Zimmer.

Ohne sich recht über die Unwahrscheinlichkeit ihrer Vermutung klar zu sein, war sie überzeugt, daß Mrs. Fletcher kostbare Gegenstände fortgetragen hatte, um wieder einen Teil des Familienbesitzes zu veräußern, und sie fragte sich ganz entsetzt, was ihre Mutter wohl gewählt haben mochte.

Hastig ging sie ins Speisezimmer, öffnete die Tür des Schrankes, zählte die Becher und Silberschüsseln wieder und wieder, aber es fehlte nichts. Jetzt war sie ein wenig beruhigt und sagte sich, daß ihre Mutter, wenn sie etwas verkaufen wollte, sicherlich nicht nach Little Georgetown fahren würde, in das Dorf, wohin Stevens sie bringen sollte, sondern nach Washington oder wenigstens nach Manassas. Aber ihre Besorgnis war zu heftig, als daß sie sich davon so rasch hätte befreien können. Und sie beschloß, noch weiter nachzuforschen.

Es war drei Uhr nachmittags. Emily rechnete sich aus, daß ihre Mutter kaum vor halb sechs zurück sein dürfte, und prüfte langsam alle Räume des Erdgeschosses. Sie richtete ihr Hauptaugenmerk auf die kleinen Bilder, mit denen ihr Vater die Wände bedeckt hatte. Sie waren sehr schlecht gemalt, aber in Emilys Augen besaßen sie schon deshalb unschätzbaren Wert, weil sie eines Tages ihr gehören würden. Ein Blick genügte, um sich zu vergewissern, ob etwas fehle oder nicht, denn die Bilder waren streng symmetrisch gehängt. Aber Emily ließ es bei einer oberflächlichen Prüfung nicht bewenden; sie trat nahe an die Wand und befühlte die Tapeten. Dadurch überzeugte sie sich, daß kein Nagel aus der Mauer entfernt worden war, um den etwa beabsichtigten Diebstahl einer Miniatur zu vertuschen. Emily wollte sich nicht auf ihr Gedächtnis allein verlassen.

Vor einem großen Bild, das zwischen den beiden Fenstern des Salons hing, blieb sie stehen und betrachtete es voller

Stolz. Sie vergaß sogar einen Augenblick lang, was sie dazu trieb, von den Kleinigkeiten, die sich im Hause befanden, eine so genaue Bestandsaufnahme zu machen, und gab sich der angenehmen Empfindung hin, die dieses Bild in ihr auslöste. Emily fand, es sei das schönste in ganz Mont-Cinère; anscheinend war es auch von großem Wert, denn der Rahmen war ungemein kostbar. Kupfernes Blattwerk bedeckte einen Rahmen aus Ebenholz, deutlich waren Ölzweige zu erkennen, die sich um Eichenzweige schlangen. Das Gemälde stellte eine mythologische Szene dar. Auf einem Wagen, der von sich bäumenden Rossen gezogen wurde, saß eine Frau in hellen Gewändern, deren Falten sich im Winde blähten. Männer und Frauen folgten dem Wagen, sie hielten sich an den Händen, als ob sie einen Reigen tanzten. Jedes einzelne Gesicht trug einen edlen Ausdruck, wodurch ihre wunderbare Schönheit noch erhöht wurde. Ihre kurzen rosafarbenen, blauen oder orangegelben Gewänder wurden in der Taille durch weite Gürtel zusammengehalten; was von ihren Armen und Beinen sichtbar war, ließ auf das vollkommene Ebenmaß ihrer Körper schließen. In früheren Jahren hatte Emily es sich verwehrt, dieses Bild zu betrachten, weil es sie verwirrte, ohne daß sie recht gewußt hätte, warum. Fiel ihr Blick einmal zufällig darauf, so empfand sie Gewissensbisse, und ihr Wohlgefallen daran schien ihr Sünde; aber allmählich hatte sie sich von ihren Selbstvorwürfen befreit, und jetzt betrachtete sie kühn dieses Kunstwerk, mit einer Freude und Neugier, die durch das häufige Anschauen nicht schwächer wurden. Sie hatte oft auf dem Bild den Namen des Künstlers gesucht, aber er war nicht zu entdecken. Auf einer kleinen Kupferplatte im Blätterwerk des Rahmens stand lediglich das Wort ›Morgenröte‹.

Emily blieb eine Weile in Betrachtung versunken vor dem Bilde stehen und konnte sich an den Einzelheiten der Kleidung nicht sattsehen. Wie geschickt hatte der Maler die Riemen der Sandalen dargestellt, die Blumenkränze, die auf dem Haar der Frauen lasteten, die goldenen, mit funkelnden Steinen geschmückten Schnallen. Dann verweilte ihr Blick auf den Gesichtszügen der Männer und Frauen des Bildes. Und mit einem sonderbaren Glücksgefühl bewunderte sie ihre lebhaften Augen und rosigen Wangen. In diesem Augenblick fiel ihr der junge Stevens ein, und sie sagte halblaut mit einer gewissen Heftigkeit: »Nein, schön ist er nicht!«

Sie setzte ihre Musterung fort, öffnete die Vitrinen und prüfte genau die Nippsachen, die ihr Vater hier verwahrt hatte. Dann ging sie in das Zimmer ihrer Mutter, das von den übrigen Räumen getrennt lag. Hier befanden sich nur wenige Möbel, und die weißgetünchten, schmucklosen Wände gaben dem Raum das Aussehen einer Mönchszelle.

Ein Himmelbett ohne Vorhänge stand zwischen den beiden Fenstern; die Decke war aus grobem Wollstoff wie eine Militärdecke, und das Kopfkissen war nicht überzogen. Ein Schreibtisch und ein Schrank aus Nußholz, sowie ein Strohsessel vervollständigten die Einrichtung.

Emily hatte sehr selten Gelegenheit, dieses Zimmer zu betreten. Eigentlich hätte sie es nie gewagt, wenn ihre Mutter nicht fortgefahren wäre. Sie blickte neugierig um sich und war sehr froh, daß sie auf den Gedanken gekommen war, diesen Teil des Hauses zu besichtigen, den sie so wenig kannte. Sie lief zum Fenster, um die Aussicht mit der zu vergleichen, die sie aus ihrem Zimmer hatte. Nichts ist eigenartiger, als eine wohlbekannte Gegend von einem neuen, ungewohnten Punkt aus zu betrachten. Das junge Mädchen stand lange am Fenster, ganz bezaubert von dem, was es sah: es schien ihr, als seien die Berge, die sie doch so gut kannte, verändert; ein Gehölz, das man von ihrem Zimmer kaum sehen konnte, breitete sich jetzt vor ihr aus, eine neue Bergspitze erhob sich; sie entdeckte eine Häusergruppe. Eine Weile blieb sie in diesen ungewohnten Anblick versunken, dann richtete sie sich jäh auf, klopfte mit der Hand auf die Mauer und sagte ganz laut: »Auch dieses Zimmer gehört mir.«

Sie überzeugte sich rasch, daß niemals Bilder die Wände geschmückt hatten; nur über dem Schreibtisch hing das Porträt des Generals Lee, aber es war eine gewöhnliche Photographie. Jetzt öffnete Emily den Schrank; er war fast leer: ein Hut mit Schleier lag in einem Fach neben zwei zusammengefalteten Decken; ein Tuch und ein schwarzer Morgenrock hingen an einem Haken; ganz hinten fand sich ein Stück weißer Batist in einer alten Zeitung, die noch aus dem Kriege stammte. Emily schloß die Türen des Schrankes und setzte sich an den Schreibtisch. Mehrere Schubladen waren versperrt, und sie konnte sie trotz größter Mühe nicht öffnen. Vergeblich versuchte sie sie mit verschiedenen kleinen Schlüsseln, die sie bei sich trug, zu öffnen, sie verfiel sogar darauf, mit einer Haarnadel den Riegel aufzuschieben. Aber es gelang ihr nicht; schließlich verlor sie die Geduld und hämmerte zornig mit den Fäusten auf den widerspenstigen Schreibtisch.

Emily war sich klar darüber, daß es unmöglich sei, festzustellen, ob ihre Mutter Gegenstände zum Verkauf fortgetragen hatte. Dazu hätte sie genau wissen müssen, was sich in diesem Zimmer befunden hatte, bevor Mrs. Fletcher weggefahren war. Sie gestand sich selbst ein, weshalb sie vor Mrs. Fletchers Schreibtisch saß: sie wollte verschiedenes über ihre Mutter erfahren, was sie noch nicht wußte. Vielleicht würde sie dann endlich Einblick in Mrs. Fletchers geheimnisvolle Pläne erhalten. Möglicherweise würde sie irgendwelche Zettel oder Briefe entdecken oder Quittungen und Listen von schon verkauften oder zu verkaufenden Gegenständen. Diese Gedanken erregten Emily. Aber der Schreibtisch verriet nichts, und sie dachte, daß er mit Recht den Namen »Sekretär« trage.

Die anderen Schubladen waren leer oder enthielten nur ganz alte, belanglose Briefe. Emily verschränkte die Arme und sah vor sich hin. Auf dem Schreibtisch stand ein kupferner Leuchter mit einer neuen Kerze, und daneben lag eine kleine, in weiches Leder gebundene Bibel. Emily kannte diese Bibel gut, weil sie sie oft in den Händen ihrer Mutter gesehen hatte. Sie nahm sie gedankenlos vom Schreibtisch und öffnete sie. Auf der ersten Seite standen die Worte: »Kate, das ist das

Kostbarste, was ich besitze, und ich schenke es Dir. Grace Ferguson. Athens, Georgia, 12. Oktober 1866.« Die Schrift war sehr sorgfältig, von gesuchter Eleganz, und schloß mit einem ungeschickten Schnörkel. Emily betrachtete die wenigen Zeilen sehr genau und neigte sich dabei über das Buch; ein Lächeln huschte über ihre Wangen. »Wenn ich mir vorstelle, daß auch sie einmal jung gewesen ist!« Sie schloß die Bibel, drückte den Daumen auf den Goldschnitt und blätterte rasch die Seiten durch; ein Zettel fiel heraus. Emily bückte sich hastig und las ihn mit verzehrender Neugier. Sie erkannte Mrs. Fletchers Schrift sofort, aber die Buchstaben waren winzig klein und eng aneinander gerückt, und sie konnte sie nur mit größter Mühe entziffern. Als es ihr endlich doch gelungen war, überlegte sie einen Augenblick und blätterte die Bibel nochmals und sorgfältiger durch. Da fand sie zwei andere, ähnliche Zettel: es waren Mrs. Fletchers Listen. Das junge Mädchen verstand sofort, was sie bedeuteten und in welcher Absicht ihre Mutter sie geschrieben hatte. Sie verstand um so genauer, um was es sich handelte, als einige wertvollere Gegenstände unterstrichen oder mit einem Kreuz versehen waren. Diese Entdeckung verwirrte Emily, und einen Augenblick lang rührte sie sich nicht und las wieder und wieder in den Papieren, die sie in ihren zitternden Händen hielt; sie war nicht imstande, einen Entschluß zu fassen. Zorn und Empörung rieten ihr, die Verzeichnisse zu behalten und sie Mrs. Fletcher zu zeigen, um sie zu fragen, was sie bedeuteten. Wie gerne hätte Emily sich an der Verlegenheit ihrer Mutter geweidet! Sicher wäre diese Frage Mrs. Fletcher sehr peinlich gewesen, aber Emily gab diesen Plan bald auf, der ihr schließlich nicht helfen und nur zu einer Szene führen würde. Da sie keinen Entschluß zu fassen vermochte, begnügte sie sich damit, eilig eine Abschrift der Verzeichnisse zu machen und die Originale wieder dorthin zu legen, wo sie sie gefunden hatte; denn sie war sich darüber klar, daß sie klug vorgehen müsse.

Mrs. Fletcher kehrte ein wenig später heim, als ihre Tochter erwartet hatte. Emily stand im Hausflur, als sie den Wagen kommen sah. Es hatte unterwegs geregnet, und das schwarzlederne Wagendach war hochgeschlagen und ganz mit Schmutz bespritzt.

»Komm her, du mußt mir helfen«, rief Mrs. Fletcher Emily zu, als der Wagen hielt.

Sie stieg sehr vorsichtig herunter, klammerte sich ängstlich an die Bank und tastete mit dem Fuß nach dem Trittbrett; Frank hielt sie am Arm, und Emily reichte ihr die Hand. Endlich war sie unten und trat mit beiden Füßen kräftig auf, als wolle sie ihre Freude ausdrücken, wieder festen Boden unter den Füßen zu haben. Stevens reichte ihr den Koffer, dann ließ er das dampfende Pferd umkehren, grüßte und fuhr rasch davon.

Mutter und Tochter gingen ins Speisezimmer. Mrs. Fletcher hob den Koffer auf den Tisch und schnallte ihn sofort auf. Sie schien mit dem Ergebnis der Reise sehr zufrieden und begann mit ungewöhnlicher Lebhaftigkeit zu sprechen; die frische Luft und ihre Erlebnisse an diesem Tage hatten ihre Energie geweckt und sie in gute Laune versetzt. Ihr Gesicht war rosig, und sie hatte sich noch nicht einmal die Zeit genommen, ihren Hut abzulegen, so sehr brannte sie darauf, ihre Einkäufe zu besichtigen.

Der Handkoffer war zum Bersten voll und sprang fast von selbst auf. Mrs. Fletcher zog nacheinander ein graues Wolltuch, einen langen, dunklen Mantel und schließlich ein schwarzes Tuchkleid heraus, das sie behutsam ausbreitete.

Sie wandte sich triumphierend an ihre Tochter: »Hatte ich nicht recht? Ist das nicht alles in tadellosem Zustand?«

Emily stand am Tisch und sah die Kleidungsstücke an, ohne die Begeisterung ihrer Mutter zu teilen.

»Man müßte das alles bei Tageslicht ansehen«, erwiderte sie kurz.

Mrs. Fletcher achtete nicht auf Emilys Einwurf, schlüpfte in den Mantel und nannte den Preis.

»Das ist geschenkt. In Washington hätte ich dafür doppelt soviel zahlen müssen.«

»Das ist doch ein Männermantel!« rief Emily, als sie die großen Taschen und den Gürtel bemerkte. »Er hat ja den Schnitt eines Militärmantels.«

Mrs. Fletcher errötete heftig. »Nun, was schadet das denn? Das ist sehr praktisch für den Winter.«

Dann wurde sie verlegen: »Nein, es ist kein Männermantel.«

»Doch«, erwiderte Emily sanfter, trat zu ihrer Mutter und strich mit der Hand über die breiten Ärmelaufschläge. »Sieh nur, Frauen tragen doch keine solchen Ärmel.«

Unversehens beugte sie sich stirnrunzelnd über den Ärmel.

Emily sah plötzlich belustigt aus. »Mama, komm ans Licht, sieh her.«

Emily zeigte mit dem Finger auf eine Stelle, die heller war als die Farbe des Mantels.

»Es sieht aus, als ob hier eine Litze abgerissen worden sei.«

»Wo denn?« Mrs. Fletcher war jetzt wütend.

»Hier, du kannst noch die Stiche sehen. Man hat dir einen alten Militärmantel angehängt.« Emily lachte.

»Das ist nicht wahr!« Mrs. Fletcher zog heftig den Arm zurück. Mißgelaunt legte sie den Mantel ab und hängte ihn über eine Stuhllehne.

Während des Abendessens wurde kein Wort gewechselt. Hin und wieder sah Emily verstohlen auf die Kleidungsstücke, die ihre Mutter in einen Winkel des Zimmers gelegt hatte. Aber sie schwieg voll Verachtung. Mrs. Fletcher fühlte sich gedemütigt und wich dem Blick ihrer Tochter aus; früher als sonst wünschten die beiden einander gute Nacht.

Als Emily in ihrem Zimmer war, verschloß sie die Tür und zündete die Kerze an. Sie begann halblaut zu sprechen und begleitete ihren Monolog mit kurzen Kopf- und Handbewegungen, als ob sie jemanden überzeugen wolle. Sie war erregt, das Blut stieg ihr in die Wangen, und ihr Gesicht war seltsam verändert. Welch ein Gegensatz zu dem unbeweglichen, verschlossenen Ausdruck, den es zuvor im Gespräch mit der Mutter gehabt hatte! Manchmal zwang sie der Husten, mitten im Satz innezuhalten, und dann hatte sie einen leidenden Ausdruck; sie mußte sich aufs Bett setzen und wartete zusammengekrümmt, bis der Anfall vorüber war.

Nach einer Viertelstunde hörte sie den gleichmäßigen Schritt der Mutter, die die Stiege heraufkam, und löschte die Kerze. Die Schritte kamen näher und hielten vor ihrer Türe. Einige Augenblicke vergingen.

»Hast du das Licht ausgemacht?«

»Ja.«

Einen Augenblick später entfernten sich die Schritte, und Emily erriet, daß ihre Mutter durchs Schlüsselloch geblickt hatte. Als alles still geworden war, schloß das junge Mädchen geräuschlos die Fensterläden, zog die Vorhänge zu, steckte sie überdies mit einer Nadel zusammen, und zündete die Kerze wieder an. Dann setzte sie sich an den Tisch, holte die Abschriften hervor, die sie am Nachmittag angefertigt hatte, und prüfte sie lange. Mit gespannter Aufmerksamkeit drehte sie die Blätter hin und her. Endlich legte sie sie auf den Tisch und faltete nachdenklich die Hände. Das Licht fiel auf ihr Gesicht; manchmal ließen flackernde Schatten ihre unschönen Züge noch deutlicher hervortreten: die lange, eingedrückte Nase, die fast bis zu den schmalen Lippen reichte, und die eingefallenen Wangen, in die sich schon Falten gegraben hatten. Ihr Haar fiel unordentlich über die Stirn und verstärkte noch den sonderbaren, ältlichen Eindruck ihres Gesichtes.

Lange starrte Emily unbeweglich auf die beschriebenen Blätter. Schließlich riß sie ein neuer Hustenanfall aus ihrer Grübelei, und sie erhob sich, um sich auszukleiden. Plötzlich schien ihr ein neuer Einfall zu kommen. Sie setzte sich wieder, nahm einen Bogen Papier aus der Tischschublade und schrieb: *Wie ich einmal mein Haus führen werde.*

Sie hielt inne, strich das Geschriebene aus und begann jetzt zögernd zu schreiben: *Wie ich in Mont-Cinère leben werde.* Aber diese Worte befriedigten sie so wenig wie die ersten, und sie knüllte das Papier zusammen. Dann nahm sie einen zweiten Bogen und überlegte lange. Endlich begann sie langsam, ganz oben auf der Seite, zu schreiben:

An Fräulein Emily Fletcher
Mont-Cinère
Fauquier County
Virginia

Sie prüfte die Adresse und setzte, immer bedächtiger, das Datum darunter: *25. Januar 1888;* aber sofort strich sie die letzte Zahl aus und schrieb statt dessen *1892.* Dann wurde die Schrift sicherer: *Meine liebe Emily,* und jetzt schrieb sie in einem Zuge folgenden Brief:

Meine liebe Emily,
ja, du hast wirklich allen Grund, glücklich zu sein. Ein so schönes Haus, das so vornehm liegt! Es ist gar nicht so einfach, Dich nicht zu beneiden, Dich, die Herrin von Mont-Cinère! Wenn Du am Morgen erwachst, fällt Dein erster Blick auf die Möbel, die Du liebst und die Dir gehören. Sicherlich sagst Du Dir dann: ›Diese Bilder sind mein, diese Kommode, diese zwei Armstühle, alles was in diesem Zimmer ist. Und nicht nur in diesem Zimmer, sondern im ganzen Haus. Auch das Haus selbst und der Park, der es umgibt . . .‹
Vergleiche einmal mein Schicksal mit dem Deinen. Du kennst ja mein Leben und weißt, daß ich vollständig von meinem Vater abhängig bin. Gibt es in unserem Haus einen einzigen Gegenstand, von dem ich sagen könnte: ›Das gehört mir, diese Schachtel gehört mir, oder dieses Buch, dieser Bleistift, diese Nadel . . .‹? Könnte irgend jemand meinen Vater daran hindern, mir die Schleife wegzunehmen, die ich im Haar trage? Nichts gehört mir, nichts, gar nichts. Fiele es ihm ein, unsere Möbel zu verkaufen, sie mit einer Axt in kleine Stücke zu schlagen, das Haus anzuzünden, wer dürfte ihm sagen, er habe kein Recht dazu? Er ist der alleinige Besitzer all dieser Gegenstände, er kann darüber verfügen, wie es ihm paßt.

Und jetzt sehe ich Dich vor mir, Du Glückspilz! Du sitzt im Speisezimmer am Kamin, wo ein helles Feuer brennt. Draußen regnet oder schneit es. Du ruhst Dich in einem großen, weichgepolsterten Lehnstuhl aus, der mich jedesmal entzückt, wenn ich Euch besuche. Du liest, oder wenn Du nicht liest, so machst Du Zukunftspläne; vielleicht denkst Du auch mitunter an die traurige Vergangenheit zurück, die aber niemals wiederkehrt. Ach, erinnere Dich doch manchmal in diesen Augenblicken ruhiger Behaglichkeit Deiner Freundin.

Emily kritzelte irgendeinen Namen als Unterschrift, drehte das Blatt um und schrieb auf die Rückseite dieses erdichteten Briefes die Antwort:

Liebe Grace,
sei überzeugt, daß ich dem Himmel für das Gute, das er mir erwiesen hat, dankbar bin. Ich bin glücklich, sehr glücklich. Jetzt bin ich frei, frei, frei. Mont-Cinère gehört mir, und Du hast recht: es ist eine unermeßliche Freude, von einem Zimmer ins andere zu gehen und sagen zu dürfen: ›Hier bin ich daheim, dieses ganze große Haus gehört mir allein, und niemand darf es mir streitig machen.‹ Du weißt, daß ich zu Lebzeiten meiner Mutter nicht dasselbe hätte sagen können; es ging mir ganz ähnlich wie Dir, aber das, was Du schreibst, scheint mir nicht gerecht. Natürlich gehört das Haus, in dem Du wohnst, Deinem Vater, aber gehört es denn nicht auch Dir? Kannst Du mir sagen, was Du tätest, wenn er sein Haus anzündete? Wo solltest Du dann leben? Ist er nicht für Dein Wohlergehen verantwortlich? Und wenn er sich nicht um Dich kümmern will, so hätte er eben keine Kinder haben dürfen. Das alles ist so selbstverständlich, daß Du wohl nicht daran zweifelst. Und diese Überzeugung war ja auch das einzige, was mich während dieser langen Jahre des Kampfes aufrecht erhalten hat. Nein, nein, liebe Grace, es gibt nicht einen Gegenstand in Deinem Hause, von dem Du nicht sagen dürftest: ›Das gehört uns. Bis endlich der Tag kommt, an dem ich hier unumschränkte Herrin sein werde, wie Emily Fletcher in Mont-Cinère, dann erst ist alles mein.‹ Sei mutig und stark, laß Dir nichts wegnehmen, verteidige

Dein Eigentum, später wirst Du dann Deinen Reichtum doppelt genießen.

Sie unterschrieb. Dieser Brief gewährte ihr eine wirkliche Befriedigung, und sie errötete vor Freude, als sie die letzten Worte niederschrieb; sie las die beiden Seiten durch, faltete das Blatt vierfach zusammen und schob es in ihre Bibel. Ein paar Minuten später lag sie im Bett. Aber ihre Erregung ließ sie lange Zeit nicht einschlafen; als es elf Uhr schlug, war sie noch wach.

18

Einige Tage darauf wurde es kälter, und es fing an, ein wenig zu schneien. Die schweren Zweige der Tannen hingen unbeweglich vor den Fensterscheiben von Mont-Cinère. Kein Laut drang aus der schweigenden Landschaft.

»Jetzt ist es Winter.« Mrs. Fletchers Stimme klang betrübt.

Sie stand im Hauseingang, in dem alten Militärmantel, den sie bei der Auktion gekauft hatte, und stützte sich auf einen Reisigbesen.

»Werden wir im Speisezimmer nicht heizen?« fragte Emily, die in der Türe stand. Mrs. Fletcher wendete sich um.

»Wenn dir kalt ist, mußt du im Zimmer der Großmutter nähen.« Sie begann, den Schnee in der Toreinfahrt wegzukehren, den der Wind während der Nacht angeweht hatte. Emily hustete. Sie schwieg einen Augenblick.

»Und du, Mama?«

Mrs. Fletcher kehrte eifrig den Schnee fort. Ihre Wangen waren von der Kälte gerötet, und sie keuchte bei ihrer Arbeit.

»Ich?« Sie schien nach einer Antwort zu suchen, zuckte aber schließlich nur mit den Achseln. Schließlich war die Einfahrt gesäubert, und Mrs. Fletcher klopfte den Schnee vom Besen.

»Geh doch ins Haus«, sagte sie zu Emily, die zusah. »Du wirst wieder krank werden wie letzte Woche, wenn du noch länger hier stehst.«

Emily ging in Mrs. Elliots Zimmer. Die Großmutter saß im Bett, der Kopf ruhte auf mehreren Kissen, lange Haarsträhnen bedeckten ihre Wangen und den mächtigen Nacken. Kaum hatte Emily die Tür geöffnet, begann die alte Frau lebhafter als sonst zu reden.

»Ich habe die ganze Nacht nicht schlafen können. Wer ist denn fortwährend im Haus umhergegangen? Das Geräusch kam aus dem Zimmer deiner Mutter. Bist du sicher, daß sie in der Nacht nicht aufgestanden ist?«

»Ich habe nichts gehört«, antwortete Emily kurz und setzte sich mit einem Buch ans Feuer. Sie hatte keine Lust, dieses Gespräch mit ihrer Großmutter fortzusetzen.

Seit der Nacht, die sie in diesem Zimmer verbracht hatte, fühlte sie sich noch unglücklicher und gequälter als sonst. Unaufhörlich drängte sich ihr der Gedanke auf, daß die Großmutter bald sterben werde. Aber es erwachte in ihr kein warmes Gefühl für die Frau, die sie in Gefahr glaubte, im Gegenteil, die Angst hatte eine gegenteilige Wirkung; obwohl Emily alles tat, um gegen eine Empfindung, deren sie sich schämte, anzukämpfen, empfand sie vor allem, was ihre Großmutter betraf, einen Ekel. Aber Gewissensbisse zwangen sie, den größten Teil des Tages im Zimmer der alten Frau zu verbringen, in dem Zimmer, das ihr unheimlich war und in dem sie stärker als in den anderen Räumen die Angst und den Abscheu vor dem Tod empfand.

Mrs. Elliot fuhr fort:

»Es ist nicht das erste Mal, daß ich deine Mutter im Haus hin- und hergehen höre. Oft kommt sie an meine Tür, wenn es schon nach elf Uhr ist. Sie soll sich nur nicht unterstehen, hereinzukommen. Gott allein weiß, welche Gedanken in ihrem verrückten Hirn nisten. Aber ich weiß mich schon zu verteidigen!«

Diese letzten Worte waren in einem so sonderbaren und wilden Ton gesprochen, daß Emily sich, von jäher Angst gepackt, umwandte. Sie sah die Großmutter an und sagte streng:

»Du machst dir von der Mutter völlig falsche Vorstellungen. Sie hat niemals daran gedacht, dir etwas Böses zu tun.«

»Ach, liebes Kind, sei geduldig und gut zu mir.« In Mrs. Elliots Stimme zitterten Tränen. »Ich bin so allein und meiner Tochter ausgeliefert, die mich nicht mag. Ich kenne sie besser als du, Emily, ich habe sie aufgezogen. Sie ist boshaft und rachsüchtig; sieben Jahre lang bewahrt sie in ihrer Tasche einen Stein, um ihn dann gegen ihren Feind zu schleudern. Bist du ganz sicher, daß du heute nacht kein Geräusch gehört hast? Würdest du es mir überhaupt sagen, oder bist du auch gegen mich?«

»Niemand ist gegen dich, Großmutter.«

»Hast du nicht gehört, wie jemand die Stiege hinuntergegangen ist?«

»Ich habe nichts gehört.«

»Aber ich habe ganz deutlich gehört, daß jemand vor meiner Türe stehengeblieben ist.« Mrs. Elliots Stimme zitterte leicht. Sie sah ihre Enkelin starr an. »War es nicht die Mutter oder vielleicht Josephine?«

»Warum sollten sie nachts herumgehen?«

Verstimmt schloß Emily ihr Buch, griff nach dem Feuerhaken und schürte die Glut.

»Sie sind doch keine Nachtwandlerinnen.«

»Dann warst du es also«, sagte Mrs. Elliot wie jemand, der sich beruhigen will.

»Nein, ich war es bestimmt nicht.«

»Aber eine von euch dreien muß es doch gewesen sein«, rief die alte Frau und hob die Arme. »Wenn ihr es nicht wart, dann habe ich Angst...«

»Angst? Wovor denn?« Emily trat rasch zum Bett; in ihrem blassen Gesicht wirkten die Augen um so größer. Mrs. Elliot faltete die Hände und sagte leise:

»Ich hätte Angst davor, daß es eine arme Seele ist, die keine Ruhe finden kann. Das Haus ist alt und hat oft den Besitzer gewechselt.«

Das junge Mädchen blickte um sich, als ob es von Schwindel erfaßt werde, und ließ sich aufs Bett fallen.

»Vielleicht war es doch die Mutter«, sagte sie erregt.

»Du mußt sie fragen«, sagte Mrs. Elliot heftig. »Dann erzählst du mir, was sie geantwortet hat. Wenn du mit ihr sprichst, beobachte sie genau; wenn sie lügt, verrät sie sich sofort. Ich glaube immer, daß sie mir Böses antun will, wie ungeheuerlich dieser Verdacht auch ist. Du hast sie nicht gehört, als sie damals bei mir eintrat, um Holz im Ofen nachzulegen. Du hättest dich gefürchtet, mein Kind, sie murmelte unverständliche Worte vor sich hin. Ich sage dir das alles nur zu deinem Besten. Du mußt sie überwachen. Du weißt ja...« Sie hielt inne, schlug sich an die Stirn und fuhr dann leise und sehr erregt fort:

»Kind, hüte dich vor der Hinterlist einer Wahnsinnigen. Ein Geist, der schon verwirrt ist, vermag sich immer noch zu verstellen und dabei geduldig und zäh die schwersten und schrecklichsten Dinge durchzusetzen. Dabei machen diese Menschen einen friedlichen, unschuldigen Eindruck. Hör gut zu«, fuhr sie fort, als sie sah, daß Emily den Kopf abwandte, »du mußt bedenken, daß sie erst dann zur Ruhe kommt, wenn wir beide Mont-Cinère verlassen haben, wenn sie ganz allein Herrin über Mont-Cinère ist und niemand sie hindert, Stück für Stück zu verkaufen, damit sie ihr Kapital nicht angreifen muß. So handelt nur eine Wahnsinnige. Weißt du denn, daß ihr dein Vater soviel hinterlassen hat, daß sie zwanzig Jahre behaglich davon leben kann? Dieses Geld liegt auf der Bank in Wilmington, aber ehe sie etwas davon nimmt, verkauft sie lieber ihr Bett und schläft auf dem nackten Boden. Nun hat sie ja ihre persönlichen Ausgaben fast auf nichts reduziert; jetzt sind es nur noch wir beide, du und ich, die ihr zur Last fallen. Und ohne uns...«

»Du lieber Gott«, rief Emily, die von dieser Bemerkung so

verblüfft war, als habe sie noch nie an dergleichen gedacht.
»Woher weißt du denn das alles, Großmutter?«
»Sie ist meine Tochter.« Die alte Frau betonte dieses Wort. »Oh, wie gut ich sie kenne!« fuhr sie leidenschaftlich fort. »Habe ich sie denn nicht aufgezogen, habe ich denn nicht gesehen, wie sich ihre Veranlagungen entwickelten? Hör zu. Im Krieg haben wir unser ganzes Vermögen verloren, und jeder mußte sich durchschlagen, so gut es eben ging. Wir wendeten unsere alten Kleider, und da alles Metall von der Regierung angefordert wurde, mußten wir uns ohne Metall behelfen. Weißt du, daß damals die Häkchen aus Dornen gemacht wurden?«
»Wirklich?« Emily amüsierte sich über diese Einzelheiten.
»Ja, wirklich. Und Knöpfe wurden aus Obstkernen verfertigt. Wenn du damals deine Mutter gesehen hättest: sie war jünger als du es jetzt bist. Wie stolz war sie, daß ihre Schuhe und ihre Wäsche länger hielten als die der anderen Leute. An dem Tage, als Shermans Truppen Atlanta eroberten und alle Leute darüber jammerten, daß der Krieg ein so trauriges Ende für uns genommen habe, hat sie mit dem furchtsamen und zugleich glücklichen Ausdruck, den du noch heute manchmal an ihr bemerken kannst, zu mir gesagt... Nun rate einmal, was!«
»Ich weiß nicht.«
»Sie hat zu mir gesagt, und dabei auf ihr viel zu kurzes und ganz abgetragenes Kleid gewiesen: ›Schau her, Mama, dieses Kleid hat den ganzen Krieg überdauert!‹«
Mrs. Elliot schwieg einen Augenblick und sah Emily kopfschüttelnd an.
»Später hat dann mein Sohn, dein Onkel Harry, einen kleinen Teil unseres Vermögens wieder zurückgewonnen; es war ja nicht viel, aber es ermöglichte uns doch, besser zu leben als während des Krieges. Es gelang mir sogar, Kate hin und wieder ein paar Dollar zu schenken, damit sie sich eine Kleinigkeit, irgend einen Putz kaufen konnte. Du wirst es nicht glauben. Sie wußte nicht, wie sie das Geld ausgeben sollte.«

»Was tat sie denn damit?«

Mrs. Elliot öffnete die Hand, dann schloß sie sie langsam.

»Sie hob es auf, so wie jetzt, versteckte es in ihren Schubladen und lief wie eine Bettlerin herum, als ob sie keinen Stolz hätte. Einmal habe ich gesehen, daß sie weinte, weil sie einen Rock weggeben mußte, den sie mehrere Jahre getragen hatte; der Stoff war stellenweise schon so fadenscheinig, daß der Unterrock durchschimmerte. Es war in dem Jahr ihrer Heirat, und ich mußte sie zwingen, ein neues Kleid zu kaufen. Darüber hat sie geweint.«

Die Großmutter hielt inne, um Atem zu holen, und sah das junge Mädchen an, das in Gedanken versunken schien.

»Siehst du, das alles ist seit dem Tode deines Vaters nur noch ärger geworden. Sie hat den Kopf verloren, als sie plötzlich Herrin eines großen Hauses wurde und tun und lassen konnte, was ihr gefiel. Jetzt hat sie nur einen Gedanken: sie will uns loswerden. Und wer kann sie daran hindern? Sie haßt mich, sie wünscht meinen Tod, und ich bin fest überzeugt, daß sie Gott um mein baldiges Ende anfleht. Nun, und was dich betrifft...«

»Großmutter!« schrie Emily und machte eine Handbewegung, als ob sie die alte Frau am Weiterreden hindern wolle.

»S... sie haßt dich«, sagte die alte Frau, vor Zorn stotternd. »Sie will nicht, daß du in Mont-Cinère bleibst. Du wirst schon sehen, eines schönen Tages jagt sie dich fort, wenn du dich nicht dagegen wehrst.«

Emily erhob sich jäh und setzte sich in ihren Lehnstuhl. Da richtete sich Mrs. Elliot im Bett auf und sagte stockend, mit rauher Stimme:

»Doch, doch, du wirst schon sehen. Sie will auch deinen Tod!«

Diese Worte ließen Emily zusammenfahren; sie stand aus ihrem Lehnstuhl auf und trat ans Bett.

»Das ist nicht wahr!« Ihr Gesicht war aschfahl. »Das wagt sie nicht. Das wagt sie nicht!«

Und wie von einer unwiderstehlichen Macht getrieben, fuhr sie fort:

»Du hast Angst vor ihr, weil du krank bist, aber ich bin jung und gesund und fürchte mich nicht vor meiner Mutter. Ich werde hier alles tun, was mir gefällt, ich werde einmal Herrin auf Mont-Cinère sein, du wirst schon sehen.«

Sie zitterte ein wenig, als sie das sagte. Mrs. Elliot sah Emily schweigend und mit einem ängstlichen Ausdruck an, der die Enkelin rührte.

»Du brauchst dich vor nichts zu fürchten, Großmutter«, setzte sie sanfter hinzu.

Mrs. Elliot blickte zu Boden und sagte zögernd:

»Solange sie hier die Herrin ist, fürchte ich für mein Leben.«

Emily zuckte die Achseln, schob einen Stuhl zum Bett der Kranken und setzte sich.

»Großmutter, bin ich denn nicht da, um dich zu beschützen?«

Eine Weile sprach keine von beiden. Mrs. Elliots Augen wurden feucht, sie drängte die Tränen zurück.

»Emily, ich fürchte mich vor dem Sterben.«

»Du fürchtest dich vor dem Sterben? Bist du denn keine Christin?«

»Ach, du verstehst mich nicht!« Mrs. Elliot stöhnte und rang die Hände; sie sah verzweifelt aus. »Du weißt ja nicht, wie schön das Leben ist, du kennst nicht die Freude am Leben.«

Emily schwieg; sie sah ihre Großmutter verwirrt und mitleidig an, wußte aber nicht, was sie sagen sollte.

»Nein, du weißt das nicht«, fuhr die alte Frau fort, »du gehörst nicht zu denen, die das Leben lieben. Und wenn ich mir vorstelle, daß diese Frau die geringe Zeit, die mir noch bleibt, verkürzen will!«

»Es ist eine Sünde, so zu sprechen«, sagte Emily heftig.

Mrs. Elliot antwortete nicht gleich, ein Lächeln huschte über ihr Gesicht.

»Eine Sünde«, wiederholte sie tonlos. »Was soll das heißen? Sie will mich umbringen; wie nennst du das?«

Emily tat, als sehe sie die Hand nicht, die ihr die Großmutter reichte. Sie erhob sich und stellte den Stuhl auf seinen Platz zurück, entschlossen, nicht zu antworten.

»Ach, dir geht das nicht nahe«, murmelte Mrs. Elliot und fiel in die Kissen zurück. »Es handelt sich ja nicht um dich, oder wenigstens scheint es dir so, nicht wahr? Wenn du aber, wie ich, jede Nacht aufwachen würdest, aus Angst, den Tag nicht mehr zu sehen! Du hast kein Herz, mein Kind, genauso wenig wie sie.«

Emily setzte sich zum Kamin und sprach kein Wort. Sie legte ein Scheit Holz auf den Rost und fachte das Feuer mit einem Blasebalg an; dann öffnete sie ihr Buch, aber sie horchte aufmerksam auf das, was ihre Großmutter sagte. Schließlich hörte sie die alte Frau ein paarmal aufseufzen, als ob sie daran zweifle, das Herz ihrer Enkelin zu rühren.

Es schneite unaufhörlich, und im Zimmer herrschte fahles Zwielicht. Nur das Knistern des Holzes unterbrach die tiefe Stille. Emily versuchte weiterzulesen. Aber schon der erste Satz kam ihr lächerlich vor. So fern waren die Gedanken des Dichters von den Gedanken, die sie bedrängten. So legte sie denn das Buch beiseite, stützte sich auf die Armlehne des Sessels und sah in die Flammen.

Die Stimme der Großmutter weckte sie jäh aus ihren Grübeleien.

»Bist du da?«

Emily stand auf und tat ein paar Schritte auf das Bett zu.

»Was willst du?«

»Komm näher.« Mrs. Elliot sprach sehr sanft, und als Emily gehorchte, sah die Großmutter ihr in die Augen: »Du küßt mich seit ein paar Tagen nicht mehr«, sagte sie und ergriff die Hand ihrer Enkelin.

Mit einem fast unüberwindlichen Ekel beugte Emily sich über sie und berührte mit den Lippen ihre Stirn.

19

An einem Novembernachmittag meldete die Köchin Mrs. Fletcher, daß der Pastor von Glencoe mit ihr zu sprechen wünsche und im Salon warte. In Mont-Cinère gab es sehr selten Besuch, und dieser kam unerwartet. Mrs. Fletcher konnte sich einer gewissen Unruhe nicht erwehren. Was wollte dieser Mann? Schließlich bat sie ihre Tochter, ihn zu empfangen.

Weniger schüchtern und vor allem neugieriger als Mrs. Fletcher, trat Emily ungezwungen in den Salon und ging auf den Pastor zu, den sie in ihrer kurzangebundenen Art begrüßte. Sie erblickte einen hochgewachsenen, alten Mann, der ein wenig hochmütig wirkte. Als er den Kopf zum Grüßen neigte, fielen ihm die dichten weißen Locken, die hinter die Ohren zurückgestrichen waren, auf die Schultern und streiften seine Wangen. Er hatte ein schmales Gesicht, eine hohe Stirn und regelmäßige, scharfe Züge. Seine blauen Augen waren auffallend hell, was ihnen einen harten Ausdruck verlieh. Ein schwarzes Seidentuch, das er um den Hals geschlungen hatte, betonte die Blässe seiner Haut. Nur die Backenknochen waren von der Kälte leicht gerötet. Er trug einen Anzug aus grobem, blauem Tuch und hielt einen Eschenstock in der Hand.

»Sie kennen mich nicht, gnädige Frau. Ihr Name, den ich im Register des Kirchspiels gelesen habe, ist mir bekannter als Ihr Gesicht. Ich bin der Pastor von Glencoe.«

»Ich nehme an, daß Sie mit meiner Mutter sprechen wollen, Herr Pastor.«

Sie setzten sich.

»Sind Sie Mrs. Fletchers Tochter?« Der Pastor schien über seinen Irrtum nicht sehr verwundert. »Ich hatte Sie für Ihre Mutter gehalten, aber das, was ich Ihnen sagen will, bezieht sich genauso gut auf Sie. Sie schließen sich aus unserer Gemeinschaft aus.«

»Das ist unbeabsichtigt«, erwiderte Emily in kühlerem

Ton. »Wir wohnen ziemlich weit von der Kirche entfernt, und so werden Sie uns entschuldigen, wenn wir nur selten dort gesehen werden.«

Der Pastor sah sie streng an und fragte, ohne den Blick von ihr abzuwenden:

»Lesen Sie die Bibel?«

»Sehr eifrig, jeden Tag.«

Emily verschränkte die Arme unter ihrem Tuch und sah den Pastor an; sein grobknochiges Gesicht, sein rauhes Benehmen mißfielen ihr eigentlich nicht, und sobald sie sich dessen bewußt wurde, legte sich ihr Zorn. Sie hatte das unklare Gefühl, daß vor ihr der einzige Mensch stehe, den sie jetzt um Rat fragen konnte. Noch nie hatte sie jemand so sprechen hören, wie dieser Mann sprach.

»Glauben Sie vielleicht, ich bin hergekommen, um mit Ihnen zu streiten? Ich wußte im voraus, was Sie antworten würden.«

Er lehnte sich in seinen Stuhl zurück und sagte unvermittelt:

»Ich brauche Geld für meine Kirche. Werden Sie mir etwas geben?«

»Ich persönlich habe nichts. Ich bin von meiner Mutter abhängig. Nur sie kann Ihnen antworten.«

»Wie alt sind Sie?«

»Ich werde im Juni sechzehn.«

Er zog die Brauen hoch und murmelte etwas, was sie nicht recht hörte; und als sie sich erhob, um ihre Mutter zu rufen, sagte er:

»Noch einen Augenblick: Haben Sie viel Arbeit? Was machen Sie den ganzen Tag?«

Emily blieb stehen.

»Ich nähe oder lese – ich muß mich auch um meine kranke Großmutter kümmern.«

»Ist das alles?«

»Ja.«

Er zog seine Uhr aus der Tasche.

»Bitte rufen Sie Ihre Mutter, meine Zeit ist beschränkt.«

Emily ging in Mrs. Fletchers Zimmer; ihre Mutter saß am Fenster und schien nachzudenken.

»Nun, Mama, kommst du nicht? Er wartet auf dich.«

Mrs. Fletcher warf ihr einen bittenden Blick zu.

»Sag ihm, daß ich ihn nicht empfangen kann, mein Kind. Ich habe gar keine Lust, ihn zu sehen.«

»Er ist aber entschlossen, nicht wegzugehen, bevor er mit dir gesprochen hat«, sagte Emily fest. »Du hättest ihm sagen lassen sollen, daß du nicht zu Hause bist.«

»Du willst mir also nicht beistehen«, jammerte Mrs. Fletcher. »Es ist wirklich kindisch von mir, gerade dich zu bitten, mir aus der Verlegenheit zu helfen.«

Sie erhob sich, nahm einen Kamm vom Kamin und ordnete ihr nachlässig aufgestecktes Haar ein wenig.

»So muß ich also hinuntergehen«, seufzte sie während des Kämmens. »Was soll ich ihm denn sagen? Bin ich es vielleicht gewohnt, mit Geistlichen zu sprechen? Was hat er zu dir gesagt?«

»Ach Gott, Mama, was eben alle Pastoren sagen; daß wir niemals in die Kirche gehen.«

Emily weidete sich an der Verlegenheit ihrer Mutter und beobachtete sie spöttisch.

»Das geht ihn gar nichts an. Niemand hat sich darum zu kümmern, ob ich fromm bin oder nicht.«

Mrs. Fletcher legte ärgerlich den Kamm beiseite und ging zur Tür. Plötzlich blieb sie stehen und wiederholte heftig:

»Ich habe gar keine Lust, ihn zu sehen. Warum geht er nicht weg? Ich habe es mir überlegt, ich will ihn nicht sehen.«

Die Vorstellung, einen Menschen zu verletzen, den sie nicht kannte, gab ihr den Anschein von Festigkeit. Aber sie war sich auch darüber klar, daß ihr Reden ganz belanglos war. Denn sie hatte weder den Mut, mit dem Geistlichen zu sprechen, noch wagte sie ihn abzuweisen, ohne ihn zu empfangen. Widerwillig ging sie hinunter, gefolgt von Emily, die sich königlich über diesen Besuch freute und darauf brannte, den Ausgang der Unterredung zu erfahren.

Als sie in den Salon traten, sahen sie den Pastor an dem runden Tisch sitzen; er schrieb ein paar Worte auf ein Billett, das er in die Tasche schob. Mit einer energischen Bewegung erhob er sich und neigte den Kopf, ohne ein Wort zu sagen; dabei warf er Mrs. Fletcher einen durchdringenden Blick zu, in dem sich Hochmut mit Neugierde mischte. Sie blieb einige Schritte entfernt von ihm stehen und stützte eine Hand auf die Lehne des Armstuhls, als ob eine plötzliche Schwäche sie dazu zwinge. Emily hatte die Tür geschlossen und verschränkte die Arme unter ihrem Tuch. Sie sah schweigend auf die Darsteller dieser stummen Szene.

»Herr Pastor«, sagte endlich Mrs. Fletcher, »wollen Sie nicht Platz nehmen?«

Er blieb stehen.

»Danke, gnädige Frau, meine Zeit ist beschränkt. Sie wissen, wer ich bin. Mein Name ist Sedgwick, und ich bin Pastor in Glencoe. Sie gehören zu meiner Gemeinde, wenigstens dem Namen nach, nicht wahr?«

»Jawohl, Herr Pastor.« Mrs. Fletcher hatte sich gesetzt, die Hände im Schoß gefaltet und blickte den Geistlichen an; schon lange hatte sie sich nicht mehr so unbehaglich gefühlt.

»Sie kennen mich wohl nicht?« fragte Sedgwick.

Mrs. Fletcher schüttelte den Kopf.

»Ich kannte Ihren Vorgänger, Reverend White«, sagte sie mit schwacher Stimme.

»Sie kommen nie in unsere Kirche?«

»Nein.«

»Ich darf aber dennoch annehmen, daß Sie ein eifriges Mitglied der Methodistenkirche sind, die mir im Dorfe Glencoe untersteht, nicht wahr?«

Mrs. Fletcher stieß einen Seufzer aus. »Herr Pastor, ich werde versuchen, öfter in die Kirche zu gehen.«

»Gut. Heute komme ich zu Ihnen, wie Esra zu seinen Brüdern in Israel gekommen ist. Auf unserer Kirche ruhen schwere Lasten. Sie müssen uns helfen, sie zu tragen. Der Grund, auf dem die Kirche steht, ist noch nicht schuldenfrei, wir müssen noch immer Zahlungen an die Stadt leisten. Außerdem kommt die Heizung sehr teuer. Sie verstehen, gnädige Frau?«

»Jawohl, Herr Pastor.«

»Vergessen Sie nicht, daß wir außerdem unsere Armen, unsere Missionen haben; dazu kommen noch mehrere Propagandavereine, die wir unterstützen müssen. Ist Ihnen das alles bekannt, gnädige Frau?«

»Jawohl, Herr Pastor.«

»Daraus schließe ich, daß Sie uns Ihren Beistand nicht versagen werden.«

Er zog ein Kärtchen aus der Tasche und reichte es Mrs. Fletcher.

»Es sind drei Rubriken auszufüllen: Name, Adresse Ihrer Bank und der Betrag, den Sie der Kirche überweisen lassen wollen. Wenn Sie diese Karte ausgefüllt haben, so lege ich sie in einen Umschlag, ohne sie zu lesen, und übergebe sie einer Vertrauensperson; diese öffnet den Umschlag und schickt die Karte an die Bank. Am Ende des Monats wird mir der angegebene Betrag zugeschickt, ohne daß der Name des Spenders erwähnt würde. Von den Leuten, die damit zu tun haben, weiß niemand Näheres, und ich am allerwenigsten. Verstehen Sie? Der Krieg hat die Familien in den Südstaaten so sehr in Mitleidenschaft gezogen, daß nur mit der größten Diskretion vorgegangen werden kann.«

Mrs. Fletcher hatte sich schon bei den ersten Worten des Pastors erhoben. Sie hielt den Kopf hoch aufgerichtet und blickte Sedgwick zuerst verwundert, dann sehr beunruhigt an: »Herr Pastor«, sagte sie, als er schwieg, »ich rühre mein Bankkonto nicht an.«

Sie warf einen mißtrauischen Blick auf die Karte, die ihr der alte Pfarrer reichte, nahm sie aber nicht entgegen. Einen Augenblick lang war der Geistliche sprachlos.

»Gnädige Frau«, sagte er schließlich schroff, »Sie versündigen sich gegen die Menschlichkeit!«

Mrs. Fletcher stützte sich auf ihren Stuhl und wurde rot.

»Herr Pastor, ich bedaure.«

Das Blut stieg Sedgwick ins Gesicht, und er biß sich auf die Lippen, doch gab er die Sache noch nicht auf.

»Nehmen Sie diese Karte und lesen Sie sie in aller Ruhe«, sagte er und versuchte, ihr die Karte in die Hand zu drücken.

Sie machte eine abwehrende Bewegung und wich zurück.

Da steckte er die Karte in die Tasche und ergriff Hut und Stock, die er beim Eintreten auf den Tisch gelegt hatte. Seine Schläfen und seine Stirn hatten sich bis unter die weißen Locken rot gefärbt. Mrs. Fletcher, die sich wieder gesetzt hatte, stand auf; sie wußte weder ein noch aus. Wenn sie auch entsetzt war von dem Gedanken, daß jemand von ihr Geld verlangte, so tat es ihr doch leid, einen alten, würdigen Mann gekränkt zu haben. Sie öffnete ein paarmal den Mund, ohne aber ein Wort herauszubringen. Sedgwick wendete sich ihr brüsk zu.

»Gnädige Frau«, sagte er ohne Umschweife, »vergessen Sie nicht, daß Sie für jeden Armen, dem Sie hätten helfen können, verantwortlich sind. Ich bin nur hergekommen, um Sie daran zu erinnern und Sie zu retten. Überallhin können Sie Ihr Geld nicht mitnehmen.«

Mrs. Fletcher schwieg und begleitete den Geistlichen bis zur Tür des Salons. Als er an Emily vorüberkam, blieb er stehen und sagte zu ihr:

»Fräulein, Sie könnten mir sehr helfen, wenn Sie für die Armen arbeiten würden.«

»Worin besteht diese Arbeit?« fragte Emily ruhig.

»Sie haben mir gesagt, daß Sie nähen können.«

»Ja, Herr Pastor.«

»Sie näht wirklich sehr gut«, bestätigte fast gleichzeitig die Mutter.

»Wenn Sie in die Nähstube von Wilmington kommen, würde man Ihnen in meinem Auftrag ein Stück Leinen geben und Ihnen alles Nähere erklären. Wollen Sie uns ein wenig Zeit opfern?«

»Ja, Herr Pastor.«

»Wilmington ist nicht weit«, bemerkte Mrs. Fletcher.

»Sie müßten einmal in der Woche hingehen. Wenn Sie eine Stunde täglich fleißig arbeiten, so können Sie Ihre Aufgabe ohne Schwierigkeit bewältigen. Geben Sie der Leiterin der Nähstube dieses Schreiben.«

Emily nahm das Schreiben und steckte es in die Tasche.

»Ich werde mein Bestes tun.«

»Mehr verlange ich nicht von Ihnen«, erwiderte Sedgwick. Nachdem er ernst gegrüßt hatte, schritt er rasch durchs Vorzimmer und verließ das Haus.

Diese Szene, die nur ein paar Minuten gedauert hatte, versetzte Mrs. Fletcher in eine gewisse Bestürzung, und sie sagte mehrmals zu ihrer Tochter: »Das muß ich sagen, auf einen solchen Besuch war ich nicht gefaßt.«

Sie schien keine anderen Worte zu finden, um das auszudrücken, was sie bewegte; sie ging, noch ganz rot, im Salon auf und ab, während Emily den Inhalt des Schreibens studierte; schließlich blieb Mrs. Fletcher am Fenster stehen und blickte die Hauptallee entlang, durch die Sedgwick sich entfernt hatte. Nach einer Weile sagte sie laut:

»Er hätte nicht so mit mir reden dürfen.«

Emily hob den Kopf und sah die Mutter an, die ihr den Rücken kehrte. Mrs. Fletchers Stimme klang gepreßt. Erstaunt fragte das junge Mädchen:

»Was hast du denn, Mama?«

»Ich bin eine ebenso gute Christin wie die anderen«, sagte Mrs. Fletcher, die regungslos am Fenster stand. »Die Kirche ist zu weit entfernt, ist das vielleicht meine Schuld? Und dann diese Geldgeschichte. Kann ich denn mein Bankkonto angreifen?«

»Das hättest du sagen sollen, Mama.«

Eine Zeitlang herrschte Schweigen. Mrs. Fletcher stand

noch immer reglos da und sah zum Fenster hinaus. Endlich murmelte sie mit undeutlicher, zitternder Stimme:

»Nein, das hätte auch nichts genützt. Er hätte mir dann Gründe genannt...«

»Was für Gründe?«

»Ach, was weiß ich! Gründe, die ich niemals hätte verstehen können, Gründe eines Pastors«, sagte Mrs. Fletcher ungeduldig.

Plötzlich wandte sie sich um und rief so laut, als ob lange unterdrückte Gefühle sie endlich zu sprechen zwängen:

»Bin ich nicht genauso gut wie jede andere? Ich will ja mein Geld nicht ins Grab mitnehmen. Hebe ich es denn für mich auf?«

Tränen flossen über ihre Wangen und ließen glänzende Spuren zurück.

»Kümmere dich doch nicht darum, was dieser Mann denkt, du wirst ihn wahrscheinlich nie wiedersehen«, sagte Emily, der es peinlich war, jemanden weinen zu sehen.

»Das ist ganz egal.« Mrs. Fletchers Stimme zitterte vor Zorn. »Ich will nicht, daß man glaubt, ich sei anders als die anderen. Ich bin genauso fromm wie sie.«

Abermals ging sie mit kleinen Schritten auf und ab, berührte zerstreut die Möbel und wiederholte immer wieder den gleichen Satz:

»Ich bin genauso fromm wie die anderen Menschen, Herr, du weißt, daß ich nicht einen *einzigen Cent* geben konnte.«

Dann krempelte sie die Ärmel hoch und ging in die Küche.

20

Sobald Mrs. Elliot ihre Enkelin wieder zu Gesicht bekam, erkundigte sie sich eingehend nach allen Einzelheiten dieses Besuches. Emily gab ihr ungern Auskunft, denn seit Sedgwick gegangen war, hatte sie keine Ruhe mehr gefunden; sie hätte sich lieber ans Feuer gesetzt und über die unzähligen Pläne nachgedacht, die sie unermüdlich schmiedete und wieder verwarf. Deshalb faßte sie sich in ihrem Bericht möglichst kurz. Das fiel der alten Frau auf.

»Nicht so schnell«, sagte sie und bewegte nervös die Hände. »Erzähl mir doch so, wie du es sonst immer getan hast. Vor drei Monaten hätte ich genau gewußt, welchen Eindruck der Pastor gemacht hat.«

»Du hast recht«, antwortete das junge Mädchen, dessen Eitelkeit nun geweckt war. Und zum Entzücken von Mrs. Elliot beschrieb sie Reverend Sedgwick ganz genau.

»Der Mann hat das Herz auf dem rechten Fleck!« rief sie, als Emily ihre Schilderung abgeschlossen hatte. »Sicher ein rechtschaffener, guter Christ. Das ist der Typ des Pastors, wie ich ihn noch zu Lebzeiten meiner Mutter kennengelernt habe. Er erscheint vielleicht streng, aber glaub mir – vergiß es nicht, es ist ein guter Rat – eines Tages wird er dir noch nützlich sein... Hat er nicht gesagt, er werde wiederkommen?«

»Nein, Großmutter.«

»Ich möchte ihn sehen. Im Jahre 1854 lebte eine Familie Sedgwick in Savannah. Vielleicht ist es dieselbe, aber Methodisten waren sie nicht.«

Emily fuhr in ihrem Bericht fort. Als sie das Gespräch zwischen Sedgwick und Mrs. Fletcher schilderte, klatschte Mrs. Elliot in die Hände.

»Eine Kirchenkollekte!« rief sie und brach in Lachen aus. »Geld wollte er haben! Geld von Kate! Oh! Wenn ich das gewußt hätte, wäre ich aufgestanden und heruntergekommen!«

Das junge Mädchen lächelte. Trotzdem war es ihr etwas peinlich, und sie wurde rot, als die alte Frau sich die Seiten hielt und schallend lachte. Sie erinnerte sich an das tränenüberströmte Gesicht ihrer Mutter und bedauerte, daß ihre Schilderung eine so fatale Heiterkeit bewirkt hatte. Mrs. Elliot bemerkte die plötzliche Veränderung in Emilys Gesicht und wurde ihrerseits ernst.

»Nun«, sagte sie unvermittelt, »ist das etwa nicht komisch? Warum schaust du so verdrießlich? Darf ich mich denn über diese Verrückte nicht lustig machen? Ich bin froh, daß du sie in dieser lächerlichen Situation erlebt hast. Sie sprach von ihrem Bankkonto, nicht wahr! Oh, es ist zu dumm! Man verhungert und erfriert in Mont-Cinère, damit Kate Fletchers Bankkonto nicht angegriffen werden muß. Doch was hilft das Geld, wenn...«

»Ich will noch zu Ende erzählen, Großmutter«, unterbrach Emily. »Der Pastor ist kurz danach gegangen. Ich glaube, er war insgesamt kaum eine Viertelstunde da. Er hatte es offenbar eilig. Wenn du ihn sehen willst, kann ich ihm in deinem Namen schreiben, und wenn er das nächste Mal in der Gegend ist, kann er in Mont-Cinère vorbeikommen.«

»Möchtest du ihn wiedersehen, Emily?«

»Ja, Großmutter, gern«, sagte Emily nach kurzem Zögern. Mrs. Elliot sah ihre Enkelin neugierig an und begann zu lächeln; dann faltete sie die Hände über dem Bauch.

»Warum?« fragte sie, nach einem Augenblick des Nachdenkens.

»Ich möchte ihn verschiedenes fragen«, erwiderte Emily kühl.

»Und warum fragst du nicht mich?« bohrte Mrs. Elliot in vorwurfsvollem Tone nach. »Du hast mir doch einmal versprochen, dich deiner Großmutter anzuvertrauen und nur mich um Rat zu fragen. Hast du das denn schon vergessen?«

»Ich habe nichts vergessen, aber es handelt sich um etwas Besonderes.«

»Ach, geh weg!« rief Mrs. Elliot plötzlich und winkte

unwillig ab. »Du bist genauso kalt wie deine Mutter. Es hat keinen Sinn, von euch so etwas wie Herzlichkeit zu erwarten.«

Sie beherrschte sich sogleich wieder und lächelte gezwungen.

»Hör zu. Es ist gut. Du brauchst mir nichts zu erzählen, wenn du nicht willst. Ja, wir müssen ihm schreiben. Auch ich habe Gründe, ihn um seinen Besuch zu bitten.«

Sie hielt inne und machte eine rätselhafte Handbewegung, als wolle sie Schweigen gebieten oder ein Geheimnis besiegeln.

»Auch ich will ihn etwas Interessantes fragen. Wir müssen ihm möglichst bald schreiben. Gleich jetzt.«

»Ganz wie du willst, Großmutter«, sagte Emily, stand auf und setzte sich an den Sekretär. »Willst du mir den Brief gleich diktieren?«

»Wie bitte? Ja«, antwortete Mrs. Elliot. Sie dachte einen Augenblick nach, und Emily schliff unterdessen, besorgt und ungeduldig, mit der Schere eine Feder. Endlich begann die Großmutter zu diktieren:

Sehr geehrter Herr Pastor,
nur eine grausame Krankheit hält mich davon ab, die Kirche zu besuchen, in die mein Glaube mich ruft.

Sie wiederholte diesen Satz im Brustton der Überzeugung mehrere Male und suchte nach einer Fortsetzung. Eine starke Anspannung verhärtete ihre Züge; sie fuhr sich mit der Hand übers Gesicht und murmelte eine paar unverständliche Worte. Plötzlich fuhr sie stockend fort:

Aber vielleicht veranlaßt die Vorsehung, die mir dieses traurige Los beschert, meinen Pastor, zu... zu kommen und mir die Tröstungen des Evangeliums zuteil werden zu lassen...

Sie hielt wieder inne und wiederholte diesen letzten Satz mit fester Stimme.

»Das ist völlig ausreichend«, sagte Emily nach ein paar Minuten. Sie hatte ihrerseits dem Brief folgendes Postskriptum hinzugefügt:

Lieber Herr Pastor,
ich schreibe Ihnen im Namen von Mrs. Elliot. Ich bin ihre Enkelin und habe von Ihnen ein Schreiben für die Leiterin der Nähstube erhalten. Ich erlaube mir gleichfalls, Sie um eine kurze Unterredung zu bitten, wenn Sie nach Mont-Cinère kommen. Ich möchte hinzufügen, daß es meiner Großmutter sehr schlecht geht und daß es gut wäre, wenn Sie möglichst bald kommen könnten.

»Das ist völlig ausreichend«, wiederholte sie und faltete das Blatt zusammen. »Ich habe für dich unterschrieben. Soll ich dir vorlesen, was du mir diktiert hast?«

Und da Mrs. Elliot bejahte, las sie ihr den Brief, den sie auswendig konnte, noch einmal vor und schob ihn gleichzeitig in den Umschlag.

»Ist das nicht ein bißchen kurz?« fragte Mrs. Elliot. »Zeig mir den Brief noch einmal.«

»Unmöglich«, entgegnete Emily, »der Umschlag ist schon zugeklebt.«

Sie neigte sich ein wenig zum Bett hin und schwenkte den Umschlag, um ihn der Großmutter zu zeigen.

»Ich schicke ihn morgen ab«, fügte sie hinzu und steckte ihn in die Schürzentasche.

Und weil sie plötzlich die Befürchtung überkam, Mrs. Elliot könne den Brief noch einmal zurückfordern, stand sie unvermittelt auf und ging hinaus, ohne auf die inständigen Bitten der alten Frau zu hören, die nicht allein bleiben wollte.

21

Am nächsten Tag stand Emily sehr früh auf und machte ihr Bett, bevor sie gefrühstückt hatte. Nachts hatte es gefroren; sie trat einen Augenblick ans Fenster und sah auf den bereiften Rasen hinab; ein eisiger Wind peitschte die Zweige der Tannen und verfing sich im Kamin, so daß die Abzugklappe klirrte.

Emily hüllte sich in ihr Tuch und begab sich in das Speisezimmer. Die Mutter stellte eben das Frühstücksgeschirr auf den Tisch. Als sie Emily erblickte, schaute sie sie verwundert an. »Warum bist du denn so früh aufgestanden? Es ist noch nicht einmal sieben Uhr.«

»Ich gehe nach Wilmington«, erwiderte Emily kurz.

»Heute? Es ist zu kalt.«

»Nein.«

Emily setzte sich in den Schaukelstuhl und rieb ihre knochigen Hände, deren Gelenke knackten.

»Wird heute im Speisezimmer geheizt?« fragte sie nach einer Pause.

Mrs. Fletcher, die soeben Löffel aus der Schublade nahm, wandte sich um und sah Emily ausdruckslos an.

»Frierst du? Dann mußt du ins Zimmer der...«

»Ich weiß schon«, antwortete Emily heftig. Sie stieß mit dem Absatz auf den Boden und brachte so den Schaukelstuhl in Bewegung.

»Heute wird hier nicht geheizt«, sagte Mrs. Fletcher beleidigt. »Wir müssen sparen. Das Wasser wird gleich kochen. Lies jetzt die Gebete!«

Sie knieten nieder, eine hinter der anderen. Mrs. Fletcher stützte sich auf die Lehne eines Sessels, Emily war kerzengerade aufgerichtet und hatte ihr Tuch eng um die Schultern gezogen. Das junge Mädchen begann einen Psalm zu lesen, ihre Mutter, das Gesicht in den Händen verborgen, neigte den Kopf immer tiefer und seufzte schwer. Sie erhoben sich, als Josephine den Tee brachte. Mrs. Fletcher legte die Arme um Emilys Schultern und streifte mit ihrer Wange die ihre.

»Welch eine Komödie!« dachte Emily. »Ist es das, was sie religiöse Erbauung nennt? Dabei haßt sie mich.«

Sie sprachen während des Frühstücks kein Wort; als Emily fertig war, setzte sie eine schwarze Tuchhaube auf und zog gestrickte Handschuhe an.

»Gehst du schon fort?« fragte die Mutter und schlüpfte in ihren Militärmantel, ehe sie in den Hausflur trat. »Du mußt dich sehr warm anziehen.«

»Ich habe ja mein Tuch.« Emily verknotete die Bänder ihrer Haube.

Mrs. Fletcher dachte einen Augenblick nach. »Das ist nicht genug.« Ihre Stimme klang zögernd. »Du mußt noch ein anderes Tuch darüber anziehen.«

»Was für eines?«

Mrs. Fletcher ging ins Vorzimmer und kam mit dem schwarzen Tuch zurück, das sie auf der Auktion gekauft hatte.

»Das schenke ich dir«, sagte sie errötend.

Emily lachte gezwungen.

»Ich will es nicht.«

»Ja, warum denn nicht?« Mrs. Fletcher entfaltete das Tuch und blieb mit ausgebreiteten Armen vor ihrer Tochter stehen.

»Weil es schmutzig ist.« Emily ging zur Tür und eilte durch das Vorzimmer, bevor ihre Mutter sie zurückhalten konnte.

In dem Augenblick, da Emily aus dem Haustor ging, lief Mrs. Fletcher ans Fenster.

»Hör doch! Du wirst ja krank werden, nimm meinen Mantel.«

Sie machte eine Bewegung, als ob sie ihn ausziehen wolle. Emily wandte sich um und lachte hell auf, als sie das verstörte Gesicht ihrer Mutter sah. Ihr Heiterkeitsausbruch wurde durch einen Hustenanfall unterbrochen.

»Wenn du mir ordentliche Kleider gibst, werde ich vielleicht weniger husten«, sagte sie mit heiserer Stimme.

Emily begann jetzt zu laufen; der Boden knirschte unter ihren Füßen.

Der Wind hatte sich gelegt, und es schien ein schöner Tag zu werden. Der Weg, den Emily einschlug, schlängelte sich zwischen zwei hohen, strauchbewachsenen Böschungen aus rotem Lehmboden; steinbesäte Felder erstreckten sich zu beiden Seiten bis an den Fuß der Berge, deren zerklüftete Flanken und beschneite Gipfel in der Ferne sichtbar wurden.

Emily schritt rasch aus und fühlte sich durch die Kälte angenehm erfrischt. Es war ihr ungemein wichtig, mit Sedgwick so bald wie möglich zu sprechen. Seit er in Mont-Cinère gewesen war, dachte sie sich unaufhörlich alle möglichen Fragen aus, die sie ihm stellen wollte. Sie würde ihn um Rat bitten, ihm alles erklären und sicherlich Verständnis finden. Dann wollte sie das tun, was er für das beste hielt. Eine jähe, ungeheure Neugier zog sie zu diesem Mann, von dem sie so gut wie nichts wußte und der zu ihr nur in tadelndem Ton gesprochen und ihr Befehle gegeben hatte. In ihrem unschuldigen Herzen war ein Gefühl entstanden, das sie verwirrte und zugleich beseligte, und dieses Gefühl trieb sie dazu, dem Pastor zu gehorchen. Sicherlich hätte sie geglaubt, daß sie ihn liebe, wenn er ein wenig jünger gewesen wäre, aber die übliche Vorstellung, die sie von der Liebe hatte, ließ einen Altersunterschied von fünfzig Jahren, wie er zwischen diesem Mann und ihr bestand, nicht zu. »Wenn er doch mein Vater wäre!« dachte sie. Leidenschaftlich und voll Verehrung wiederholte sie immer wieder mit feuchten Augen seinen Namen und wünschte insgeheim, daß der Pastor in der Nähstube wäre, wenn sie käme.

Sie war glücklich und verspürte keine Müdigkeit. Emily war ungefähr eine dreiviertel Stunde unterwegs, als sie die ersten Häuser von Wilmington erreichte. Sie bog in die Hauptstraße des Dorfes ein, wo sie die Kinder schreien hörte, die über den gefrorenen Bach schlitterten. In Schals und Tücher gehüllte Leute kamen und gingen; ihre Füße steckten in ungeheuren Filzschuhen, die ein sonderbar dumpfes Geräusch auf der gepflasterten Straße machten. In manchen Auslagen sah man kleine Tannenbäume, unter denen Spielsachen lagen; fast alle waren mit Girlanden und Blattkränzen geschmückt, zu Ehren des Thanksgiving Days, der in dieser Woche gefeiert wurde.

Für das junge Mädchen war dieses Treiben ganz neu und verwirrend. Sie wanderte von einer Auslage zur anderen, jeden Augenblick wurde ihre Aufmerksamkeit auf etwas anderes gelenkt. Sie sah die Vorübergehenden neugierig und verwundert an, aber diese riefen ihr spöttische Worte nach. Ein paar Gassenjungen liefen Emily wegen ihres sonderbaren Aussehens nach. Als sie es bemerkte, flüchtete sie beschämt in einen Lebensmittelladen und fragte nach dem Weg.

Die Nähstube lag nicht weit vom Dorf entfernt auf einer bewaldeten Anhöhe, die die Hauptstraße überragte. Ein großes, weißes Holzhaus, halb von Bäumen verborgen, wurde sichtbar. Es hatte ein dunkelrotes Dach und drei große Fenster, die mit Stechpalmengirlanden geschmückt waren. Über der Tür stand in schwarz-roter Fraktur: *Nähstube der zweiten Methodisten-Kirche*.

Das junge Mädchen verweilte einen Augenblick, um Atem zu schöpfen, und nachdem sie sich vergewissert hatte, daß sie das Schreiben nicht verloren hatte, klingelte sie beherzt.

Emily wartete eine Weile. Aus dem Innern des Hauses drang Stimmengewirr und Lachen, was sie ein wenig einschüchterte. Sie fragte sich, weshalb niemand kam, und war im Begriff, nochmals zu läuten, als die Tür halb geöffnet wurde.

»Wer ist da?« fragte eine Stimme. »Sie können nicht herein, wir sind gerade dabei, alles für ein Fest vorzubereiten.«

Emily blickte in das Gesicht einer Frau, die sie mißtrauisch betrachtete.

»Reverend Sedgwick schickt mich. Ich möchte mit der Leiterin der Nähstube sprechen.«

»Treten Sie ein.« Die Tür wurde ein wenig weiter geöffnet.

Emily befand sich in einem großen, leeren, hellgrau gestrichenen Zimmer. Auf einer Tafel, die oberhalb der Tür befestigt war, stand ein Vers aus den Sprüchen Salomos:

> *»Sie geht mit Wolle und Flachs um und arbeitet gern
> mit ihren Händen. Ihre Leuchte verlischt des Nachts
> nicht ... und reiche ihre Hand dem Dürftigen ...«*

Schachteln in allen Größen waren in einem Winkel des Zimmers gestapelt; in einem kleinen Ziegelkamin brannte ein Feuer.

»Ich bin die Leiterin der Nähstube«, sagte die Frau, die die Tür geöffnet hatte. »Es tut mir leid, daß ich Sie in diesem Raum empfangen muß, aber wir wollen den armen Kindern in Wilmington eine Überraschung bereiten, und alle anderen Zimmer werden jetzt geschmückt.«

Diese Worte wurden mit mürrischer, aber nicht unangenehmer Stimme gesprochen. Das junge Mädchen reichte ihr schweigend das Schreiben.

Die Leiterin war eine kräftige, hochgewachsene Frau von etwa dreißig Jahren. Sie trug ein schwarzes Tuchkleid mit einem weißen Kragen und weißen Manschetten. Ihr strenges Gesicht paßte zu der puritanischen Kleidung, aber wenn man sie genau ansah, ließ sich erraten, warum sie einen so mißmutigen Eindruck machte. Durch das stete Zusammenziehen der Brauen hatte sich eine Furche an der Nasenwurzel eingegraben und verstärkte den ein wenig bösen Ausdruck ihrer grünlichen Augen; eine niedrige Stirn und wulstige Lippen nahmen ihr jeden Reiz. Sie schien unter ihrer Häßlichkeit zu leiden, und ihr schroffes Wesen war sicherlich mehr eine Folge großer Schüchternheit als einer mürrischen Veranlagung. Wäre sie hübsch gewesen, hätte sie sich gewiß sanfter gegeben. Dieser zweite Eindruck, den man von ihr empfing, verbesserte den ersten.

»Woher kommen Sie?« fragte die Leiterin, als sie das Schreiben gelesen hatte.

»Aus Mont-Cinère, ungefähr eine Stunde von hier.«

»Soll ich Ihnen dieses Schreiben vorlesen?«

»Ich habe es gelesen.«

»Sie haben es gelesen! Es war doch gar nicht an Sie gerichtet.«

»Reverend Sedgwick hat es mir offen übergeben. Ich wollte wissen, was darin steht, um zu erfahren, was der Pastor von mir wünscht.«

Der Inhalt des Briefes lautete:

An Fräulein Prudence Easting
Sehr geehrtes Fräulein,
bitte lassen Sie Fräulein Fletcher, die Ihnen diese Zeilen überbringt, die Arbeit tun, die Sie für geeignet halten. Sie kann nähen und scheint über sehr viel freie Zeit zu verfügen. Geben Sie ihr anfangs einfache Arbeiten und berichten Sie mir, wie sie ihre Aufgabe erledigt.
John Sedgwick.

Prudence Easting faltete das Billett und schob es in ihr Mieder.

Sie überlegte einen Augenblick. »Ich muß mich an Reverend Sedgwicks Anweisungen halten. Aber ich kann rascher beurteilen, als er glaubt, ob Sie gut nähen. Es ist nicht notwendig, daß ich Ihnen zu leichte Arbeiten gebe, wenn Sie imstande sind, auch schwierigere zu machen. Bitte, kommen Sie mit.«

Sie gingen in ein kleines Zimmer nebenan und setzten sich einander gegenüber an einen großen Tisch, auf dem Nähkörbe in einer Reihe standen. Jeder Korb war mit einem weißen Tuch bedeckt, in das eine rote Nummer eingestickt war. Miß Easting zog die Hülle von einem Korb und nahm ein Hemd heraus, das sie auseinanderfaltete.

»Bitte, machen Sie diese Naht fertig.« Sie reichte Emily eine Nadel und eine Rolle Faden.

Das junge Mädchen zog die Handschuhe aus und hauchte auf seine Finger.

»Ist Ihnen kalt? Reiben Sie sich ein wenig die Hände. Ich

möchte Sie auch noch einiges fragen. Womit beschäftigen Sie sich denn in Mont-Cinère?«

»Einen Teil des Tages nähe ich. Ich lese...«

»Was lesen Sie?«

»Verschiedenes. Eine Stunde täglich lese ich in der Bibel, manchmal lese ich auch Romane.«

»Heiliger Gott! Was für Romane?«

»Wir haben alles mögliche. Disraeli...«

»Diesen Schriftsteller kenne ich nicht.«

»Kürzlich habe ich *Die letzten Tage von Pompeji* beendet.«

»Sie stürzen in Ihr Verderben, Fräulein. Haben Sie viele derartige Bücher gelesen?«

»Viele Romane? Oh ja, wir haben eine ganze Menge davon. Mein Vater...«

»Das ist ja unglaublich. Gehen Sie nie in die Kirche?«

»Die Kirche ist zu weit entfernt!«

»Zu weit entfernt! Ist der Himmel nicht noch viel weiter entfernt, und wünschen Sie nicht hineinzukommen?«

Emily errötete.

»Doch; ich tue meine Pflicht, so gut ich kann.«

Dann fragte sie unvermittelt:

»Predigt Reverend Sedgwick in Glencoe?«

»Natürlich. Haben Sie ihn niemals gehört? Nun, das geht wirklich zu weit! Er ist ein Heiliger, Sie müssen ihn hören.«

Bei diesen Worten stieg der Leiterin das Blut ins Gesicht, dann hielt sie jäh inne.

»Nun zeigen Sie einmal, ob Sie einen schönen Saum machen können«, sagte sie ruhiger.

Sicherlich wäre die Leiterin höchst verwundert gewesen, wenn man ihr gesagt hätte, sie sei in den Pastor verliebt. Aber Liebe weiß sich so gut zu verstecken, daß das Herz, in dem sie wohnt, oft nichts von ihrem Vorhandensein weiß. Miß Easting pflegte von sich zu sagen, daß sie gewissermaßen eine Tochter des Pastors sei, und Emily war bereit, in diesem Mann, den sie nicht zu lieben wagte, eine Art Vater zu sehen. Das sind die kleinen Unaufrichtigkeiten, hinter denen die

Menschen dieses starke und meist so wenig erkannte Gefühl verbergen.

Emily nahm das Hemd und begann sofort zu nähen. Gerne hätte sie den ganzen Tag mit der Leiterin verbracht. Sie war glücklich, mit einer Frau zu sprechen, die weder ihre Mutter noch ihre Großmutter war und die sich außerdem für sie zu interessieren schien. Prudence Easting sah ihr zu und nahm ihr nach ein paar Stichen die Arbeit aus der Hand.

»Gut. Ich werde Ihnen einige Kleidungsstücke geben, die zugeschnitten sind und jetzt genäht werden müssen.«

Sie erhob sich und trat zu einem großen Schrank, von dem sie zunächst eine schwere Laubgirlande entfernen mußte.

»Ich wollte den Schrank nicht vor Ende der Woche wieder öffnen, weil wir auch dieses Zimmer ausschmücken wollen, so wie die anderen, mit Lorbeergirlanden und Kränzen aus Stechpalmen, durch die sich rote Seidenbänder schlingen. Werden Sie Mont-Cinère in ähnlicher Weise schmücken?« fragte die Leiterin, während sie in der Lade kramte.

»Oh nein. Bestimmt nicht.«

»So, so.« Miß Easting kehrte lächelnd zum Tisch zurück, die Arme mit Wäschestücken beladen.

»Aber Sie werden doch wenigstens einen Puter essen?«

»Puter!« Emily konnte das Lachen nicht unterdrücken. »Oh nein, so etwas essen wir niemals.«

Die Leiterin sah sie an, als ob sie glaube, Emily mache sich über sie lustig. Sie runzelte die Stirn und legte die Hemden auf den Tisch.

»Hier gebe ich Ihnen fünf Hemden, dann können Sie täglich eines fertigstellen. Am Sonntag natürlich nicht und auch nicht morgen, weil Feiertag ist. Ich werde ein Paket machen und lege ein Buch dazu. Haben Sie das ›*Buch der Märtyrer*‹ von Fox gelesen?«

Emily schüttelte den Kopf.

»Nein, wirklich nicht? Ich leihe es Ihnen, aber Sie müssen darauf achtgeben, es gehört der Schulbibliothek.« Sie setzte lächelnd hinzu: »Und jetzt erlauben Sie mir zu fragen, wie alt

Sie sind? Das ist nur wegen der Bücher, denn an Mädchen unter zwanzig werden keine verliehen. Sie hingegen... Ich muß Sie nur fragen, weil es so üblich ist.«

»Unter zwanzig!« sagte Emily. »Ich bin ja noch nicht einmal sechzehn.«

»Was sagen Sie?« Die Leiterin beugte sich über den Tisch und sah Emily schweigend an. Endlich murmelte sie:

»Ach, Fräulein... liebes Kind, ich hielt Sie nicht für so jung.«

»Weil ich häßlich bin, ich weiß schon.«

Prudence Easting machte eine Handbewegung, als ob sie etwas einwenden wolle, und setzte sich. Sie errötete leicht und fuhr mit sanfterer Stimme fort: »Kümmern Sie sich nicht um solche Eitelkeiten. Gott hat uns so geschaffen, wie es ihm am besten schien, und das ist auch das Beste für uns.«

Nach einer längeren Pause sagte sie:

»Jetzt mache ich das Paket, bringen Sie es nächste Woche zurück; wenn Sie nachmittags kommen, so haben wir mehr Zeit, miteinander zu plaudern. Würde Ihnen das Freude machen?«

»Aber natürlich.« Emily hob den Kopf. Und als sie Prudence Eastings runde, dicke Wangen sah und ihre Augen, die plötzlich einen traurigen Ausdruck zeigten, hatte sie Lust, ihr die Hände entgegenzustrecken.

Während die Leiterin die Hemden in ein Wachstuch einpackte, streifte Emily die Handschuhe über und befestigte sorgfältig die Nadel an ihrem Tuch; plötzlich fragte sie:

»Kommt Reverend Sedgwick niemals hierher?«

»Gewiß, zweimal im Monat, am 1. und am 15., manchmal auch an Feiertagen. Möchten Sie ihn sprechen?«

»Ja.«

»So kommen Sie nächsten Mittwoch statt Donnerstag. Es wird Ihnen Freude machen, ihn zu sehen, solch einen unvoreingenommenen Mann finden Sie nicht wieder, er versteht alles.«

Sie verschnürte das Paket.

»Sie wollen ihn wohl etwas fragen, ihn um einen Rat bitten?«

»Ja.«

Beide schwiegen. Endlich erhob sich Miß Easting und reichte dem jungen Mädchen das Paket.

»Vergessen Sie nicht, mir den Bindfaden und das Wachstuch zurückzubringen. Jetzt gebe ich Ihnen noch das Buch.«

Wieder schritt sie ans andere Ende des Zimmers und kramte in dem Schrank. Einen Augenblick später kehrte sie zu Emily zurück, die Augen auf ein Buch gesenkt, das sie in der Hand hielt.

»Da Sie noch zu jung sind, um einen Bibliotheksschein auszufertigen, muß ich für dieses Buch bürgen, denken Sie daran.«

Sie trat auf Emily zu und nahm vertraulich ihren Arm.

Dann gingen sie miteinander zur Türe. »Wir kennen uns erst ein paar Minuten, und schon sind wir gute Freundinnen.«

Dabei blickte sie Emily ins Gesicht und lachte ein wenig gezwungen.

»Ich weiß jetzt schon, daß ich Sie Emily nennen werde. Warum sollte ich es nicht gleich heute tun?«

»Wenn Sie wollen.« Emily sprach in ihrer kurz angebundenen Art, die sie nicht zu mildern vermochte.

»Ist es Ihnen unangenehm?«

»Keineswegs, gewiß nicht.« Sie standen an der Tür. Die Leiterin seufzte ein paarmal, dann senkte sie den Kopf. Sie war dick, und ihr Kleid schien sie zu beengen, denn sie atmete hörbar. Schließlich richtete sie sich auf und hatte jetzt wieder den strengen Ausdruck wie am Anfang.

»Auf Wiedersehen, Emily.«

Das junge Mädchen drückte die rundliche, dicke Hand.

»Auf Wiedersehen am Mittwoch.«

22

Es war fast zwölf Uhr mittags, als Emily die Tannen auf dem Hügel von Mont-Cinère erblickte; sie blieb bei dem Briefkasten am Eingang des Parks stehen und fand ein Briefchen, das an sie gerichtet war. Die Schriftzüge waren ungelenk und offenbar von der Hand eines ungebildeten Menschen, der sich jedoch sehr viel Mühe mit dem Schreiben gegeben hatte. Sie öffnete den Umschlag und las:

Sehr geehrtes Fräulein,
ich bin in einer Verzweiflung, die Sie nicht gleichgültig lassen kann. Meine Frau ist vor vier Tagen gestorben und hat mir ein Töchterchen zurückgelassen. Sicher hat ihr die richtige Pflege gefehlt, aber eine solche kostet viel Geld, und wir haben nicht einen Cent im Haus! Der Winter ist dieses Jahr sehr streng, wir haben nichts zu verkaufen und also auch nichts zu essen. Mrs. Fletcher, mit der ich am Tage der Auktion gesprochen habe, hatte mir zugesagt, daß sie uns helfen würde, soweit es ihr möglich wäre (das waren ihre Worte). Hat sie das vergessen, und könnten Sie sich nicht für uns einsetzen? Wenn Sie hören, daß ein Gärtner oder ein Feldarbeiter gebraucht wird, denken Sie an mich. Ich bin arbeitslos und vertraue auf Ihr gutes Herz.
Frank W. Stevens.

Emily schob den Brief in ihr Buch und ging weiter.

Als sie nach Hause kam, saß ihre Mutter im Zimmer und nähte sorgsam und bedächtig wie immer. Im Speisezimmer war es eiskalt, obgleich die Küchentür offenstand, und Mrs. Fletcher trug ihren Mantel mit den großen Aufschlägen. Als Emily eintrat, hob ihre Mutter den Kopf und sah sie ruhig und ohne zu sprechen an.

»Weißt du, daß es hier viel kälter ist als draußen? Du solltest dir ein wenig Bewegung machen.« Emily zog Haube und Handschuhe aus.

Mrs. Fletcher antwortete nicht und nähte mit regelmäßigen Stichen weiter.

»Mama, lies, was Frank Stevens mir schreibt.«

Emily legte den Brief in Mrs. Fletchers Schoß.

»Frank Stevens!« Mrs. Fletcher legte ihre Arbeit beiseite und entfaltete den Brief. »Wahrscheinlich wieder wegen des Gartenmessers«, jammerte sie. »Ich mag den Burschen nicht, er sieht nicht ehrlich aus.«

Sie zog die Brauen zusammen und überwand sich, den Brief zu lesen; ihre Hände zitterten. »Ich kann diese Schrift nicht lesen«, sagte sie schließlich ungeduldig.

Emily nahm den Brief und begann ihn vorzulesen. Mrs. Fletcher hörte mit einem Ausdruck der Ungeduld zu und ließ sie noch einmal von vorne beginnen; sie lese zu schnell und man könne nichts verstehen. Da las das junge Mädchen den Brief noch einmal vom Anfang bis zum Ende mit langsamer, deutlicher Stimme und hielt nach jedem Satz inne, um die Wirkung im Gesicht ihrer Mutter zu beobachten. Mrs. Fletcher hielt die Hände im Schoß gefaltet und schien erschüttert; schließlich erhob sie sich und ging jammernd im Zimmer auf und ab.

»Tot!« Sie wiederholte das Wort. »Es ist kaum eine Woche her, daß er mir von der Ärmsten erzählt hat. Damals war sie noch am Leben! Arme Menschen, bedauernswerte Menschen!«

»Was wirst du für sie tun?« Emily faltete den Brief zusammen, ohne einen Blick von ihrer Mutter zu lassen. Mrs. Fletcher sah sie an, als ob sie nicht verstehe.

»Ach, laß mich in Ruhe«, sagte sie niedergeschlagen. »Das ist alles so traurig. Wieviel Unglück es doch in der Welt gibt!«

Sie machte noch ein paar Schritte und ließ sich dann wieder in den gepolsterten Lehnsessel fallen.

»Welch ein Unglück!« sagte sie kopfschüttelnd.

»Ja, welch ein Unglück!« wiederholte Emily trocken. »Was wirst du für die Leute tun?«

»Was? Ich?«

»Ja, du«, beharrte Emily und hob die Stimme. »Ich nehme an, daß du ihnen Kleider und Geld geben wirst.«

Mrs. Fletcher sah ihre Tochter an.

»Geld! Bist du verrückt? Habe ich vielleicht Geld? Sehe ich aus wie jemand, der Geld hat?«

Mit einer dramatischen Gebärde preßte sie die Hände auf die Brust, als ob sie auf ihre elenden, abgetragenen Kleider aus billigem Zeug deuten wolle.

»Natürlich«, sagte Emily. »Du hast doch Geld auf der Bank.«

»Mein Bankkonto?« Mrs. Fletcher war aschfahl geworden, sie stotterte. »Mein Bankkonto rühre ich nicht an. Wie kannst du dich unterstehen, davon zu sprechen?« Sie stand auf. »Wer hat dir überhaupt gesagt, daß ich ein Bankkonto habe?«

»Du selbst.« Emily lachte. »Hast du nicht dem Pastor gesagt, daß du dein Bankkonto nicht anrührst?«

»Das ist wahr«, erwiderte Mrs. Fletcher verwirrt, »das habe ich gesagt.«

Sie setzte sich wieder, stützte die Hände auf die Sessellehne und flüsterte: »Ich mußte doch etwas antworten.«

»Du hast dem Pastor die Wahrheit gesagt.« Emily sprach ganz ruhig. »Ich weiß recht gut, daß du in Wilmington ein Konto hast. Warum willst du es mir denn verheimlichen?«

Als Mrs. Fletcher diese Worte hörte, fuhr sie zusammen; sie wandte sich schweigend ab. Ihre Finger verkrampften sich in der gepolsterten Lehne des Sessels, als ob sie den Stoff herunterreißen wolle. Sie sah so gequält aus, daß jeder andere als ihre Tochter sicher Mitleid mit ihr gehabt hätte.

»Glaubst du, daß ich dich bestehlen will?« fragte Emily nach einem Augenblick des Schweigens. »Fürchtest du dich vielleicht davor?«

»Laß mich in Ruhe!« Mrs. Fletcher sprach mühsam und keuchte, ihr Atem schien ihr die Kehle zu zerreißen. Plötzlich trat sie auf ihre Tochter zu und machte eine Handbewegung. »Ja, du sollst mich in Ruhe lassen! Geh zur Großmutter.«

Dabei zitterte sie heftig; ihr halbgeöffneter Mund schien noch etwas sagen zu wollen, aber kein Laut drang hervor;

Tränen glänzten in ihren Augen, und sie stampfte mit dem Fuß auf.

»Sie hat dir das erzählt!« sagte sie endlich mit brechender Stimme. »Sie haßt mich, und du haßt mich auch. Ach, mein Gott!«

Mit einer jähen Bewegung verbarg sie ihr Gesicht in den Händen.

Emily sah ihre Mutter verächtlich an; sie saß auf dem Sofa und hatte sich während dieses ganzen Auftrittes nicht gerührt.

»Du vergiltst es uns redlich!« Fast sah es aus, als ob Emily Freude über die Angst und Verwirrung ihrer Mutter empfinde. Denn sie fragte sie lächelnd:

»Warum sollte mir denn die Großmutter nicht sagen, wo du dein Bankkonto hast? Ist das vielleicht ein Beweis dafür, daß sie dich haßt?«

Mrs. Fletcher zuckte schweigend die Achseln. Sie setzte sich ans Fenster, schneuzte sich und nahm wieder ihre Arbeit auf; aber ihre Hände zitterten, und sie konnte die Nadel nicht finden. Einen Augenblick herrschte Schweigen. Emily betrachtete ihre Mutter triumphierend; sie verschränkte die Arme unter ihrem Tuch und streckte sich halb auf dem Sofa aus.

»Du kannst mit deinem Geld machen, was du willst.« Dann fuhr sie sanfter fort: »Das geht nur dich an. Aber laß das Haus so, wie es gewesen ist, als Papa noch lebte.«

Emily hoffte, daß ihr die Mutter antworten würde, aber Mrs. Fletcher schien nicht gehört zu haben; sie hielt die Augen auf ihre Näharbeit gesenkt und drehte den Stoff nach allen Seiten hin und her. Nach einer Weile nahm Emily ihr Paket und verließ den Raum.

Emily nähte so eifrig, daß sie am Samstag schon mit der Arbeit fertig war, die sie in der Nähstube von Wilmington übernommen hatte. Um jedoch ihre Aufgabe so rasch zu bewältigen, mußte sie verschiedene Obliegenheiten vernachlässigen, mit denen die Mutter sie jede Woche betraute.

Aber Mrs. Fletcher, die sonst großen Wert auf diese Arbeiten legte, schien nicht daran zu denken, Emily Vorwürfe zu machen. Seit der Szene mit ihrer Tochter war sie zerstreuter und bedrückter als je zuvor; sie sprach gar nicht mehr und sah die anderen nur verstohlen an, wenn sie sich unbeobachtet glaubte. In ihren großen Soldatenmantel gehüllt saß sie am Fenster des Speisezimmers, und diese Frau, die sonst so pünktlich ihre selbstgeschaffenen Pflichten erfüllte, ließ jetzt manchmal Stunden vergehen, ohne sich zu beschäftigen; die Hände lagen auf ihren Knien, ihr Rücken war gekrümmt wie bei einem Menschen, der erschöpft ist. Immer wieder seufzte sie tief auf und nickte, als ahne sie Unheil.

Um sich zu erwärmen, ging sie im Speisezimmer auf und ab, die Hände in den Manteltaschen vergraben. Sei es, daß sie mit zunehmendem Alter empfindlicher geworden oder daß der Winter besonders hart war, zweifellos litt Mrs. Fletcher in diesem Jahr viel mehr unter der Kälte als in anderen Jahren. Sie beharrte dennoch eigensinnig darauf, daß kein Feuer in den Erdgeschoßzimmern angezündet werden dürfe, und begnügte sich damit, die Küchentüre offenzulassen.

Aber an einem sehr kalten Nachmittag, als starker Frost eingebrochen war, hielt sie es nicht länger aus. Es war unmöglich, in dem ungeheizten Zimmer zu nähen. Sie hatte versucht, sehr rasch von einem Ende des Speisezimmers bis zum anderen zu gehen und dabei auf die Finger zu hauchen, aber Schmerzen in den Beinen zwangen sie, in ihrem Wandern innezuhalten. Nach kurzem Zögern beschloß sie, sich an den Küchenherd zu setzen, wenn es ihr auch peinlich war, weil sie sich in Josephines Gegenwart immer sehr unbehaglich fühlte.

Die alte Negerin putzte Gemüse und sah verwundert auf, als ihre Herrin hereinkam. Mrs. Fletcher lächelte schüchtern und setzte sich auf einen Stuhl. Als ihr der ekelhafte Geruch aus dem Ausguß in die Nase stieg, konnte sie eine Grimasse kaum unterdrücken und verließ die Küche.

Sie ging wieder ins Speisezimmer zurück. Einen Augenblick schwankte sie in peinlichster Unentschlossenheit. Sie berechnete, daß ein Feuer im Kamin sie ungefähr zwanzig Cents kostete und schrak vor dieser Ausgabe zurück, aber die Vorstellung, ein oder zwei Stunden im Zimmer ihrer Mutter zu verbringen, erschien ihr unerträglich. Sie konnte es nicht länger aushalten, ihre Zähne schlugen aufeinander; sie preßte den Kopf in die Hände und überlegte. Wußte sie doch, was sie bei Mrs. Elliot erwartete: spöttische Bemerkungen, vielleicht sogar Beschimpfungen; aber war dies alles nicht besser als ein Geldverlust? Sie überwand sich endlich und stieg die Treppe hinauf, wobei sie halblaut stöhnte.

Vor der Tür fragte sie sich, ob sie anklopfen oder leise eintreten solle, ohne sich vorher bemerkbar zu machen. Sie brauchte einige Zeit, ehe sie sich entschließen konnte; die Erregung schnürte ihr die Kehle zu, und sie betete innerlich, daß ihre Mutter schlafen möge, wenn sie die Tür öffnete. Dann trat sie ein.

Mrs. Elliot schlief nicht. Sie lag ausgestreckt im Bett und vertrieb sich die Zeit damit, eine lange Haarsträhne, die ihr über die Schulter hing, um den Finger zu wickeln. Seit mehr als zwei Monaten hatte Mrs. Fletcher ihre Mutter nicht gesehen, und obwohl sie zuerst die Absicht hatte, so rasch wie möglich in einen Winkel des Zimmers zu schlüpfen, wo sie sich unbemerkt niedersetzen konnte, blieb sie wider Willen vor dem Bett stehen, ohne den Blick von ihrer Mutter wenden zu können. Nicht, daß sich ihr Gesicht so sehr verändert hätte, es war etwas anderes, Unerklärliches, etwas viel Auffallenderes als eine äußerliche Veränderung. Zuweilen lag ein wilder Ausdruck auf Mrs. Elliots Zügen, dann wieder schien sie ganz geistesabwesend. Der Mund stand ein wenig offen, die Finger bewegten sich ständig und zerrten an dem wirren Haar.

Einen Augenblick später wandte sich die alte Frau ihrer Tochter zu und sah sie mit leeren Augen an. Mrs. Fletcher schrak zusammen und wagte nicht zu atmen; aber Mrs. Elliot sagte kein Wort zu ihr; sie schien sie gar nicht zu sehen.

Als die Tür geöffnet wurde, hatte Emily sich aus ihrem Lehnsessel erhoben und beobachtete die kleine Szene mit verwundertem Interesse. Als sie sah, daß Mrs. Fletcher unbeweglich stehenblieb, konnte sie ein Lachen nicht unterdrücken und hielt sich die Hand vor den Mund.

»Mama, du brauchst dich nicht zu fürchten, sie tut dir nichts.«

Mrs. Fletcher schien aus einem Traum zu erwachen; sie faßte sich, ging durchs Zimmer und setzte sich in den Lehnstuhl, in dem Emily gesessen hatte. In ihrer Verblüffung riß sie die Augen weit auf und flüsterte nur: »Die Großmutter...« Dann schwieg sie.

Emily verschränkte die Arme unter ihrem Tuch.

»Was hast du denn?« fragte sie gelassen.

»Ich habe sie noch nie in einem so schlechten Zustand gesehen.«

»Du besuchst sie ja nie.« Emily lächelte spöttisch.

Ihre Mutter lehnte sich in den Sessel zurück und streckte die Füße zum Feuer. Plötzlich flüsterte sie:

»Hoffentlich läßt du nicht den ganzen Tag ein so starkes Feuer brennen.« Und sie zog die Füße zurück.

»Sie ist sehr krank und braucht Wärme.« Emily zuckte ungeduldig die Achseln; sie setzte sich der Mutter gegenüber auf einen Stuhl und machte sich wieder an ihre Arbeit, die sie einen Augenblick beiseitegelegt hatte; es war das letzte der fünf Hemden.

»Seit wann ist sie in diesem Zustand?« fragte die Mutter nach kurzem Schweigen.

»Es geht ihr schon fünf oder sechs Tage so schlecht.«

Mrs. Fletcher neigte sich zu ihrer Tochter und sagte ganz leise:

»Bist du sicher, daß sie uns nicht hört, Emily?«

»Sie hört uns, aber sie denkt an etwas anderes, sie kümmert sich nicht um das, was wir sprechen.«

»Du glaubst doch nicht, daß sie bald sterben wird?« Mrs. Fletchers Stimme war kaum hörbar.

Emily erwiderte nichts; sie dachte oft an die Möglichkeit, daß die Großmutter bald sterben könnte, aber trotzdem schien ihr Mrs. Fletchers Frage sonderbar und abscheulich, und sie empfand dabei ein Grauen. Sie beugte sich über ihre Arbeit und nähte schweigend weiter.

Die Mutter warf ihr einen verstohlenen Blick zu; ein paarmal schien sie etwas sagen zu wollen, aber sie besann sich. Schließlich neigte sie sich wieder zu ihrer Tochter und gab ihr mit dem Finger ein Zeichen, sie möge zuhören.

»Du pflegst sie gut, nicht wahr, Emily?«

Das junge Mädchen senkte schweigend den Kopf; einige Minuten vergingen. Mrs. Fletcher öffnete ihren Mantel, bückte sich ein wenig und streckte die Hände zum Feuer. Mit zusammengezogenen Brauen schien sie über eine neue Frage nachzudenken und fuhr zusammen, als sie Mrs. Elliots Stimme hörte:

»Emily«, rief die alte Frau, »bist du da?«

»Ja, Großmutter.«

»Was tust du? Warum setzt du dich nicht neben mich?«

»Ich nähe, ich habe mich ans Fenster gesetzt, um mehr Licht zu haben.«

Mrs. Elliot warf sich im Bette herum und seufzte ungeduldig. Nach einiger Zeit sagte sie mühsam:

»Es ist mir nicht wohl, es ist zu heiß hier.«

Mrs. Fletcher, die zusammengekauert in ihrem Lehnstuhl saß, blickte ihre Tochter vorwurfsvoll an.

»Sei ganz ruhig, Großmutter.« Emily hörte nicht auf zu nähen. »Versuch ein wenig zu schlafen.«

»Schlafen?« Mrs. Elliot wiederholte dieses Wort zögernd,

als ob sie seinen Sinn nicht verstehe. »Wie spät ist es? Werden wir nicht bald zu Mittag essen?«

»Es ist fast vier Uhr, Großmutter.«

»Vier Uhr! Da habe ich wohl geschlafen?«

»Wahrscheinlich«, erwiderte Emily trocken.

Lange sprach niemand ein Wort; Mrs. Fletcher versuchte vergeblich, Emilys Aufmerksamkeit auf sich zu ziehen und ihr durch Zeichen begreiflich zu machen, daß sie nichts von ihrer Anwesenheit verraten solle. Aber Emily stellte sich, als ob sie nichts bemerke oder – wenn sie einmal die Augen hob – als ob sie nicht verstehe, was die Mutter von ihr wollte. Niemals noch war ihr Mrs. Fletcher so lächerlich und kläglich erschienen.

»Emily«, sagte Mrs. Elliot nach ein paar Minuten, »ich möchte gerne mit dem Pastor sprechen, der neulich hier war. Ich muß ihm etwas Wichtiges sagen.«

Das junge Mädchen schwieg.

»Warum gibst du keine Antwort?« Mrs. Elliots Stimme klang erregt. »Ich will mit ihm über dich sprechen. Interessiert dich das denn nicht?«

Emily schien erstaunt. »Über mich willst du sprechen?«

»Natürlich, ich werde mit ihm über dich und deine Zukunft sprechen. Eines schönen Tages wirst du niemand mehr haben, der dich schützen kann. Ich weiß, daß ich nicht mehr lange leben werde.«

»Sei unbesorgt, Großmutter«, erwiderte das junge Mädchen und fuhr fort zu nähen, »ich werde mich allein zu verteidigen wissen, wenn mir jemand Böses will.«

Mrs. Elliot seufzte ein paarmal tief auf. Dann fragte sie:

»Weißt du bestimmt, daß deine Mutter in der vergangenen Nacht nicht aufgestanden ist?«

Emily sah Mrs. Fletcher an, die ihr einen fragenden Blick zuwarf.

»Ich habe nichts gehört.«

»Du wirst gewiß dafür gestraft werden, wenn du mir etwas verbirgst«, fuhr die alte Frau fort. »Eines schönen Tages wird sie es mit dir machen, wie sie es heute mit mir macht. Wie oft soll ich dir das denn noch sagen?«

Bei diesen Worten drückten Mrs. Fletchers Züge eine fürchterliche Unruhe aus. Emily sah die Mutter höhnisch an und antwortete sanfter:

»Du irrst dich, Großmutter. Mama hat nie daran gedacht, dir Böses zu tun.«

»Wirst du sie denn nie sehen, wie sie wirklich ist?« rief Mrs. Elliot verzweifelt. »Weißt du, was ich geträumt habe, als ich vorhin schlief? Meine Träume trügen mich nie. Ich habe deine Mutter ganz nahe an meinem Bett stehen sehen, sie beobachtete mich. Es schien mir, als brauche ich nur die Hand auszustrecken, um den langen, schwarzen Mantel berühren zu können, den sie trug. Wenn du wüßtest, mit welchem Ausdruck sie mich betrachtete! Wie glücklich wäre sie gewesen, wenn ich vor ihren Augen gestorben wäre.«

Mrs. Fletcher verbarg das Gesicht in ihren Händen.

»Meine Träume trügen mich nicht, und ich weiß, was dieser Traum bedeuten soll. Gott schickt ihn mir, damit ich vor ihr auf der Hut bin. Sie sucht nur nach einer guten Gelegenheit, um mich loszuwerden.«

Emily lachte bei diesen Worten wie über einen guten Witz, aber sie ließ keinen Blick von ihrer Mutter, die so zusammengekauert dasaß, daß ihre Stirn die Knie berührte ...

Die Dunkelheit brach rasch herein. Emily legte ihre Arbeit beiseite und zündete eine Lampe an, die auf dem Kamin stand; dann nähte sie an dem Hemd weiter. Mrs. Elliot hatte aufgehört zu sprechen, und ein paar Minuten später schlief sie ein. In der Stille hörte man das Rasseln ihres Atems.

Als Mrs. Fletcher den Kopf hob, begegnete sie dem Blick ihrer Tochter; sie lehnte sich in den Sessel zurück und schloß die Augen. Alles Blut war aus ihren Wangen gewichen, und ihre zusammengepreßten Lippen zeigten, wie sehr sie sich beherrschen mußte, um ihren Schmerz zu verbergen. Es verging einige Zeit, bevor sie imstande war, sich zu erheben und bis zur Tür zu gehen; als sie an dem Bett vorbeikam, in dem

Mrs. Elliot sich herumwarf und im Schlaf unzusammenhängende Worte flüsterte, wandte sie sich ab und verließ hastig das Zimmer.

Auf der Treppe war ihr, als ob ihr die Beine den Dienst versagten; mit ihren Händen umklammerte sie das Geländer und ging Schritt für Schritt hinunter wie ein kleines Kind, den Kopf geneigt, das Gesicht halb vom Mantelkragen verdeckt; sie zog die Brauen zusammen, als wolle sie die Tränen zurückhalten, die am Rande der Lider zitterten.

Sie schleppte sich bis ins Speisezimmer und setzte sich in ihren Stuhl. Ihr Herz schlug zum Zerspringen, die Schläge dröhnten ihr im Ohr, und sie war von einer Erregung gepeinigt, die sie bisher nie empfunden hatte; ein sonderbares Schwindelgefühl erfaßte sie, und nur ein einziger Gedanke beherrschte sie und stand trotz ihrer Verwirrung klar vor ihr: »Das muß ein Ende nehmen.« Und sie sprach diese Worte wieder und wieder halblaut vor sich hin.

Diese innere Erregung dauerte nicht lange. Sie weinte lautlos, und nach einigen Minuten hatte sie sich von ihrer Fassungslosigkeit und ihrem Schrecken erholt; aber sie dachte lange über den Zustand nach, in dem sie ihre Mutter gefunden hatte, und an die sonderbaren Worte, die Mrs. Elliot gesagt hatte. »Das sind ja die Gedanken einer Wahnsinnigen«, und diese Erklärung gab ihr ein wenig Trost.

Josephine, die ins Zimmer trat, um den Tisch zu decken, riß sie aus ihren Grübeleien. Mrs. Fletcher erhob sich, zündete eine Lampe an und wollte bis zum Essen weiternähen, aber in der Kälte, die sie einen Augenblick vergessen hatte, waren ihre Finger erstarrt.

Als Emily wenig später zum Essen kam, stand ihre Mutter am Tisch und hatte die Hände auf den Lampenschirm gelegt, dessen fahles Licht ihre sorgenvollen, gealterten Züge beleuchtete.

24

Die Tage, die auf ihren Besuch in der Nähstube folgten, erschienen Emily endlos. Sie verbrachte ihre Zeit am Fenster, in der Hoffnung, daß der Pastor von Glencoe wiederkäme. Manchmal, wenn die Großmutter eingeschlafen war, setzte sie sich an den Sekretär und schrieb dem Geistlichen Briefe, die sie später zerriß oder in ihre Bibel legte. Oder sie kauerte sich auf den Teppich vor dem Feuer und dachte immer wieder daran, was sie ihm sagen würde, und stellte sich lange Gespräche mit ihm vor. Da sie die Hemden für Miß Easting bereits fertig hatte, fand sie dieses Spiel unterhaltsamer als jede andere Beschäftigung. Unermüdlich wiederholte sie im Geiste das ersehnte Gespräch, wobei sie den Beginn jeweils verschieden gestaltete: einmal stellte sie sich vor, Reverend Sedgwick sei traurig, ein anderes Mal, er sei freudig gestimmt. Sie fragte sich, ob er manchmal auch scherze oder ob er immer so sei, wie sie ihn erlebt hatte, als er nach Mont-Cinère gekommen war; sie neigte dazu, eher letzteres anzunehmen, und dachte: »Ich muß mich ihm gegenüber ernsthaft geben, das wird ihm sicher gefallen.«

Als er am Samstagnachmittag zu ihrer Verzweiflung wieder nicht kam, beschloß sie, am nächsten Morgen in die Kirche zu gehen, obwohl der Weg von Mont-Cinère nach Glencoe lang und in dieser unfreundlichsten Zeit des Jahres sehr beschwerlich war. Es war sehr kalt, und der harte, gefrorene Boden schien unter den Füßen wegzugleiten. Mrs. Fletcher, die ihrer Gesundheit zuliebe jeden Tag ein paar Schritte im Freien auf und ab ging, wagte sich nur noch mit einem Stock in den Garten, wo sie dann vorsichtig und langsam ums Haus herumwandelte und sich dabei mit der Hand an der Mauer abstützte. Mrs. Elliot verlangte jedesmal, wenn man ihr Fenster ein bißchen öffnete, jammernd nach ihrem Schal. Eine solche Kälte hatte man noch nie erlebt. Am Morgen nahmen Emily und Mrs. Fletcher ihr Frühstück in der Küche ein, und sie dachten nicht mehr an den schlechten Geruch, der ihnen da zuweilen in die Nase stieg. Der Kamin im Speisezimmer blieb leer, die Abzugklappe war ganz heruntergezogen.

Um jede Diskussion zu vermeiden, sagte Emily ihrer Mutter nichts von ihrem Plan und brach am Sonntagmorgen, während Mrs. Fletcher es sich auf einem Stuhl in der Küche bequem machte und ihre Hände am Herd wärmte, leise auf. Sie lief bis zum Gartentor und schlug den schmalen eingeschnittenen Weg ein, den sie seinerzeit gegangen war, als sie die Stevens aufsuchte. Unter dem Schal trug sie ihre Bibel, die sie mitgenommen hatte, weil sie kein Gebetbuch besaß. Ihre Zähne schlugen aufeinander; sie spürte die beißende Kälte an den Ohren, obwohl sie ihre Haube mit Hilfe eines schwarzen, unter dem Kinn verknüpften Samtbandes bis über die Wangen herabgezogen hatte. Von Zeit zu Zeit blieb sie stehen, holte Atem und hustete, wobei sie sich mit einem schmerzlichen Gesichtsausdruck, der ihr das Aussehen einer alten Frau verlieh, zusammenkrümmte und auf der Stelle trat. Als sie an Rockly vorbeikam, lehnte sie sich wie am Tage ihres Besuches einen Augenblick an einen Baum und betrachtete das Haus. Eines der Fenster war geschlossen. Eine dünne weiße Rauchfahne stieg senkrecht aus dem Schornstein. Sie dachte: »Wenigstens haben sie geheizt«, und ging weiter.

Nach einer Stunde traf sie in Glencoe ein und ging geradewegs zur Kirche. Es war ein dunkelrot gestrichener Holzbau auf einer Art Erdwall, der die Häuser des Dorfes überragte. Zur gleichen Zeit wie Emily betraten ein paar Frauen die Kirche und starrten ihr ins Gesicht, ohne sie zu grüßen. Eine von ihnen – sie war schwarz gekleidet und trug den Kopf hochmütig erhoben – runzelte die Stirn, als sie Emily sah, und blieb stehen, als wolle sie sie noch genauer in Augenschein nehmen. Sie war etwa fünfzig Jahre alt; die schwarzen Augen in ihrem blassen, fleischigen Gesicht schienen das, was sie musterten, bis ins Innerste durchdringen zu wollen, und die etwas vorgeschobene Unterlippe verlieh ihrem Mund etwas unwillig Schmollendes. Sie trug einen schwarzen, mit einer Gagatplakette verzierten Strohhut; ein kleiner Samtumhang fiel ihr über die mächtigen Schultern.

Emily ging an ihr vorbei und suchte sich weiter hinten einen Platz, von dem aus sie den Prediger gut sehen konnte und wo sie den Blicken der Gläubigen vermutlich nicht ausgesetzt war. Nachdem sie einige Minuten gebetet hatte, setzte sie sich, knüpfte ihren Schal auf und legte die Bibel vor sich hin. Es war angenehm warm. Ein großer turmförmiger Ofen nicht weit von ihr heizte unter leisem Wummern. Als sie sich an das Dunkel gewöhnt hatte, sah sie die weiße Altardecke und die große Bibel, die auf einem Chorpult aus hellem Holz lag. Ein paar Leute kamen und beugten sich über die Bänke, um die Namensschilder ihrer Plätze zu entziffern. Die Gruppe, von der sie am Eingang beobachtet worden war, hatte ganz in der Nähe der Kanzel Platz genommen, doch die Dame mit dem Samtumhang setzte sich nicht: sie stand kerzengerade und blickte langsam um sich, bis sie Emily erspäht hatte; sie betrachtete sie einen Augenblick lang, setzte sich dann, beugte sich zu ihren Nachbarinnen und flüsterte ihnen etwas ins Ohr.

Ihr Name war Eliza Hess. Wie Prudence Easting gehörte sie zu jenen Unglücklichen, die sich von ganzem Herzen nach Liebe sehnen, vor denen aber die Liebe zu fliehen scheint. Auch sie schwärmte für Sedgwick, aber da sie älter war als die Leiterin der Nähstube und sich selbst besser kannte, täuschte sie sich nicht über ihre Gefühle ihm gegenüber; in ihrer bitteren Einsamkeit gestand sie sich ihre Liebe traurig ein. Diese Selbsterkenntnis hatte sie verbittert: sie kam nicht darüber hinweg, daß sie sich in den einzigen Mann des Kirchspiels verliebt hatte, auf den sie kein Auge hätte werfen dürfen, wußte sie doch sehr wohl, daß Sedgwicks asketische Neigung ihn in seinem Zölibat bestärkte. Aus Ärger darüber war sie immer schlecht gelaunt; zwar hatte sie sich schließlich in ihr Schicksal gefügt, aber Frieden hatte sie nicht gefunden. Sie haßte den Geistlichen und war dennoch außerstande,

Glencoe zu verlassen; die Kirche, wo sie ihn mit Sicherheit sah, zu meiden und nicht mehr am Fuße der Kanzel zu sitzen, an die ihre Leidenschaft sie fesselte, schien ihr ganz unvorstellbar. Sie war eifersüchtig und deshalb wachsam.

In kurzer Zeit füllten sich die Bänke. Neben Emily nahm ein hagerer junger Mann Platz. Man ahnte, daß er hinter seinen halbgeschlossenen Lidern alles beobachtete, was er ohne aufzublicken wahrnehmen konnte. Er saß lange reglos, mit über den Knien gefalteten Händen, und musterte eingehend den Schal, die Strümpfe und die Schuhe des jungen Mädchens, bis ein unbestimmtes Geräusch sie beide zusammenfahren ließ und sie sich wie die übrigen Mitglieder der Gemeinde erhoben.

Diesen Augenblick erwartete Emily mit wachsender Erregung. Als sie sah, wie Reverend Sedgwick im weißen Talar auf die Mitte des Chores zuschritt, stellte sie sich auf die Zehenspitzen und reckte den Hals nach ihm. Einige Leute beobachteten sie dabei; der hagere junge Mann warf ihr einen irritierten Blick zu und blätterte in seinem Buch. Sie merkte es und errötete leicht. Der Gottesdienst begann.

Auf die mit allgemeiner Inbrunst gesungenen Adventslieder folgte das Nizäische Glaubensbekenntnis. Emily, die keinen einzigen Teil der Liturgie richtig kannte, litt unter ihrer Unwissenheit. Ihr Nachbar sang und rezitierte mit fester Stimme, wobei er sein Buch demonstrativ geschlossen hielt. Eine Frau hinter ihr intonierte die rituellen Sätze so schrill und triumphierend, daß einem die Ohren wehtaten. Über all diesen Stimmen erhob sich, streng und fest, mit einer Gewißheit und einer Willenskraft, die das Herz des jungen Mädchens anrührten, diejenige des Pastors. Emily hatte ihre Bibel auf gut Glück beim Psalter aufgeschlagen und tat, als ob sie gleichzeitig mit den Gläubigen rezitiere, aber sie brachte keinen Ton über die Lippen.

Sie war erleichtert, als Sedgwick sich an das Chorpult stellte und mit der Textlesung begann. Er stützte die Hände auf das Buch und las, ohne den Kopf zu senken, wobei er von

Zeit zu Zeit aufblickte und einen Punkt hinten in der Kirche fixierte. Emily beobachtete ihn mit größter Aufmerksamkeit; sie fand sein Aussehen irgendwie seltsam, und das überraschte sie und hinderte sie daran, sich auf das, was er vortrug, zu konzentrieren. Sie war von seinem Blick fasziniert. Sie faßte ihn fest ins Auge und suchte ihm zu folgen, wobei sie den Kopf leicht drehte, als ob sie erraten wolle, was im Geiste des alten Mannes vorging. In einem bestimmten Augenblick spürte der Pastor, daß ihm besondere Aufmerksamkeit zuteil wurde, worauf er den Blick instinktiv auf das junge Mädchen richtete und es ansah, ohne seinen Satz zu unterbrechen. Emily errötete, hielt seinem Blick aber stand; ihr Herz klopfte zum Zerspringen. Ihr war, als sei sie in einer Art Traum befangen, und als Sedgwick am Ende des Kapitels schließlich schwieg, schreckte sie mit der schmerzlichen Empfindung auf, man habe sie plötzlich aus tiefem Schlaf gerissen.

Die Gemeinde hatte sich indessen wieder erhoben und stimmte ein Kirchenlied an. Miß Hess ging jetzt, ohne in ihrem Gesang innezuhalten, in der Kirche umher und hielt den Gläubigen eine große Holzschale hin, die sich nach und nach mit kleinen Münzen füllte. Als sie bei Emily angekommen war, sah sie ihr in die Augen und sang lauter. Das junge Mädchen spürte, wie sich Schweißtropfen an ihrem Haaransatz bildeten, und tat so, als suche sie in ihrer Tasche; dann tauchte der ausgestreckte Arm ihres Nachbarn vor ihr auf, der fünf Cents in die Holzschale warf, eine Geste, die dem Geber ein deutliches Kopfnicken der Spendensammlerin eintrug. Diese ging nun nicht mehr weiter und stand bis zum Ende des Liedes neben Emily, wobei sie sie herausfordernd anblickte und in der Inbrunst des Gesanges ihre Brust vorwölbte. Schließlich entfernte sie sich, stellte die Holzschale auf einen Tisch und ging wieder an ihren Platz, nicht ohne entrüstete Blicke auf das unbekannte junge Mädchen zu werfen.

Emily begriff kein Wort von der Predigt, obwohl sie den Pastor nicht aus den Augen ließ. Sie hatte plötzlich den Plan gefaßt, am Ende des Gottesdienstes, in dem Augenblick, wo er in die Sakristei hinübergehen würde, zu ihm zu gehen und mit ihm zu sprechen, und dieser Gedanke war so übermächtig, daß sie an nichts anderes mehr denken konnte. Sie erforschte ihr Gewissen und fragte sich, warum sie eigentlich in die Kirche gekommen war – doch wohl eher, um sich mit dem alten Mann zu unterhalten, als um ihre Andacht zu verrichten. Hastig legte sie sich die Sätze zurecht, die sie vorbringen wollte, und bemühte sich, ruhig zu bleiben, aber sie fühlte, daß ein unbekanntes Gefühl sie erregte, das sie überraschte und beunruhigte. Sie ersehnte den Augenblick, wo Sedgwick mit seiner Predigt zu Ende sein würde, und fürchtete sich gleichzeitig davor. An die zwanzigmal verwarf sie ihren Plan wieder und beschloß, die Kirche so bald wie möglich zu verlassen, ohne auch nur einen Blick auf Sedgwick zu werfen. Wieso brauchte sie eigentlich seinen Rat? Andererseits – war sie zu Fuß von Mont-Cinère hierhergekommen, um dann gar nichts auszurichten? War sie etwa gekommen, um zu beten? Beten konnte sie auch zu Hause. Hatte sie gehofft, ihre Frömmigkeit im Beisein anderer, die zu Gott beteten, zu vertiefen? Ganz und gar nicht. Sie sah sich um und hatte den Eindruck, daß niemand zuhörte, aber daß mehrere Gemeindemitglieder sie mit feindseliger Neugier musterten. Insbesondere Miß Hess wandte sich dauernd nach ihr um. Sie warf Emily verstohlen wütende Blicke zu und richtete dann ihr Augenmerk gleich wieder auf den Geistlichen, der ungerührt sprach, mit herabhängenden Armen und einem unbewegten Gesicht, das keiner Gefühlsregung Raum ließ.

Nun beendete er seinen Vortrag. Er nahm das Buch, das vor ihm lag, stieg von der Kanzel und ging zum Altar. Die Gemeinde erhob sich erneut und stimmte ein letztes Kirchenlied an; Emily schloß hastig ihren Umhang und suchte die Handschuhe, die auf den Boden gefallen waren. Am Ende der Predigt war ihre Unsicherheit in Angst umgeschlagen, und sie wußte überhaupt nicht mehr, was sie tun sollte. Als sie aber sah, wie der Pastor den Chor verließ und die Tür der Sakristei hinter sich schloß, verlor sie allen Mut, und da einige Leute auf die Kirchentür zusteuerten, schloß sie sich ihnen an und ging hinaus.

Die eisige Luft schlug ihr ins Gesicht; sie zog die Flügel ihrer Haube über die Ohren und band die Schleife unter dem Kinn. Männer und Frauen gingen an ihr vorbei und stießen sie an, denn sie stand auf der Kirchenschwelle und konnte sich nicht entschließen, die Stufen hinunterzusteigen. Es kam ihr so vor, als erregte sie große Aufmerksamkeit und als spräche man über sie. Sie wurde rot und wandte sich ab. Plötzlich merkte sie, daß sie ihre Bibel vergessen hatte, machte kehrt und ging mitten durch die Gläubigen, die herausströmten, in die Kirche zurück.

Sie fand ihre Bibel dort, wo sie sie liegengelassen hatte, und wollte sie gerade unter ihren Umhang schieben, als eine schroffe Stimme hinter ihrem Rücken fragte:

»Was machen Sie da? Wissen Sie nicht, daß die Bücher der Kirche gehören?«

Emily wandte sich jäh um und blickte in die strengen Augen der Dame, die die Kollekte durchgeführt hatte.

»Zeigen Sie mir, was Sie mitgenommen haben.«

»Nein«, zischte Emily erbost, »das Buch gehört mir.«

»Ich bin mit der Aufsicht in dieser Kirche betraut.« Die Stimme der Dame wurde lauter. »Ich befehle Ihnen, mir zu zeigen, was Sie mitgenommen haben.«

Plötzlich hob sie den Arm und riß Emily das Buch aus der Hand. Mehrere Personen, die der Lärm dieser Szene angezogen hatte, umringten Miß Hess und warfen mißtrauische Blicke auf das junge Mädchen; einige flüsterten sich etwas zu, schüttelten den Kopf und schienen überrascht. Als Emily sich etwas gefaßt hatte, trat sie auf Miß Hess zu.

»Ich warne Sie«, sagte sie mit dumpfer Stimme, »ich werde mich beklagen. Mein Name steht auf der ersten Seite dieses Buches. Ich heiße Emily Fletcher und wohne in Mont-Cinère. Reverend Sedgwick kennt meine Familie, und ich werde mich bei ihm über Sie beschweren.«

»Schweigen Sie«, schrie Miß Hess aus Leibeskräften. »In

dieser Bibel liegt ein Brief, der an Reverend Sedgwick gerichtet ist. Warum haben Sie ihn ihm nicht schon überreicht, wenn dieses Buch Ihnen gehört? Merken Sie nicht, daß ich Ihre Lügen durchschaue?«

Das junge Mädchen war über diese Worte so bestürzt, daß sie zurückwich und sich gegen eine Bank stützte. Emily war ganz bleich geworden und öffnete den Mund, ohne eine Antwort zu finden. Miß Hess blickte mit triumphierender Miene um sich.

»Nun, mein Fräulein«, sagte sie und klemmte die Bibel unter den Arm, »wir werden in diesem Punkt Reverend Sedgwick um Aufklärung bitten.«

Und ohne auf den Protest des jungen Mädchens zu hören, ging sie rasch zur Tür der Sakristei. Sie traten gemeinsam ein.

Der Pastor saß an einem Tisch und trug etwas in ein Buch ein; die mit Geld gefüllte Holzschale stand vor ihm. Als er die erregten Gesichter der beiden Besucherinnen erblickte, stand er betreten auf; offenbar erkannte er Emily nicht.

»Ich übergebe Ihnen dieses Buch«, sagte Miß Hess und legte es auf den Tisch. »Die junge Dame da, die nicht zum Kirchspiel gehört, hatte die Absicht, es mitgehen zu lassen.«

»Dieses Buch gehört mir«, murmelte das junge Mädchen mit ganz veränderter Stimme, »mein Name steht auf der ersten Seite.«

Sedgwick nahm die Bibel und schlug sie auf.

»Sind Sie Miß Fletcher?« fragte er, nachdem er einen Blick hineingeworfen hatte.

»Ja, Herr Pfarrer; wir haben uns vor zehn Tagen in Mont-Cinère kennengelernt, und Sie haben mich beauftragt, für die Nähstube in Wilmington zu arbeiten.«

»Miß Hess«, sagte Sedgwick abschließend, »dieses Buch gehört der jungen Dame.«

»Aber das hier ist für Sie«, antwortete Miß Hess und reichte dem Pastor den Brief, den sie in der Bibel gefunden hatte.

Dabei warf sie Emily einen spöttischen Blick zu. Das junge

Mädchen wollte ihr den Brief entreißen, aber Miß Hess war schneller, und Sedgwick hielt ihn schon in den Händen.

»Was soll ich jetzt tun?« fragte er lächelnd.

Er sah die beiden Frauen an, ohne den Brief zu öffnen. Emily faßte sich sogleich:

»Ich bitte Sie, ihn zu behalten und zu lesen«, sagte sie sehr bestimmt.

»Ich soll ihn später lesen, nicht wahr?« fragte Sedgwick.

»Warum nicht jetzt?« wandte Miß Hess wütend ein. »Ist es etwa ein Geheimnis?«

»Miß Hess«, antwortete Sedgwick, ohne sich aus der Ruhe bringen zu lassen, »ich werde diesen Brief nicht lesen, bevor Miß Fletcher damit einverstanden ist. Übrigens kann ihn Miß Fletcher wieder an sich nehmen, falls sie das möchte, da sie ihn mir nicht aus freien Stücken überreicht hat.«

Der sanfte Ton dieser Worte ging dem jungen Mädchen zu Herzen.

»Ich bin froh, daß Miß Hess Ihnen den Brief gegeben hat«, sagte sie, »aber ich bitte Sie, ihn zu lesen, wenn Sie allein sind.«

Miß Hess wurde feuerrot und rief, zu Sedgwick gewandt:

»Soll das heißen, daß mein Pastor kein Vertrauen mehr zu mir hat?«

»Darum geht es nicht, Miß Hess«, sagte der Geistliche streng. »Ihr Eifer hat Sie zu einem Fehler verleitet, und ich habe die Pflicht, ihn wiedergutzumachen. Das ist alles.«

»Niemand kennt dieses junge Mädchen, dafür verbürge ich mich«, fuhr Miß Hess aufgebracht fort. »Ich verlange, daß sie Beweise bringt, daß dieses Buch ihr gehört.«

»Ich kenne sie, das genügt doch, Miß Hess.«

Die alte Jungfer hob entsetzt die Hände zum Himmel und rief aus:

»Eine Fremde im Kirchspiel! Soll sie doch vorlesen, was sie an den Pastor dieser Kirche geschrieben hat, wenn sie den Mut hat. Die Gläubigen haben ein Anrecht darauf, die Wahrheit zu erfahren.«

Emily lachte laut und spöttisch auf.

»Sie scherzen wohl. Das geht Sie gar nichts an.«

»Ich und scherzen!« wiederholte Miß Hess empört. »Glauben Sie etwa, ich hätte Sie vorhin nicht gesehen? Jawohl, ich passe auf, ich habe Sie beobachtet, ich habe Ihr skandalöses Verhalten während des gesamten Gottesdienstes zur Kenntnis genommen; es ist nur meine Pflicht und Schuldigkeit, Sie hier anzuzeigen und den Pastor zu bitten, daß er eine Person, die unwürdig ist, einer christlichen Gemeinde anzugehören, aus dem Kirchspiel von Glencoe verweist.«

»Beherrschen Sie sich«, unterbrach Sedgwick, »Sie gehen zu weit. Wenn Sie eine Bemerkung über Miß Fletchers Verhalten zu machen haben, so äußern Sie sich klar und ohne beleidigende Zusätze.«

Miß Hess warf dem jungen Mädchen einen verächtlichen Blick zu, schnaufte ein wenig und fuhr fort:

»Während des Gemeindegesanges stellte sie sich auf die Zehenspitzen und beugte sich über die Schultern der Leute, die vor ihr saßen.«

»Nun, und?« fragte Sedgwick.

»Nun, offensichtlich war sie mit ihren Gedanken nicht beim Gottesdienst«, sagte Miß Hess mit funkelnden Augen.

»Haben Sie sonst nichts anzumerken, Miß Hess? Diese Unaufmerksamkeit ist keine Todsünde.«

»Oh!« stieß Miß Hess hervor, als habe man ihr einen Schlag versetzt. »Ist es denn möglich, daß Sie nicht begreifen, was sie tat, diese... diese...«

»Beherrschen Sie sich«, sagte Sedgwick.

»Das geht zu weit. Alle meine Nachbarn haben es auch gesehen. Sie gab nicht acht auf den Gottesdienst, sie hatte nur Augen für Sie, Herr Pfarrer!«

Der Geistliche wandte sich Miß Hess zu und sah ihr streng in die Augen.

»Sie haben kein Recht, so zu sprechen, Miß Hess. Ich befehle Ihnen, zu schweigen.«

»Ich gebe meinen Posten auf, wenn man mir untersagt,

meine Pflicht so zu erfüllen, wie ich sie verstehe«, antwortete sie und schlug mit der Faust auf den Tisch.

»Sie werden tun, was Ihr Gewissen Ihnen rät«, erwiderte Sedgwick mit unbewegter Miene. »Wenn Sie mir Ihre Hilfe versagen, werde ich andere darum bitten, und ich nehme an, daß ich es nicht vergeblich tun werde.«

Bei diesen Worten machte Emily eine Bewegung auf den Geistlichen zu. Er nahm die Bibel und gab sie ihr zurück.

»Miß Fletcher, da ist Ihr Buch. Ich werde Ihnen auf Ihren Brief schriftlich antworten oder nach Mont-Cinère kommen.«

»Was ist eigentlich dieses Mont-Cinère?« fragte Miß Hess streitsüchtig.

»Bitte verlassen Sie den Raum«, sagte Sedgwick, ohne die Stimme zu erheben. »Ihr Verhalten ist wirklich unerhört, Miß Hess.«

»Ich werde Sie nicht allein lassen mit dieser Person«, schrie die alte Jungfer, »oder ich erzähle überall herum, was sich hier abspielt. Ich bin angesehen in Glencoe, ich habe großen Einfluß und werde veranlassen, daß Sie aus dieser Gemeinde versetzt werden.«

Sie stellte sich vor den Pastor hin und stemmte die Hände in die Seiten; man hörte ihren kurzen, keuchenden Atem. Sedgwick biß sich auf die Lippen und wandte die Augen einen Augenblick ab.

»Miß Hess«, sagte er schließlich, »solange die Gläubigen dieser Gemeinde Vertrauen in mich haben, bin ich hier zuhause. Wenn die Vorsehung mir bestimmt, diesen Ort zu verlassen, werde ich es tun. Fürs erste bestehe ich darauf, daß Sie tun, was ich sage.«

Miß Hess drehte sich wütend um; ihr Samtumhang flatterte ihr um die Schultern.

»Jawohl, Herr Pfarrer.« Sie zog den Atem geräuschvoll ein und ging mit schnellen Schritten zur Tür. Plötzlich blieb sie stehen und warf einen Blick auf Emily. Offenbar war ihr plötzlich eine Idee gekommen; sie öffnete rasch die Tür und versuchte den Schlüssel an sich zu nehmen, doch in ihrer Aufregung gelang ihr das nicht gleich; das junge Mädchen hatte Zeit genug, ihr in den Weg zu treten, und sie mußte den Schlüssel loslassen. Diese Szene war so schnell vor sich gegangen, daß Sedgwick, der kurzsichtig war und das Geschehen nicht verfolgt hatte, zunächst nicht begriff, worum es ging. Er betrachtete die beiden Frauen erstaunt und rührte sich nicht. Miß Hess schien einen Augenblick zu zögern, dann ging sie hinaus.

»Sehen Sie, was sie vorgehabt hat!« rief Emily und zeigte auf den Schlüssel.

»Was denn?« fragte Sedgwick.

»Uns einzuschließen. So ein böses Weib.«

»Sie ist nicht böse, Miß Fletcher, sie ist verrückt. In allen Gemeinden Amerikas gibt es einige von dieser Sorte.«

Emilys Herz krampfte sich vor Erregung zusammen; sie mußte sich an den Tisch setzen, an dem der Pastor geschrieben hatte, als sie die Sakristei betrat. Sie sah sich um und sagte schließlich verlegen, als schäme sie sich, so frei heraus zu sprechen:

»Herr Pfarrer, wenn Sie wollen, daß ich diese Stelle übernehme, so bitte ich Sie, mich zu benachrichtigen.«

Sedgwick wandte sich dem jungen Mädchen zu und sah sie an.

»Sie wollen für mich arbeiten?«

»Ja.«

»Warum?«

Sie zuckte die Achseln und schlug die Augen nieder.

»Warum sollte ich nicht arbeiten? Ich habe genug Zeit.«

»Meinen Sie, daß das Beispiel, das Miß Hess eben gegeben hat, mich ermutigt?« fragte er nach einer Weile.

»Das ist nicht dasselbe, Herr Pfarrer«, sagte sie. »Ich bin nicht Miß Hess.«

»Gut. Ich werde darüber nachdenken. Sind Sie mit der Arbeit fertig, die Miß Easting Ihnen gegeben hat?«

»Ja.«

»Das ist aber schnell gegangen, Miß Fletcher. Erledigen Sie die Arbeit für die Armen nicht zu flüchtig.«

»Ich habe nichts flüchtig gemacht, Herr Pfarrer. Ich glaube, Miß Easting wird zufrieden sein.«

Sie stand auf und zog mit den präzisen Bewegungen eines Menschen, der seiner selbst sicher ist, die Handschuhe an. Sedgwicks strengerer Ton gab ihr die Ruhe zurück, die seine sanften Worte ihr geraubt hatten. Es fiel ihr schwer zu gehen, aber abgesehen davon, daß es unvermeidlich war, freute es sie, in den Augen eines Mannes, dessen Autorität sie bewunderte, fest und entschieden zu erscheinen, und sie begab sich zur Tür.

»Auf Wiedersehen, Herr Pfarrer«, sagte sie.

Sedgwick verneigte sich, ohne zu antworten, und wandte sich ab. Sie lächelte.

25

Seit ihrem Kirchenbesuch in Glencoe war Emily immer schweigsamer geworden, aber ihr Gesicht strahlte Ruhe und manchmal eine heimliche Freude aus, die sie jünger erscheinen ließ. Sie war zerstreut und antwortete kurz angebunden auf die schüchternen oder gereizten Fragen ihrer Mutter; auch Mrs. Elliot gegenüber tat sie kaum den Mund auf. Sie saß den ganzen Tag in ihrem Sessel am Feuer, und ob sie nun las oder nähte, sie bewahrte ein Schweigen, aus dem selbst ihre Großmutter sie kaum mehr aufzustören vermochte. Die alte Frau bat sie umsonst, sich ihr wie früher anzuvertrauen; sie hatte ihren Einfluß auf dieses Geschöpf verloren, das kein Bedürfnis mehr hatte, sich zu eröffnen, sondern es im Gegenteil genoß, zahlreiche Pläne zu schmieden, von denen niemand in Mont-Cinère etwas wußte.

Doch eines Morgens kam sie in Mrs. Elliots Zimmer und setzte sich ganz gegen ihre Gewohnheit ans Fußende des

Bettes. Sie war außer Atem und fuhr sich mit den Fingern durchs Haar, das vom Wind zersaust war.

»Wo kommst du denn her?« fragte die Großmutter und streckte die Hand nach ihr aus.

»Ich bin ein wenig im Garten auf und ab gegangen«, antwortete das junge Mädchen mit stockender Stimme. »Es ist sehr schön draußen.«

Mrs. Elliot war offensichtlich enttäuscht.

»Hast du mir sonst nichts zu berichten, mein Kind?«

Emily lächelte und zuckte die Achseln.

»Was sollte ich dir denn erzählen, Großmutter?«

»Ja, du hast recht«, sagte die alte Frau und zog ihre Hand zurück, »du erzählst mir nichts mehr, du bist nicht mehr meine Enkelin. Ah! Früher hast du mich nicht so behandelt.«

Ihre Züge verfinsterten sich.

»Du mußt dich aber auch immer beklagen«, sagte das junge Mädchen heiter. »Hast du denn gar keinen Mut?«

»Mut, mein Kind«, wiederholte Mrs. Elliot mit einem Ausdruck der Verzweiflung, »was hilft das?«

Emily deutete mit einer leichten Wendung des Kopfes an, daß sie auf eine solche Frage keine Antwort wisse, stand plötzlich auf und setzte sich in ihren Lehnstuhl. Dann zog sie aus ihrem Schal einen Brief hervor, den sie sorgfältig zu lesen begann. Sie kannte den Inhalt bereits; das kleine schwarze Wachssiegel war erbrochen. Der Brief hatte folgenden Wortlaut:

Sehr geehrte Miß Fletcher,
mein geistliches Amt verpflichtet mich, Ihnen zu antworten, obwohl mir diese Aufgabe nicht leicht fällt, denn Sie haben offensichtlich nicht lange nachgedacht, bevor Sie diese verworrenen Zeilen zu Papier brachten. Aber es ist nicht so sehr das, was Sie mir schreiben, als vielmehr wie Sie es schreiben, was mich beunruhigt und mich veranlaßt, Ihnen heute meine Zeit zu widmen.

Sie werden sicher verstehen, daß meine Ratschläge gezielter sein könnten, wenn Sie sich die Mühe gemacht hätten, sich etwas genauer zu erklären. Wir werden uns gewiß wiedersehen und können dann offen über die Pläne sprechen, mit denen Sie sich beschäftigen und über die Sie sich so dunkel äußern. Wann das sein wird? Ich weiß es nicht. Was Ihre Großmutter betrifft, machen Sie sich wohl zu große Sorgen. Wenn ihr Zustand so ernst gewesen wäre, wie Sie ihn mir schildern, hätte mir Ihre Mutter sicher etwas davon gesagt. Wie dem auch sei, ich werde Sie so bald wie möglich besuchen, möchte Ihnen aber schon jetzt im Rahmen meiner Möglichkeiten helfen.

Sie sind schwankenden Stimmungen unterworfen; bald möchten Sie, Ihr Leben nähme ein Ende, bald wünschen Sie, daß Ihnen alles, was Sie vom Leben erwarten, ohne Aufschub zuteil wird. Manchmal fühlen Sie sich von der Religion angezogen, dann wieder abgestoßen. Das ist schon quälend genug, doch scheinen Ihnen diese Probleme offenbar noch die geringeren, denn etwas weiter unten schreiben Sie mir, Ihr größter Kummer seien die bösen Gedanken, die in Ihnen wach würden und die Sie gegen Ihren Willen verfolgten. Ich will auf dieses Problem, das Sie ganz alleine lösen müssen, nicht eingehen. Aber was hat das mit den Geldschwierigkeiten Ihrer Mutter zu tun? Sie sprechen andeutungsweise von einem Besitz, von dem Sie glauben, daß er Ihnen von der Vorsehung zugedacht ist, der Ihnen von einer ungenannten Person aber offenbar streitig gemacht wird. Was bedeutet das alles? Sie bitten mich um meine Hilfe, aber wie soll ich Ihnen helfen, wenn Sie sich nicht entschließen können, mir klar zu sagen, was ich für Sie tun kann?

Sie betonen immer wieder, daß Sie mich sehen und sich mit mir über Ihre Sorgen unterhalten wollen. Aber Sie hatten ja am Sonntag die Möglichkeit, mit mir zu sprechen, und haben sie nicht ergriffen. Hatten Sie dazu nicht den Mut? Dann möchte ich Ihnen heute schon sagen, daß Sie nichts erreichen werden, wenn Sie Mut und Festigkeit, diese großen Tugenden unserer Religion, nicht im täglichen Leben praktizieren. Schwäche und Zögern führen weit eher ins Verderben als die Willenskraft, auch wenn sie manchmal falsche Wege geht.

Wenn die Lebensumstände, die die Vorsehung Ihnen zugedacht hat, Ihnen traurig und unangenehm erscheinen, so sollten Sie darüber nachdenken, ob es wirklich gerechtfertigt wäre, alles aufzugeben, anstatt sich diesen Verhältnissen zu beugen und sich an sie zu gewöh-

nen. Ich weiß nicht, was Ihnen vorschwebt, aber rufen Sie sich in Erinnerung, daß ein Verlangen nach Veränderung fast immer verdächtig ist, weil es darauf hindeutet, daß jemand mit dem Schicksal hadert, das ihm die Vorsehung zugewiesen hat.

Denken Sie einmal über die Frage nach, die ich Ihnen jetzt stellen will. Ihr Glück hängt vielleicht von der Art und Weise ab, wie Sie sie beantworten. Haben Sie jemals ernsthaft in Erwägung gezogen, zu heiraten?

Obwohl das junge Mädchen manche Sätze nicht ganz verstand, gefiel ihr der Brief, und sie las ihn immer wieder. Sie hatte etwas ganz anderes, nämlich praktische Ratschläge erwartet, doch der Brief war ganz allgemein gehalten und enthielt keine Richtlinien für ihr Verhalten. Trotzdem war sie glücklich und voller Hoffnung. Sedgwick war offenbar weit davon entfernt, ihre Denkungsart zu verurteilen, und sprach sogar von einer künftigen Begegnung. Und außerdem fand er das, was sie ihm anvertraut hatte, so interessant, daß er ihr, wie er ja selbst betonte, unverzüglich geantwortet hatte. Darüber war sie besonders erstaunt; das übrige erschien ihr unerheblich, weil sie es nicht verstand. Der letzte Satz, den sie zuerst überlesen hatte, fesselte schließlich ihre Aufmerksamkeit und kam ihr sonderbar vor; sie sah nicht, inwiefern er mit dem Vorhergehenden zusammenhing, aber irgend etwas sagte ihr, daß er sie noch oft beschäftigen würde. Nachdem sie den ganzen Brief mehrmals gelesen hatte, schob sie ihn in ihre Bibel und begann zu nähen.

Am Mittwoch darauf machte Emily aus den Hemden, die sie gesäumt hatte, ein Paket und ging in die Nähstube von Wilmington. Prudence Easting empfing sie mit betrübtem Gesicht.

»Er wird nicht kommen.«

Als Emily diese Worte hörte, war sie schmerzlich berührt, aber zugleich auch erleichtert, denn obwohl sie den Pastor wiederzusehen wünschte, fürchtete sie in ihrer Schüchternheit, sie würde nicht wissen, was sie ihm sagen sollte. Aber es war trotzdem eine große Enttäuschung.

»Kommen Sie nur herein«, fuhr die Leiterin fort. »Heute ist ein freier Tag, da können wir ruhig miteinander plaudern.«

Und sie führte sie in das kleine Zimmer, wo sie in der vergangenen Woche ihr erstes Gespräch geführt hatten. Die Nähkörbe mit den rot gestickten Nummern standen noch immer auf ihren Plätzen, nur die Blütengirlanden waren entfernt worden, und die Wände waren weiß und kahl.

Während Emily ihren Hut abnahm und die Handschuhe auszog, öffnete Prudence Easting das Paket, das das junge Mädchen auf den Tisch gelegt hatte.

»Gut.« Sie entfaltete ein Hemd. »Ich sehe, daß Sie sich sehr geschickt anstellen. Wollen Sie wieder sechs Hemden mitnehmen?«

»Natürlich, deswegen bin ich ja gekommen«, erwiderte Emily und setzte sich an den Tisch. »Hoffentlich sind Sie auch gekommen, um ein wenig mit mir zu plaudern?« Die Leiterin lachte und fügte hinzu: »Heute bin ich ganz allein.«

»Langweilen Sie sich?«

»Nein, ich arbeite, aber ich plaudere gern beim Nähen.« Sie setzte sich Emily gegenüber und begann zu nähen. »Wissen Sie, daß ich viel an Sie gedacht habe?« sagte sie nach einer Weile. Emily schien erstaunt. »Aber haben Sie Zeit, mir zuzuhören?« fragte Prudence Easting.

Emily kreuzte die Arme auf dem Tisch und sah sie aufmerksam an.

»Ich habe gar nichts zu tun.«

»Ja, ich habe an Sie gedacht und mich gefragt, ob Sie glücklich sind.«

»Glücklich? Oh ja, es geht.« Emily war auf diese Frage nicht gefaßt und wußte nicht recht, was sie erwidern sollte.

»So?«

Prudence Easting hob den Kopf und blickte Emily an. Es sah fast so aus, als sei sie enttäuscht.

»Neulich schienen Sie bedrückt. Ich wollte Sie natürlich

nicht ausfragen, aber Sie wissen doch, daß es einem wohltut, sich manchmal jemandem anzuvertrauen. Oft ist etwas Schweres leichter zu ertragen, wenn man mit Leuten spricht, die einen verstehen, wie man so sagt. Es ist nicht gut, wenn die Menschen zu verschlossen sind.«

Einige Minuten herrschte Schweigen. Die Leiterin hielt den Kopf über ihre Arbeit gebeugt und nähte; ab und zu unterbrach ein Seufzer ihre gleichmäßigen Atemzüge.

Emily, von einer plötzlichen Schüchternheit ergriffen, antwortete nichts; und doch hätte sie dieser Frau, die sie kaum kannte, gerne etwas Liebenswürdiges gesagt; sie erriet, daß Prudence Easting in ihrem Innern traurig war und sich quälte, was sie ihr ein wenig näherbrachte; sie betrachtete ihr dickes, gutmütiges Gesicht, ihr gescheiteltes Haar, die kräftigen roten Hände, ihre Brust, die in ein schwarzes Mieder eingezwängt war, und ohne recht zu wissen warum, fühlte sie Mitleid mit dieser Frau.

»Tut es Ihnen leid, daß Sie Reverend Sedgwick nicht angetroffen haben?« fragte die Leiterin.

Die Antwort kam ohne Zögern.

»Ja, ich rechnete damit, ihn zu sehen.«

»Auch ich hoffte es, besonders Ihretwegen, Emily.« Prudence hob den Kopf. »Ich darf Sie doch so nennen? Oh, dieser Mann hat viel Gutes getan!«

»Sie haben gesagt, daß er ein Heiliger sei.«

»Habe ich das gesagt?« Einen Augenblick lang hielt ihre Hand im Nähen inne und ließ die Nadel ruhen. »Ja, ja, das ist wahr.« Ihre Wangen färbten sich ein wenig. »Sie haben sicher empfunden, Emily, daß ich mit sehr viel Wärme von ihm gesprochen habe. Aber ich bin ihm außerordentlich zu Dank verpflichtet.«

Sie fuhr fort zu nähen.

Einen Augenblick später sagte sie: »Bitte sprechen Sie über all das nicht. Mein Leben ist sehr schwer gewesen.«

Emily wurde von Neugier verzehrt. Auch sie errötete und fragte, ohne ihre neue Freundin anzusehen:

»Sie sind unglücklich gewesen?«

»Ja, Emily, viele Jahre lang; aber er hat mir erklärt, daß alles nur zu unserem Besten dient, sogar unsere Fehler, so daß nichts nutzlos ist, was uns auch begegnen mag. Später einmal werden Sie das verstehen...«

»Und sind Sie jetzt glücklicher?«

Prudence Easting antwortete nicht gleich. Sie nähte weiter, und es schien, als habe sie nicht gehört.

»Ich bin nicht unglücklich«, sagte Prudence endlich.

Beide schwiegen und hingen ihren Gedanken nach. Emily spielte mit ihren Handschuhen und wurde mit einem Male traurig und mutlos.

»Und Sie?« fragte die Leiterin plötzlich.

»In Ihrem Alter hat man meist keine großen Sorgen. Sie sagten mir ja, daß Sie keine Sorgen hätten.«

Emily machte eine Bewegung, als wolle sie vermeiden, auf die Frage näher einzugehen; aber sie konnte eine plötzliche Regung nicht unterdrücken und sagte mit einer Mitteilsamkeit, die bei ihr ganz ungewöhnlich war:

»Doch, ich habe auch Sorgen. Es würde aber zu weit führen, wenn ich Ihnen alles erklären wollte«, fügte sie hinzu, als sie sah, daß die Leiterin sie gespannt anblickte.

»Warum wollen Sie mir nicht alles sagen?« Prudence Easting legte ihre Arbeit auf den Tisch. »Ich bin Ihre Freundin, bin älter als Sie, Sie können mir vertrauen, vergessen Sie nicht, daß ich sehr viel Erfahrung habe.«

»Und ich habe nicht die geringste Erfahrung!« rief Emily mit verzweifelter Stimme. »Ich weiß nicht, was ich tun soll, und alles stellt sich meinen Plänen entgegen.«

Prudence Easting war sehr ernst geworden. Sie legte die Hand flach auf den Tisch und sagte, ohne Emily aus den Augen zu lassen:

»Hören Sie mir gut zu. Sie dürfen niemals schwach werden, was auch geschehen mag. Lassen Sie sich niemals entmutigen, auch wenn alles Ihre Wünsche zu durchkreuzen scheint.«

»Sie haben ganz recht«, murmelte Emily und wollte anscheinend etwas sagen, hielt aber inne.

Der Blick der Leiterin schüchterte sie ein, und es tat ihr leid, daß sie sich einer Fremden gegenüber hatte hinreißen lassen, zu sagen, daß sie sich zuhause nicht glücklich fühle. Sie erhob sich.

»Sie gehen schon?«

»Wir wohnen weit von hier.« Emily band ihr Tuch um.

»Schade«, sagte die Leiterin lächelnd. »Ich hätte gerne länger mit Ihnen geplaudert, aber ich glaube, daß Sie sich vor mir fürchten.«

Emily errötete und schüttelte den Kopf.

»Doch. Sie sind viel schüchterner als ich geglaubt hatte. Kommen Sie am Mittwoch wieder?«

»Gewiß.«

»Da sind die Hemden, die ich für Sie bereitgelegt habe.«

Sie reichte Emily ein Paket und begleitete sie zur Tür. Als sie ihr zum Abschied die Hand drückte, sagte sie nochmals:

»Denken Sie daran, Emily, daß Sie mir Ihre kleinen Sorgen anvertrauen können.«

Und plötzlich fragte sie das junge Mädchen: »Erlauben Sie, daß ich mit Reverend Sedgwick über Ihre Zukunft spreche?«

Emily verstand nicht. Ihre Zukunft?

»Gewiß«, erwiderte sie.

»Das will ich tun«, sagte Miß Easting und klopfte Emily freundlich auf die Schulter.

26

Als Emily Mont-Cinère erreichte, sah sie, daß Mrs. Fletcher ohne Mantel vor dem Haus stand und nach ihr Ausschau hielt. Sobald sie ihre Tochter bemerkte, winkte sie ihr heftig, sich zu beeilen. Emily begann zu laufen.

»Was ist denn geschehen?« rief Emily, als sie das angstverzerrte Gesicht ihrer Mutter sah. Mrs. Fletcher war ganz bleich, Tränen hatten ihre Spuren auf den verrunzelten Wangen hinterlassen. Sie streckte beide Hände aus und stammelte zitternd:

»Die Großmutter . . . die Großmutter.«

»Was ist mit ihr?« fragte Emily und stampfte mit dem Fuß auf. Mrs. Fletchers Erregung machte ihr Angst, und zugleich wurde sie ungeduldig. Die Mutter antwortete nicht und blickte zur Seite, als ob sie ihren Kummer verbergen wolle, dann schritt sie zögernd ins Haus. Im Speisezimmer ließ sie sich in einen Lehnstuhl fallen. Emily riß sich die Haube vom Kopf, stellte sich vor die Mutter hin und schüttelte sie am Arm:

»Ist der Großmutter etwas geschehen? So sprich doch endlich, Mama.«

»Sie ist tot.«

»Ach!« Emily stand unbeweglich, hielt ihre Haube in der Hand und sah ihre Mutter verständnislos an; endlich setzte sie sich auf den Diwan.

»Sie hat wohl nicht lange gelitten«, sagte sie nach einer Weile. »Das ist ein Glück.«

»Geh zu ihr, mein Kind.« Mrs. Fletcher schneuzte sich. »Du mußt ihr einen letzten Kuß geben.«

Bei diesen Worten schrak Emily zusammen; sie erinnerte sich an den Kuß, den sie ihrer Großmutter vor einigen Tagen gegeben hatte, und welchen Zwang sie sich hatte antun müssen, bevor sie sich entschließen konnte, ihre Lippen auf die gelbliche Stirn der Großmutter zu drücken. Von allen Gefühlen, die in ihr kämpften, war jetzt ein unüberwindlicher Ekel das stärkste. Die Vorstellung, daß eine tote alte Frau oben im Zimmer lag, schien ihr entsetzlich.

Sie erhob sich und zündete eine Lampe an.

»Gehst du jetzt hinauf?« fragte Mrs. Fletcher.

»Nein, nicht sofort.« Emily stellte die Lampe auf den Tisch.

Mrs. Fletcher wischte sich mit ihrem Taschentuch die Augen: »Du weißt, daß du ein wenig bei ihr bleiben mußt, mein Kind; das ist so der Brauch.«

Emily setzte sich und verschränkte die Arme unter ihrem Tuch.

»Nun«, fragte die Mutter, »was wirst du tun?«

»Laß mich jetzt, Mama«, sagte Emily mißmutig. »Ich muß mich erst an den Gedanken gewöhnen, daß ich die Großmutter nie mehr sehen werde.«

»Ja, das ist wahr. Es ist furchtbar, solch eine Nachricht ganz unvorbereitet zu erfahren«, sagte Mrs. Fletcher.

»Seit wann ist es ihr schlechter gegangen?«

»Sie hat mich vor drei gerufen. Ich war so aufgeregt, daß ich nicht aus noch ein wußte. Du weißt, ich habe sie seit dem Tage nicht gesehen, an dem es so kalt war; sie hat fürchterlich geschrien.«

Emily hob erschreckt die Hand: »Bitte, Mama, erzähle mir nichts mehr.«

Und nach ein paar Minuten fuhr sie fort: »Hast du dich schon um das Begräbnis gekümmert?«

»Josephine ist nach Glencoe gegangen. Der Pastor hat versprochen, für alles zu sorgen.«

Mrs. Fletcher heftete den Blick auf ihre Tochter und drängte mit bewegter Stimme:

»Du wirst bei der Großmutter wachen, nicht wahr, mein Kind?«

»Ich bleibe eine Minute in ihrem Zimmer, länger nicht.«

»Du wirst sie doch nicht die ganze Nacht alleinlassen? Bedenke...«

»Du kannst ja selber bei ihr wachen!« rief Emily heftig.

»Du brauchst dich nicht vor ihr zu fürchten, sie tut dir nichts.«

Sie holte eine Kerze aus der Küche und zündete sie an. Mrs. Fletcher sah verstört und schweigend zu.

Wortlos verließ Emily das Zimmer. Die Feigheit ihrer Mutter war ihr peinlich und stachelte sie an, Mut zu zeigen; sie erinnerte sich, was ihr Prudence Easting gesagt hatte: »Niemals schwach werden«, und sie stieg rasch die ersten Stufen hinauf; aber die Kerze war am Verlöschen, und sie mußte ihre Schritte verlangsamen. Alle landläufigen und rührenden Betrachtungen über den Tod fielen ihr ein. Diese Frau, die sie seit ihrer Kindheit tagtäglich gesehen hatte, würde nun nie mehr mit ihr sprechen. Konnte sie sich das überhaupt vorstellen? Sie fragte sich, was mit Mrs. Elliots Zimmer geschehen würde und ob sie es jetzt wohl bekäme. »Dieses Zimmer gehört mir, wie alles andere auch«, dachte sie.

Als sie den obersten Stiegenabsatz erreicht hatte, hob sie die Kerze über ihren Kopf und blickte umher. Eine plötzliche Unruhe hatte sie befallen; sie blieb stehen, und es war ihr, als ob irgend etwas vor der Zimmertür laure.

»Das ist der Schatten«, sagte sie laut; und sie schwenkte die Kerze, um sich zu beruhigen.

Mit vorgestrecktem Arm und weit aufgerissenen Augen machte sie ein paar Schritte. Plötzlich stieß sie einen Schrei aus: es schien ihr, daß sich eine menschliche Gestalt zwischen sie und die Tür stelle, ein kleiner gebeugter Mann, der ihr den Rücken zukehrte. Emily war von Entsetzen gelähmt; sie dachte an ihren Vater und an die Schritte, die Mrs. Elliot nachts immer im Stiegenhaus gehört hatte. Eine rauhe Stimme rief aus dem Speisezimmer; es war ihre Mutter, und zunächst vermochte sie nicht zu antworten; aber sie faßte sich rasch, denn als sie genau hinsah, merkte sie, daß sie sich getäuscht hatte: jetzt konnte sie deutlich die Türfüllung und den Schlüssel erkennen, der im Schlüsselloch stak. Das Blut stieg ihr ins Gesicht. Sie beugte sich über das Geländer und rief: »Es ist nichts, Mama. Ich dachte, ich hätte eine Ratte gesehen.«

Sie trat ein. Die Totenstille in diesem Zimmer, wo sie doch immer den keuchenden Atem ihrer Großmutter vernommen hatte, erschien ihr seltsamer und unwahrscheinlicher als alles, wovor sie sich fürchtete. Jetzt erst fühlte sie die Gegenwart des Todes.

Ihr Herz schlug rasch; sie mußte sich gegen die Tür lehnen; so blieb sie einen Augenblick unbeweglich stehen und starrte auf die Vorhänge, die ihre Mutter vorgezogen und zusammengesteckt hatte. Holzscheite glimmten im Kamin, dasselbe Holz, das Emily beim Weggehen hineingelegt hatte. Von diesem Gedanken kam sie nicht los, als ob darin die ganze Erklärung des Mysteriums des Todes verborgen sei.

Sie lief im Zimmer umher, ohne zu wissen, was sie tat. Eine Flut von Gedanken bedrängte und peinigte sie. Was bedeutete dies alles? Sie hatte doch begriffen, daß die Großmutter gestorben war, und jetzt – so schien es ihr – begriff sie es nicht mehr. War nicht alles so wie früher, der Lehnstuhl an seinem Platz, die Bibel auf dem Tisch? Sie ging um das Bett herum und murmelte immer wieder vor sich hin: »Es hat sich hier nichts verändert.«

Dann setzte sie sich in ihren Lehnstuhl und sagte ganz laut:

»Wenn nichts geschehen wäre, säße ich ebenso am Feuer, wie ich es jetzt tue.«

Deshalb schien es ihr unmöglich, daß ihre Großmutter tot sei, und ein paar Minuten lang konnte sie an nichts anderes denken.

Plötzlich kam ihr die Wirklichkeit zum Bewußtsein. Sie erhob sich, lief zum Bett und versuchte die Vorhänge auseinanderzuschieben. Sie wollte sie sehen; sicher war das, was sie sehen würde, schrecklich, aber sie mußte ihrer Großmutter ein letztes Lebewohl sagen; tat sie es nicht, würde sie sich später der Feigheit beschuldigen, wie einer nicht wieder gutzumachenden Sünde. Hatte Emily die Großmutter früher nicht lieb gehabt? Sie erinnerte sich an Mrs. Elliots Ankunft in Mont-Cinère, an ihr schwarzes Haar, das unter dem großen Hut hervorquoll, und an die ein wenig derbe Sprechweise der alten Frau, die sie »kleiner Dummrian« genannt hatte. Sie riß am Stoff, und die Vorhänge öffneten sich.

Die Tote war mit einem Tuch bedeckt. Diese Hülle brachte alles Plumpe, Schwerfällige des Körpers zur Geltung: den Bauch, die breiten Schultern, die denen eines Mannes glichen; die Hände und einige lange Haarsträhnen hingen heraus und verrieten, wie eilig Mrs. Fletcher den Leichnam bedeckt hatte.

Emily wich zurück; sie zitterte so heftig, daß sie ihren Leuchter auf den Tisch stellen und sich an den Säulen des Bettes festhalten mußte. Die Worte ihrer Mutter fielen ihr ein: »Du mußt ihr einen Abschiedskuß geben.« Deshalb war sie ja ins Zimmer der Toten gekommen; sie mußte jetzt wohl das Tuch aufheben, und dann würde sie das Gesicht sehen. Und je mehr sie darüber nachdachte, umso weniger hielt sie sich dessen für fähig. Plötzlich hatte sie Angst, ebensolche Angst wie an dem Tag, da sie ihren Vater in demselben Bett hatte liegen sehen. Wieder peinigte sie die furchtbare Vorstellung, die sie vorhin hatte: war es nicht doch der Vater gewesen, den sie soeben vor der Tür gesehen hatte? Vielleicht war er mit ihr hereingekommen und befand sich nun im Raum? Da fiel sie auf die Knie und begann mit fieberhafter Hast Gebete zu sprechen.

Schweiß rann ihr von der Stirn und tropfte auf ihre Wangen, aber allmählich fühlte sie, wie sie unter dem Einfluß der Gebete ruhiger wurde, und nach ein paar Minuten erhob sie sich.

Sie schob ein Tischchen an Mrs. Elliots Bett, stellte die Kerze darauf, holte die große Bibel und schlug die Korintherbriefe auf. Sie bemühte sich, alle ihre Bewegungen langsam und würdig auszuführen, als seien es religiöse Riten, aber immer wieder marterte sie das quälende Verlangen, laut schreiend aus dem Zimmer zu stürzen.

Emily überwand ihr Entsetzen, neigte sich über den Leichnam und berührte mit ihren Lippen die Stelle, wo die Stirn sein mußte, ohne sich jedoch entschließen zu können, das

Tuch zurückzuschlagen. Tränen liefen ihr über die Wangen, sie weinte aus Angst und Ekel und fühlte einen salzigen Geschmack auf ihren Lippen. Warum mußte alles, was mit dem Tod zusammenhängt, so widerwärtig für die Lebenden sein? Taumelnd trat sie vom Bett zurück; das Blut brauste in ihren Schläfen.

Dann ging sie aus dem Zimmer. Draußen wischte sie sich mit ihrem Taschentuch ein paarmal kräftig den Mund ab.

27

Am nächsten Tag, als Mutter und Tochter vom Friedhof zurückgekehrt waren, spielte sich in Mrs. Elliots Zimmer eine peinliche Szene ab. Emily konnte sich davon überzeugen, daß Mrs. Fletcher trotz ihrer süßlichen Worte und ihrem verweinten Gesicht nichts von ihrer Heftigkeit, die der Grundzug ihres Wesens war, verloren hatte. Kaum hatten die beiden Frauen das Haus betreten, als sie sich in stillschweigendem Einverständnis ins Zimmer der Verstorbenen begaben. Emily lief zum Kamin und warf eine Handvoll Reisig ins Feuer.

»Was tust du da?« fragte die Mutter, die hinter ihr eintrat.

»Das siehst du doch«, antwortete Emily und ließ rasch die Kaminklappe herunter; sie zündete ein Streichholz an, das sie mit einem Papier unter das Holz schob.

»Nein, nein«, rief Mrs. Fletcher laut und begleitete ihre Worte mit erregten Handbewegungen. Hastig trat sie auf ihre Tochter zu und wollte sie fortdrängen, aber Emily hatte sich erhoben und rieb sich gelassen die Hände.

»Ich mache Feuer. Was ist dabei?«

Das Knistern der Flammen wurde hörbar.

»Du verbrennst mein Geld«, rief Mrs. Fletcher; »dieses Zimmer darf jetzt nicht mehr bewohnt werden, also geh.«

Ihre Hand legte sich schwer auf Emilys Arm. Diese machte sich heftig los und sagte: »Glaubst du vielleicht, ich werde den

Winter in einem eiskalten Haus verbringen? Willst du auch meinen Tod?«

Emily hatte gesprochen, ohne nachzudenken, und war über die Wirkung ihrer Worte erstaunt. Mrs. Fletcher wurde leichenblaß. Einen Augenblick standen sich die beiden gegenüber. Die Mutter keuchte aufgrund der starken Erregung; sie sah ihre Tochter lange erstaunt und zornig an und schwieg.

»Du weißt doch, daß ich anfällig bin, hörst du mich nicht husten?« sagte Emily schließlich und bemühte sich, in sanfterem Tone zu sprechen. Sie drehte sich um und legte zwei Scheite Holz ins Feuer. »Das ist keine so große Ausgabe«, fuhr sie fort, indem sie das Holz mit der Feuerzange tiefer hineinschob, »das Holz brennt langsam, wenn man Asche darüber streut; wir müssen doch wenigstens ein warmes Zimmer im ganzen Haus haben.«

Mrs. Fletcher setzte sich in einen Lehnsessel und sah zu Boden; der Kreppschleier fiel über ihr Gesicht. Es schien, als ob ein ungeheures Gewicht auf ihr laste und sie niederdrücke. Emily sah die Mutter verstohlen an. Sie hustete, verschränkte die Arme unter ihrem Tuch und fuhr dann gelassen fort:

»Nun, siehst du! Huste ich vielleicht absichtlich? Wenn du wüßtest, wie weh es mir tut!«

Und sie schlug sich mit der Faust auf die Brust und setzte sich ihrer Mutter gegenüber, die sie nicht ansah und gedankenversunken vor sich hinstarrte.

Mrs. Fletchers Reglosigkeit versetzte Emily ein wenig in Unruhe; niemals hatte sie ihre Mutter so gesehen. »Ob ihr nicht gut ist?« dachte sie und sagte laut:

»Rücke doch deinen Sessel näher zum Kamin! Das Feuer wärmt ja noch kaum!«

Mrs. Fletcher schien aus einem Traum zu erwachen; sie schob heftig ihren Schleier zurück und sah einen Augenblick in die Flammen, die immer rascher emporzüngelten.

»Das geht zu weit!« rief sie zornig. »Nicht genug, daß du mir trotzt, du lachst mich auch noch aus!«

Sie riß sich den Hut vom Kopf samt dem Kreppschleier, der

sich um ihre Schultern schlang und ihr unbequem war. Ihr unordentliches Haar gab ihr ein noch wilderes Aussehen. Emily fuhr mit einem Satz in die Höhe.

»Hast du denn vor gar nichts Ehrfurcht?« fuhr die Mutter fort und erhob sich. »In diesem Zimmer, in diesem Zimmer...«

Plötzlich ging ihr der Atem aus, ihr Mund war halbgeöffnet, und sie sah Emily haßerfüllt an; das junge Mädchen stand mit verschränkten Armen vor dem Feuer, als wolle sie es beschützen.

»Hier, in dem Zimmer, wo deine Großmutter gestorben ist, stellst du dich gegen deine Mutter!« Mrs. Fletcher sprach mit erstickter Stimme. »Du bist ein Teufel, ein Teufel!« schrie sie und stampfte mit dem Fuß auf, dabei wiederholte sie in rasendem Zorn ein paarmal das Wort; in ihren Mundwinkeln stand Schaum.

Plötzlich eilte sie an Emily vorbei und stürzte in das schmale Kabinett nebenan. Das junge Mädchen wurde bleich; einen Augenblick lang ging es ihr durch den Sinn, ihre Mutter könnte Selbstmord begehen, und sie wollte gerade rufen, als Mrs. Fletcher zurückkam; sie trug etwas unter dem Arm verborgen. Hastig näherte sie sich dem Kamin, und bevor Emily erraten konnte, was die Mutter vorhatte, schüttete diese einen Krug Wasser in die Flammen. Emilys Stimme wurde durch ein heftiges Prasseln übertönt, sie stieß einen Schrei aus; schwarzer Qualm erfüllte das Zimmer und ließ die beiden Frauen zurückweichen.

»So!« rief Mrs. Fletcher gellend.

Sie warf den Kopf zurück und sah Emily triumphierend an. In ihrer zitternden Hand hielt sie den rosa Porzellankrug, und in dem Rauch, der sie einhüllte und sich langsam verzog, glich sie einer feindseligen Gottheit.

»Du bist ja wahnsinnig!« rief Emily, die sich nach dem ersten Augenblick der Verblüffung wieder gefaßt hatte. Sie stieß ihren Lehnstuhl heftig zurück und setzte sich in die Mitte des Zimmers.

»Hast du das vielleicht getan, um mir Angst einzujagen?« fragte Emily verächtlich. »Vergiß nicht, daß ich ebenso stark bin wie du. Niemals wirst du mich zwingen können, so zu leben, wir es dir paßt.«

»Du bist in meinem Hause, du mußt mir gehorchen, oder ich jage dich fort.«

Emily lachte.

»Versuch es nur. Erstens hast du kein Recht dazu; und dann könntest du es gar nicht, auch wenn es dir erlaubt wäre. Kennst du mich denn noch immer nicht? Jetzt habe ich genug! Heute noch schreibe ich und werde mich über dich beschweren. Du weißt, daß ich krank bin, und du gönnst mir nicht einmal das Allernotwendigste: das Haus, in dem ich zu leben gezwungen bin, ordentlich zu heizen.«

»Schreiben, schreiben«, stammelte Mrs. Fletcher, »an wen denn?«

»An wen? Nun, an irgend jemanden, Mama.« Emilys Stimme klang ruhig und drohend. »Glaubst du denn, daß es keine Gesetze gibt? Glaubst du denn, es würde sich niemand darum kümmern, wenn du deine Tochter tötest, es würde niemand einschreiten und du würdest nicht gestraft werden?«

Mrs. Fletcher lehnte sich ans Bett und ließ den Krug auf die Decke fallen. Sie riß erschreckt die Augen auf:

»Was sagst du?« murmelte sie. »Warum sprichst du immer vom Töten? Als ob ich daran dächte...«

Und plötzlich sagte sie bewegt: »Ich bin ein guter Mensch, ich bin eine Christin! Ich habe der Großmutter nichts Böses getan. Ich bin eine Frau wie alle anderen Frauen. Niemals wollte ich, daß du krank würdest.«

»Du willst nicht, daß ich einheize.«

»Du lieber Gott, das ist doch nicht dasselbe«, rief Mrs. Fletcher und faltete die Hände.

»Wenn du das sagst, so hast du keinen Verstand. Oder ist dir dein Geld mehr wert als meine Gesundheit? Sieh mich an, ich zittere, ich schaudere den ganzen Tag vor Kälte. Und wie mager ich bin! Glaubst du denn, daß ich mich satt essen kann?«

»Und ich?« Mrs. Fletcher sah kläglich drein.

»Du brauchst nicht soviel Nahrung wie ich, ich bin im Wachsen, bin noch nicht einmal sechzehn. Du bist alt. Aber hüte dich: die paar Dollar, die du beiseite legst, werden eines schönen Tages in die Tasche des Arztes wandern.«

»Schweig«, sagte die Mutter niedergeschmettert.

»Warum denn? Die Großmutter hat ganz recht gehabt: du hast Angst davor, die Wahrheit zu hören. Das hat sie an dem Tage gesagt, an dem sie nach Mont-Cinère gekommen ist. Oh, hättest du sie ordentlich gepflegt, sie wäre heute noch bei uns und läge vielleicht in dem Bett, auf dem du sitzt. Aber es mußte ja gespart werden!«

Mrs. Fletcher erhob sich jäh, diese letzten Worte hatten sie an der empfindlichsten Stelle getroffen, und sie wollte etwas erwidern, doch Emily ließ sich nicht unterbrechen.

»Ich habe recht, ich weiß, daß ich recht habe. Wenn dir dein Geld lieber ist als dein Kind, warum hast du mich denn zur Welt gebracht?«

»Schweig!« wiederholte Mrs. Fletcher, weiß vor Zorn, »der Zorn spricht aus dir. Erst vor ein paar Stunden ist meine Mutter hier gestorben und schon beschmutzt du diesen Ort mit deinen gotteslästerlichen Worten. Du vergißt Gottes Gebot...«

Emily lachte laut auf.

»Deine Mutter haßte dich ja! Hast du nicht gehört, was sie gesagt hat, als du damals in ihr Zimmer kamst, um dich zu wärmen? Erinnerst du dich nicht an ihren Traum?« Emily ahmte Mrs. Elliots rauhe, gebrochene Stimme nach: »Wirst du sie denn niemals so sehen, wie sie ist... Wie glücklich wäre sie, wenn ich sterben würde!«

»Das hat sie nicht gesagt«, rief Mrs. Fletcher und stampfte mit dem Fuß auf.

»Du möchtest natürlich, daß sie es nicht gesagt hätte, aber sie hat es gesagt«, fuhr Emily fort.

»Und weißt du, wovor sie sich am allermeisten fürchtete, Mama?«

»Was? Wovon sprichst du?« Mrs. Fletcher wankte.

»Daß du sie vergiften könntest; ich mußte schwören, daß ich gesehen hatte, wie du selbst von ihren Speisen gekostet hast!«

»Das ist zu arg!« stöhnte Mrs. Fletcher mit erstickter Stimme. »Der Teufel ist in dir, aber Gott wird dich dafür strafen, daß du mich so marterst, mich, die ich dich zur Welt gebracht habe und deinetwegen so viel leiden mußte.«

»Laß mich in Ruhe, ich verlange nichts von dir«, rief Emily achselzuckend.

Mrs. Fletcher stieß einen Schrei aus, fuchtelte mit der Faust, als wolle sie damit die Wahrheit ihrer Worte bezeugen und rief mit lauter Stimme, die im Zimmer widerhallte:

»Solange ich lebe, spreche ich kein Wort mehr mit dir. Du wirst hier wie eine Fremde leben, und wenn du dich unterstehst, dich noch ein einziges Mal gegen mich aufzulehnen, so jage ich dich aus dem Haus.«

Emily sprang auf und ergriff die Feuerzange, die an der Wand lehnte:

»Und wenn du dich unterstehst, mich anzurühren, so werde ich mich verteidigen; ich habe es satt, von dir tyrannisiert zu werden. Warum sollte ich dir Respekt schulden? Behandelst du mich denn wie deine Tochter? Ich bin wirklich zu dumm, zu geduldig.«

Sie hielt inne, um Atem zu schöpfen, und sah ihre Mutter mit funkelnden Augen an. Einen Augenblick herrschte Schweigen, die beiden Frauen standen einander unbeweglich gegenüber. Schließlich hob Mrs. Fletcher entsetzt die Hände zum Himmel und eilte aus dem Zimmer.

28

Emily drehte den Schlüssel zweimal herum und wischte dann den Kamin auf; das Wasser war bis zu den Brettern des Parkettbodens geflossen und tropfte noch von den verkohlten, glänzenden Holzscheiten. Sie mußte die Lappen ein paarmal auswinden. Als sie endlich die Feuerstelle getrocknet hatte, zündete sie Papier im Kamin an und legte das übriggebliebene Reisig unter das Holz. Dann ließ sie die Klappe herunter und blies aus Leibeskräften auf das Reisig, das bald verlöschte, bald wieder aufglühte. Plötzlich flammte das Feuer empor.

Emily erhob sich, glücklich über den Erfolg ihrer Mühe, als verheiße er ihr andere, wichtigere Erfolge.

»Das ist ein Zeichen«, sagte sie halblaut, »ich werde mein Ziel erreichen.« Und sie klopfte den Staub von ihren Händen.

Ihr Zorn war plötzlich verschwunden, und sie hatte ihre Ruhe und Beherrschung wiedergewonnen. Sie setzte sich ans Feuer, dessen Flammen knisternd im Kamin emporstiegen, und dachte über den Auftritt nach, der sich soeben abgespielt hatte. Zweifellos hatte Mrs. Fletchers Heftigkeit ihre Ursachen in einer großen Charakterschwäche. Was hatte ihr der Zorn genützt? War es ihr gelungen, die Tochter auch nur einzuschüchtern? Ganz im Gegenteil: sie hatte Emily dazu getrieben, ihr, der Mutter, Widerstand zu leisten. Und was für eine lächerliche Rolle hatte sie vor ihrer Tochter gespielt! Konnte sie jetzt noch damit rechnen, daß Emily ihr wie bisher gehorchen würde?

Und Emily fragte sich, warum sie nicht früher erkannt hatte, wie leicht es war, sich dieser Frau zu widersetzen.

»Von heute an wird sich mein Leben ändern«, dachte sie; »ich werde alles tun, was mir paßt, und es mir behaglich machen in dem Haus, das uns der Vater hinterlassen hat. Hätte er zum Beispiel je zugelassen, daß wir den Winter in ungeheizten Räumen verbringen? Müssen wir wirklich alles entbehren, schlecht essen und in einem Bett schlafen, das nicht einmal überzogen ist? Großmutter hat alles erreicht, was sie wollte. Warum? Weil sie nicht so leicht nachgab.«

Sie erinnerte sich an alles, was ihr Mrs. Elliot über die Mutter gesagt hatte; der Ton dieser Stimme, die sie nie mehr hören würde, klang plötzlich in ihrem Ohr. Es war, als ob der Geist der Großmutter ihr noch Ratschläge gäbe. »Wenn du in einer schwierigen Lage bist, so mußt du mir alles sagen ... Ich kenne meine Tochter besser, als du sie je kennen wirst ... Du mußt dich mit mir beraten, wie du dich verhalten sollst, sonst wird sie dir das Letzte entreißen ...«

Ach, wenn sie nur einen einzigen Augenblick zurückkommen könnte, nur so lange, bis Emily ihr die Szene mit Mrs. Fletcher erzählt hätte. Wie hätte sich die alte Frau über das Benehmen ihrer Tochter amüsiert!

»Hatte sie wirklich einen Wasserkrug in der Hand? Was hat sie gesagt? Sie scheint wohl nicht zu wissen, wie lächerlich sie ist? Bemerkt sie das denn nicht?«

Es schien Emily, als ob sie das kraftlose Lachen ihrer Großmutter hörte, die wie gewöhnlich dort drüben im Bett lag. Was hätte sie ihr wohl geraten zu tun? Emily vergaß, daß sie die alte Frau wahrscheinlich gar nicht um Rat gefragt hätte, und sah Mrs. Elliot vor sich, wie sie sich auf ihr Kissen stützte und mit ihrer rauhen Stimme sagte: »Hör mir zu, Emily, du darfst dir nichts vormachen. Versuch gar nicht, mit ihr zu streiten, sie ist viel zu beschränkt, um etwas einzusehen; übrigens handelt sie ja aus Instinkt, und der Instinkt ist stärker als die Vernunft. Sie hat nur einen Gedanken: zu leben, ohne Geld auszugeben, und niemals ihr Bankkonto anzurühren. Siehst du nicht, daß sie glücklich wäre, mich los zu sein? Jedesmal, wenn man mir Holz oder mein Essen heraufbringt, brummt sie. Sie haßt mich, weil ich sie Geld koste. Und dich mag sie auch nicht, sie liebt nur ihr Geld. Auch dich will sie loswerden. Sie will das Haus allein bewohnen. Vielleicht behält sie Josephine, um nicht vor Angst zu sterben; dich natürlich nicht, sondern Josephine, weil Josephine Angst vor ihr hat und ihr gehorcht. Hör gut zu, ich weiß, was man tun muß. Sie beugt sich nur der Gewalt. Es wäre ganz nutzlos zu schreien oder sie zu beschimpfen, es gibt nur eines: sie bei den Schultern zu packen und hinauszuwerfen.«

Wie oft hatte Emily ihre Großmutter so sprechen hören! Zuerst hatte sie geglaubt, daß Mrs. Elliot durch ihre Krankheit in den letzten Jahren geistig nicht mehr ganz zurechnungsfähig sei und überall Gefahren wittere, weil sie Mrs. Fletcher geheime Pläne und fürchterliche Absichten unterschob. Aber war es so sicher, daß sich die alte Frau vollständig getäuscht hatte? War sie, Emily, nicht erstaunt gewesen, wie sonderbar die Mutter sie beim Sprechen angeblickt hatte? War es denn möglich, daß soviel Haß in den Augen eines Unschuldigen lebte? Führte denn von einem so heftigen Gefühl noch ein weiter Weg bis zu dem eines Verbrechens? Wenn sie mich einmal los ist, dann kommst du dran, hatte Mrs. Elliot gedroht. Warum auch nicht? Und ein jäher Verdacht überfiel Emily. Was hatte es eigentlich für eine Bewandtnis mit dem Tode der Großmutter? Sie war innerhalb von zwei Stunden gestorben. War die Mutter nicht verstört gewesen, als sie ihr die Todesnachricht mitgeteilt hatte? Der Kummer war keine ausreichende Erklärung für diese Verstörtheit. Die Mutter hatte gezittert, sie war unfähig gewesen, ein Wort herauszubringen, und hatte nicht ins Sterbezimmer gehen wollen. Hätte sie sich anders benommen, wenn sie schuldig gewesen wäre? Sprachen gewichtige Gründe dafür, daß sie es nicht war?

Emily verließ das Zimmer den ganzen Tag nicht; sie hatte keinen Hunger, und die Vorstellung, gemeinsam mit ihrer Mutter eine Mahlzeit einnehmen zu müssen, war ihr widerlich. Sie saß in ihrem Lehnstuhl, las oder nähte und hegte finstere Gedanken. Warum hätte ihre Mutter Mrs. Elliot nicht vergiften sollen? Der Tod der alten Frau war ihr ja sehr erwünscht gewesen, und was hätte sie von einem Verbrechen abhalten sollen? Mont-Cinère lag so vereinsamt, daß kaum jemand in Glencoe oder Wilmington von der Existenz dieses Hauses wußte, geschweige denn, wieviele Leute es bewohnten. Von dieser Seite hatte sie nichts zu befürchten. Bei einem Menschen, der so habgierig war wie ihre Mutter, mußte eine solche Erwägung über alle Bedenken siegen. War es ihr nicht lieber, daß Emily hustete, als daß sie ihr ein paar Scheite Holz zum Heizen gönnte? Wo lag die Grenze zwischen einem solchen Vorgehen und einem wirklichen Mord?

Den ganzen Tag grübelte Emily über ihre Zukunft nach, sie machte unzählige Pläne, ließ sie wieder fallen, gab sich den abenteuerlichsten Gedanken hin. Und schließlich steigerte sie sich so in ihre einsame Erregung, daß sie glaubte, ihr Leben sei in Mont-Cinère bedroht. Gegen Abend zündete sie die Lampe an und spazierte im Zimmer auf und ab; dabei blickte sie ängstlich nach allen Seiten. Niemals früher hatte sie sich so erregt, so unglücklich gefühlt, und doch war sie noch vor ein paar Stunden ruhig und mit sich selbst zufrieden gewesen. Als die Nacht hereinbrach, wurde sie von einem seltsamen Gefühl ergriffen, das sie bisher noch nie empfunden hatte. Warum hatte sie eigentlich ein so schweres Leben, während andere Menschen anscheinend ein beschauliches Dasein führten? Zum Beispiel Sedgwick. Und sie gab sich selbst die Antwort: »Weil du nicht wie die anderen bist.«

Im Hause war nicht das leiseste Geräusch zu vernehmen. Sicherlich waren die Türen geschlossen, sonst hätte sie ihre Mutter hören müssen. Sie war allein. Dieser Gedanke erschreckte sie zuerst, dann gab er ihr Mut, und sie empfand sogar ein wenig Stolz. Allein in dem Zimmer, aus dem sie ihre Mutter verjagt hatte, so allein, wie sie später ihr ganzes Leben lang sein würde. Sie wollte keine Freunde, sie wollte nur eines: Mont-Cinère.

War das so viel verlangt? Dann würde sie hier schalten, wie es ihr gefiel, verfügte frei über ihren Besitz, frei über ihr Leben. Dieses Zimmer und alle anderen Zimmer gehörten ihr; sie würde einheizen, würde genug zu essen haben...

Es schien ihr, als ob die Gedanken sich in ihrem Kopfe jagten. Sie war wie betäubt und mußte sich setzen. Wie spät mochte es sein? War das Abendessen schon vorüber? Sie erhob sich, ging zum Fenster und stützte sich einen Augenblick auf das Fensterbrett. Feine Schneeflocken fielen fast lautlos auf die Äste der Tannenbäume. Die kalte Luft strömte in großen Wellen in das Zimmer, wie ein Fluß. Emily atmete tief und beseligt. Wie wohl tat ihr diese Frische, der lautlos fallende Schnee, der die Erde zu segnen schien! Eine ungeheure Trauer übermannte sie. Sie schloß das Fenster, kniete vor dem Bett nieder und begann zu weinen. Sie fühlte das Bedürfnis, mit jemandem zu sprechen, jemandem alle ihre Sorgen anzuvertrauen. Sie betete.

29

In der nächsten Woche trug Emily die Hemden, die sie gesäumt hatte, in die Nähstube; Miß Easting empfing sie schweigend, ergriff ihre Hände und sah sie lange an.

»Was für ein Unglück!« sagte sie endlich, als sie im Arbeitszimmer saßen. »Ich habe es gestern durch Reverend Sedgwick erfahren.« Sie schüttelte traurig den Kopf.

»Haben Sie mit ihm über mich gesprochen?« fragte Emily.

Ein Lächeln verklärte die Züge der Leiterin.

»Ja, wir haben lange über Sie gesprochen.«

»Wirklich?« Emily konnte ihre Freude nicht unterdrücken.

»Ja, mein Kind. Erlauben Sie mir, Sie so zu nennen? Sie sind jünger als ich das erste Mal geglaubt hatte; und im Vergleich zu Ihnen komme ich mir alt vor, nicht wie eine ältere Schwester, eher wie Ihre Mutter. Ja, der Reverend denkt viel an Ihre Zukunft. Er hat Pläne, die er mir natürlich anvertraut hat und über die wir lange sprachen. Soll ich Ihnen sagen, was wir im Sinn haben? Es ist eigentlich noch ein Geheimnis, Emily.«

»Ach, bitte, Fräulein!«

»Nun, vor allem müssen Sie heiraten, liebes Kind. Ich habe

es dem Pastor gesagt, der meine Idee glänzend findet. Bedenken Sie, daß Sie bald siebzehn sind.«

»Sechzehn.«

»Sechzehn ist ein sehr gutes Alter zum Heiraten. Es gibt hier in der Gegend genug Partien für Sie, Sie sind reich. Sie können sicher sein, daß Sie dann viel glücklicher sein werden als jetzt...«

Prudence Easting sprach eine Zeitlang mit kaum verhaltener Heftigkeit über dieses Thema. Fast schien es, als ob sie ihre eigenen Interessen verteidigte. Sie neigte sich über den Tisch zu Emily, als wolle sie das junge Mädchen umarmen, und wiederholte von Zeit zu Zeit in einem Ton, der ihre Erregung verriet:

»Sind Sie nicht auch meiner Meinung?«

Emily hörte schweigend zu, selig, daß sich jemand vorzustellen vermochte, auch sie könne glücklich werden, aber ein wenig beunruhigt über das Mittel, das ihr zum Erlangen dieses Glückes vorgeschlagen wurde: Mont-Cinère kam in diesen Plänen nicht vor. »Warum soll ich denn heiraten?« dachte sie. »Würde sich mein Leben dadurch verändern?« Dieser Gedanke beschäftigte sie so sehr, daß sie plötzlich ausrief:

»Glauben Sie, daß das gut für mich wäre, Fräulein? Warum sollte mein Leben dann schöner sein als jetzt?«

»In jeder Hinsicht, liebes Kind.« Miß Easting sprach leidenschaftlich. »Sind Sie einmal verheiratet, so sind Sie freier und zugleich mehr in Anspruch genommen. Sie haben Ihren Haushalt, vielleicht auch Kinder. Sie sind dann eine Frau, können über Ihre Zeit verfügen, wie es Sie freut, aber Ihre Gedanken haben ein Ziel, und Sie grübeln nicht mehr über so viel Trauriges... Auch die bösen Gedanken verschwinden, nicht wahr? Kurz und gut...«

»Wo würde ich dann wohnen?«

»Nun, natürlich bei Ihrem Mann, liebes Kind.«

»Ich müßte in Mont-Cinère wohnen, woanders will ich nicht leben.«

»Sagen Sie das Ihrem Mann.« Miß Easting lachte. »Ich glaube nicht, daß das ein Hindernis ist. Natürlich lieben Sie Ihr Vaterhaus, aber denken Sie an das Wort der Heiligen Schrift: *Die Frau soll Vater und Mutter verlassen und ihrem Manne folgen.*«

Emily schüttelte den Kopf.

»Es kann keine Rede davon sein, daß ich Mont-Cinère verlasse. Das Haus gehört mir.«

»Sicherlich wird es Ihnen eines Tages gehören, aber denken Sie noch ein wenig über meine Ratschläge nach. Kennen Sie niemanden, an den Sie schon einmal gedacht haben, liebes Kind? Sie würden es mir doch sagen, nicht wahr?«

Was ging im Herzen der Leiterin vor, und welche Gedanken vermutete sie bei Emily? Prudence Easting errötete. Sicherlich nahm sie an, daß Emily sich für den Pastor interessiere, denn sie war eifersüchtig, und die Eifersucht schreckt vor keinem Gedanken zurück. Darum wollte Miß Easting ihre junge Freundin so eifrig verheiraten.

Sie rückte näher an Emily heran und stützte die Ellenbogen auf den Tisch.

»Bitte sehen Sie in mir einen Menschen, dem Sie alles anvertrauen, alles sagen können. Machen Sie denn niemals Zukunftspläne, liebes Kind?«

»O ja«, erwiderte das junge Mädchen lebhaft, »sehr oft, ich stelle mir mein Leben vor, wie es in ein paar Jahren sein wird. Das ist mir das Allerliebste. Wenn ich mich langweile, brauche ich nur die Hände in den Schoß zu legen, und gleich fallen mir tausend Dinge ein. Sie kennen Mont-Cinère nicht. Es ist ein großes Haus mit zwölf Räumen; einige Zimmer sind voller Andenken, die mein Vater aus Europa mitgebracht hat. All das gehört mir.«

»Oder wird Ihnen einmal gehören, nicht wahr?«

»Ich bin die Herrin dieses großen Hauses«, fuhr Emily fort, die nicht zu hören schien, »ich gehe durch alle Zimmer und tue, was mich freut. Den ganzen Tag brennt Feuer im Salon, in beiden Salons, weil auch der kleine wieder benutzt wird, im

Speisezimmer ist geheizt, in den übrigen Zimmern auch. Ich lese, ich bin glücklich, alles gehört mir, die Möbel, die Bilder. Ich muß Ihnen von meinem schönsten Bild erzählen.«

Sie beschrieb die *Morgenröte* in leidenschaftlichen Worten. Die Leiterin sah sie schweigend an.

»Und jetzt werden Sie verstehen«, schloß Emily mit leuchtenden Augen, »warum ich Mont-Cinère niemals verlassen kann. Sie müssen mich einmal besuchen.«

»Aber Sie denken sicher noch an andere Dinge«, sagte Miß Easting mit einem argwöhnischen Blick. »Sie müssen sich doch vorstellen, daß Sie nicht allein dort leben werden.«

»Ich habe niemand als meine Mutter.«

»Der liebe Gott erhalte sie Ihnen noch lange, Emily. Aber später einmal wollen Sie in diesem großen Haus ganz allein leben? Haben Sie denn nie an jemand gedacht, der Ihnen Gesellschaft leisten könnte? Verschweigen Sie nichts, mein Kind. Sagen Sie mir alles, ich werde Ihnen helfen.«

Emily dachte einen Augenblick nach, dann schüttelte sie den Kopf.

»Es wäre mir nicht unangenehm, allein in Mont-Cinère zu leben, ich hätte keine Angst.«

Miß Easting seufzte.

»Darum handelt es sich nicht, und ich glaube auch, daß Sie mich verstehen. Wollen Sie mir etwas versprechen? Ja? Also denken Sie an alles, was ich Ihnen gesagt habe. Merken Sie sich eines, und sagen Sie es sich immer wieder: das Heiraten ist eine Lösung für viele Schwierigkeiten. Sicherlich sind unter den Freunden Ihrer Mama ein paar junge Leute, an die Sie denken. Das ist ja nichts Böses. Aber ich sehe schon, Sie wollen Ihr Geheimnis nicht verraten, kleine Emily.«

Sie erhob sich und machte aus den sechs Hemden ein Paket.

»Nehmen Sie auch diese Hemden noch mit? Die anderen waren so schön genäht, daß wir dafür gelobt worden sind.«

Als Miß Easting sich von Emily verabschiedete, zog sie das junge Mädchen an ihre Brust und küßte sie.

30

In Mont-Cinère verlief das Leben so düster, als ob der Tod, nicht zufrieden damit, einen der Bewohner hinweggerafft zu haben, heimlich in den Mauern hocken geblieben sei. Emily und ihre Mutter nahmen die Mahlzeiten schweigend ein und sahen einander nicht mehr an; beide waren in ihre Gedanken vertieft. Emily stand morgens auf, noch vor ihrer Mutter, und stahl Kohlen aus der Küche, mit denen sie dann in Mrs. Elliots Zimmer einheizte; sie war geschickt, machte kein Geräusch dabei und versteckte ihre Vorräte unter den Möbeln. Von dort holte sie dann die Kohlen, wenn sie sich mit einem Buch und den Hemden, die ihr Miß Easting übergeben hatte, in Mrs. Elliots Zimmer einschloß. Leider brannten die großen Kohlebrocken, die zum Heizen des Küchenherdes verwendet wurden, im Kamin schlecht. Das Holz aber wurde im Keller aufbewahrt, dessen Schlüssel immer an Mrs. Fletchers Gürtel hing.

»Woran sie wohl denken mag?« fragte sich Emily, wenn sie sah, wie die Mutter beim Essen geistesabwesend um sich blickte. Dieses verlorene Starren machte sie sehr unruhig. »Ich bin für sie nur vorhanden, wenn sie bemerkt, daß ich sie ein paar Dollar koste.« Und voll Zorn begann sie die Mutter zu beobachten und zählte innerlich alles auf, was an dieser Frau hassenswert war. Das dicke, farblose Gesicht, die leeren Augen, ihre Bewegungen, die Ängstlichkeit, mit der sie Gabel, Brot und Glas zur Hand nahm; die geheuchelte Sanftmut. Ihr furchtsames und doch heftiges Wesen verriet sich in jeder Gebärde, in jedem Blick.

Seit einiger Zeit schien Mrs. Fletcher noch zerstreuter als gewöhnlich. Ihre Tochter überraschte sie beim Lesen alter Zeitungen, deren Anzeigen sie unablässig studierte. Emily bemerkte, daß ihre Mutter öfter im Speisezimmer am Schreibtisch saß und mit dem Eifer eines Schulkindes schrieb. Sie erhielt auch Briefe, die sie in ihrem Kleide verbarg und stets bei sich trug. Immer wieder betrachtete sie ausdruckslos und scheinbar ohne Grund einmal einen Tisch, dann wieder einen Lehnstuhl, als hätte sie diese Möbel noch nie gesehen. Sie machte den Eindruck einer Frau, die sich von der Welt losgesagt hat und unaufhörlich über etwas nachgrübelt. Oft glitt ihr Blick über die Tochter hin, ohne daß sie sich ihrer Gegenwart bewußt wurde, dann fuhr sie plötzlich zusammen bei einem Geräusch oder einem Wort, das Emily an die Köchin richtete, und wandte verlegen den Kopf ab. Einmal vergaß sie den stillen Pakt, nicht mehr mit Emily zu sprechen, und redete sie unversehens an; sie erhielt aber keine Antwort, nur einen verachtungsvollen Blick. Da ergriff sie ein solcher Zorn, daß Tränen in ihren Augen glänzten und sie sich auf die Lippen beißen mußte, um sich zu beherrschen. Ihr Versehen zeigte deutlich, daß ihre Abneigung gegen die Tochter nicht allzu stark sein konnte; sie wäre glücklich gewesen über eine Versöhnung.

Am Nachmittag, sobald Emily in ihr Zimmer gegangen war, setzte sich Mrs. Fletcher an ihren Schreibtisch und begann zu schreiben. Das war eine schwierige Sache, zu der es langer Vorbereitungen bedurfte. Nachdem sie ein paarmal aufgeseufzt und die vor ihr ausgebreiteten Zettel und Briefe aufmerksam durchgelesen hatte, entschloß sie sich endlich, ein paar Worte niederzuschreiben, die sie aber sofort wieder durchstrich. Dann legte sie ihre Feder beiseite, stützte den Kopf in die Hände und verharrte so eine Weile; oder sie sprang auf und lief durchs Speisezimmer, wobei sie etwas vor sich hinmurmelte; die Hände hatte sie in den Taschen des großen Mantels vergraben, den sie nicht mehr ablegte. Sie brauchte unendlich lange, um den kürzesten Brief zu verfassen. Wenn sie sich wieder am Schreibtisch niederließ, so brachte sie immer nur fünf oder sechs Zeilen zustande und stöhnte dabei vor Müdigkeit und Unmut. In diesen Augenblicken trug ihr Gesicht einen fast schmerzlichen Ausdruck, so angespannt und sorgenvoll sah sie aus. Wurde Mrs. Fletcher von Emily oder jemand anderem bei ihrer Arbeit überrascht, so räumte sie hastig die Papiere, die

Entwürfe und den Brief beiseite und schloß den Schreibtisch ab.

Am Morgen, wenn sie den Vorplatz gekehrt hatte, trat sie ans Fenster und hielt nach dem Briefträger Ausschau. Sobald sie ihn auf dem Hügel bemerkte, ging sie ihm entgegen und schwenkte dabei einen versiegelten Brief, den sie aus ihrem Mieder hervorgezogen hatte. Um nichts in der Welt hätte sie sich der Gefahr ausgesetzt, den Brief in den Kasten zu stecken, bevor der Postbote da war. Wie leicht hätte er ihr entwendet werden können! Eines Morgens kehrte sie ins Haus zurück und las einen Brief, den sie soeben empfangen hatte. Ihre Hände zitterten leicht, und sie blieb bei jedem Schritt stehen, die Augen auf das Blatt geheftet, das sie ganz nahe ans Gesicht hielt. Als sie ins Haus trat, bemerkte sie Emily, die sie hinter den Fenstervorhängen beobachtete; widerwillig steckte sie den Brief in die Tasche.

In den nächsten Tagen war sie von lebhafter Ungeduld erfaßt. Sie aß bei den Mahlzeiten immer weniger und blickte mit einem besorgten Gesicht, das Emily zur Verzweiflung brachte, zum Fenster. Sie schrieb keine Briefe mehr, las aber den letzten, den sie erhalten hatte, ebenso wie die Zeitungsausschnitte, mit denen sie ihre Taschen gefüllt hatte, immer wieder. Zu alledem hatte sie sich noch angewöhnt, an den Fingernägeln zu kauen, was ihr in den Augen ihrer Tochter den letzten Rest von Würde nahm.

Unterdessen arbeitete Emily an den Hemden, die ihr Miß Easting zum Nähen gegeben hatte, und in ihrer freien Zeit las sie die alten Romane aus der Bibliothek, die sie früher ihrer Großmutter gebracht hatte und deren Titel die Leiterin der Nähstube so entsetzt hatten.

Sie hatte mit dem *Buch der Märtyrer* begonnen, aber dieses Werk, zu dem sie keinerlei Beziehung fand, stieß sie ab; sie zog Übersetzungen fremder ausländischer Romane vor, die ihr sehr gefielen. »Sicher hätten diese Menschen mich verstanden«, dachte sie, wenn sie das Buch schloß. »Meine Seele gleicht der ihren.« Und sie grübelte verbittert darüber nach, warum sie mit einer Frau zusammenleben mußte, die nichts von den zarten Regungen und Vorzügen des Geistes besaß, die sie an sich selbst entdeckte. Am meisten kränkte es sie, daß ihr Leben jeglicher Romantik entbehrte, die sie so sehr liebte. Alle Hindernisse, die sich ihr in den Weg stellten, alle ihre Kümmernisse schienen ihr alltäglich und gewöhnlich. Welcher Romanschriftsteller hätte zum Beispiel von dem unangenehmen Geruch, den ihr Kamin ausströmte, sprechen wollen? Dergleichen war niedrig und gemein.

Da sie unaufhörlich mit sich selbst beschäftigt war, hatte sie Anfälle von Verzweiflung, unter denen sie in ihrer Einsamkeit heftig litt. Dann lehnte sie sich gegen alle Pläne auf, die sie seit ein paar Monaten geschmiedet hatte, und sagte sich weinend immer wieder, daß alles umsonst sei und daß sie sich damit abfinden müsse, so zu leben wie bisher. Manchmal dachte sie an die Gespräche mit Miß Easting. Warum redete denn diese Frau mit ihr übers Heiraten? Es schien Emily, als ob die Ehe für andere geschaffen sei, nicht für sie. Diese Ansicht wurde für sie zu einer unumstößlichen Wahrheit, und es kam ihr gar nicht der Gedanke, ihre Erkenntnis zu überprüfen. Wenn sie an Miß Eastings Ratschläge dachte, fragte sie sich stets von neuem: »Was sollte es mir nützen? Wäre ich dann glücklicher? Warum?« Und keine der Antworten, die sie sich selbst gab, brachte sie von ihrer Meinung ab.

In weniger als vier Tagen hatte sie die Näharbeit beendet, und jetzt saß sie in ihrem verschlossenen Zimmer und hatte keine andere Zerstreuung als das Lesen, weil es zu kalt zum Ausgehen war. Aber nach ein paar Stunden wurde sie ihrer Bücher überdrüssig und wußte nicht mehr, was sie mit der Zeit anfangen sollte. Weil sie immer allein war, ohne jemals mit einem Menschen zu sprechen, ohne sich jemals Bewegung zu verschaffen, wurde sie immer nervöser und weinte bei der geringsten Unannehmlichkeit. Sie ging im Zimmer auf und ab, blieb vor den Bildern und der Steinsammlung stehen, die sie gelangweilt und doch aufmerksam betrachtete. Oft blickte sie auf das Bild ihres Vaters, das zwischen den beiden Fenstern hing. Er schien ihr traurig und spöttisch zuzulächeln und eine stumme Zwiesprache mit ihr zu halten, die sie je nach Laune auslegte. Manchmal trällerte sie, während sie besorgt umhersah, dann ließ sie sich plötzlich schluchzend in einen Lehnstuhl fallen; dann wieder warf sie sich auf das Bett ihrer Großmutter, wälzte sich darauf herum und stieß leise Schreie aus, die von Lachen unterbrochen wurden; dabei vergrub sie den Kopf in das Kissen, das sie sonst nicht berühren konnte, ohne dabei einen fürchterlichen Ekel oder das Gefühl unaussprechlicher Beschmutzung zu empfinden.

31

Der ersehnte Tag, an dem Emily Wilmington aufsuchen sollte, brachte die einzige Abwechslung in ihr sonderbares Leben. Aber wie es häufig geschieht, war ihr plötzlich, nachdem sie zuerst die Stunden gezählt hatte, die sie von dem Besuch bei Miß Easting trennten, die Lust vergangen, sich am festgesetzten Nachmittag zur Nähstube aufzumachen. Sie wäre gerne in dem Zimmer geblieben, in dem sie eine Woche lang wie eine Gefangene gelebt hatte, und machte sich mißmutig auf den Weg. Als sie die Haustür öffnete, traf sie ihre Mutter auf dem Vorplatz; in ihren Militärmantel gehüllt, eine Hand auf die Brüstung gestützt, mit der anderen die Augen beschattend, hielt sie nach rechts und links Ausschau. Als sie Emilys Schritte hörte, wandte sie sich jäh um, schien etwas sagen zu wollen, verschluckte es aber wieder. Sie sah sehr zufrieden aus, rieb sich die Hände und entfernte sich ein paar Schritte.

Es schien fast, als sei Emilys Mißmut auf Prudence Easting übergegangen. Sie empfing Emily kühl, nahm die Hemden und prüfte sie schweigend, nur ein Kopfnicken drückte ihre Anerkennung aus. Ihr derbes Gesicht zeigte den etwas gereizten Ausdruck, den Emily bei ihrem ersten Besuch in der Nähstube an ihr bemerkt hatte. Emily blickte gegen das Licht und sah deutlich die Falten, die in Prudence Eastings Mundwinkel eingegraben waren; die Wangen waren so rosig und dick wie die eines Kindes. Und Emily dachte sich, dies Schmollen lasse sie zehn Jahre älter erscheinen.

»Was gibt's?« fragte Miß Eastings, von Emilys forschendem Blick unangenehm berührt. Diese zuckte schweigend die Achseln, zog *Das Leben der Märtyrer* unter ihrem Schal hervor und legte es auf den Tisch. Miß Easting griff hastig danach.

»Die Bücher dürfen nicht so lange ausgeliehen werden. Sie müssen doch an die Leute denken, die darauf warten und die Bücher brauchen.« Ihre Stimme klang so heftig und schneidend, daß sie selbst darüber zu erschrecken schien. »Verzeihen Sie, wenn ich Sie heute nicht zurückhalte, mir ist nicht wohl.« Sie sprach jetzt in sanfterem Ton.

Bei den letzten Worten übergab Miß Easting Emily ein neues Paket mit Hemden und begleitete sie zur Tür.

Es war zwar mitten im Winter, aber noch ziemlich hell, als Emily heimkehrte. Sie schritt gemächlicher aus, weil sie ein wenig müde war, und dachte mit Freude an den Lehnstuhl am Kamin, der sie erwartete. Von Zeit zu Zeit blieb sie stehen, um Atem zu schöpfen, legte ihr Paket auf die Böschung nieder, verschränkte die Arme unter ihrem Tuch und blickte um sich. Schon konnte sie die großen Tannenbäume von Mont-Cinère sehen, deren Wipfel im kalten Winde hin- und herschwankten. Sie schien eine Weile in Nachdenken versunken und schüttelte den Kopf; dann griff sie seufzend wieder nach ihrem Paket und ging weiter.

Zu Hause erwartete sie eine Überraschung. Die Stimme ihrer Mutter, die sie seit einigen Tagen nicht mehr vernommen hatte, rief im Stiegenhaus nach der Köchin. Zugleich hörte sie im ersten Stock jemand hin- und hergehen. Das kam ihr so sonderbar vor, daß sie unbeweglich stehenblieb, als wagte sie nicht, sich von der Stelle zu rühren.

»Sind Sie es, Josephine?« fragte die Mutter und beugte sich über das Stiegengeländer. Emily war im Begriff zu antworten, als sie eine andere, ihr unbekannte Stimme vernahm, die aus einem der Zimmer kam.

»Lassen Sie nur, gnädige Frau, ich komme ganz gut allein zurecht.«

Emily lehnte sich an einen Sessel. Verblüffung und eine schlimme Vorahnung hielten sie davon ab, in ihr Zimmer zu gehen. Blitzschnell überdachte sie alle Möglichkeiten, die die Anwesenheit eines fremden Menschen im Hause hätten erklären können. Vielleicht hatte die Mutter Besuch von einer Freundin erhalten, oder es war jemandem auf dem Weg nach Mont-Cinère ein Unfall zugestoßen. Ein Name fiel ihr ein: Grace Ferguson, und sie wiederholte ihn halblaut und mechanisch. Plötzlich rief sie: »Mama, was ist denn los?«

»Ah, du bist es«, brummte Mrs. Fletcher, und Emily hörte, wie sie sich entfernte und eine Tür hinter sich schloß. Sie ließ ihr Paket zu Boden fallen und eilte bis zum Absatz des ersten Stockes. Das Geräusch kam aus ihrem Zimmer. Sie öffnete hastig die Tür und blieb sprachlos stehen.

Statt der glimmenden Kohlen, die bei ihrem Fortgehen im Kamin gelegen hatten, brannte jetzt ein Holzfeuer hinter dem Gitter. Das fiel ihr zuerst auf. Dann bemerkte sie einen großen, schwarzen, geöffneten Koffer mitten im Zimmer. Allerhand Kleinigkeiten lagen verstreut auf dem Teppich und den Sesseln: Bücher, ein Stock und ein Stockschirm, der mit einer Rüsche und Quasten geschmückt war; diese Einzelheiten fesselten sie so sehr, daß sie wie gebannt auf den Schirm blickte, als ob er die Lösung des Rätsels enthalte. Jetzt hörte sie Stimmen aus dem Ankleidezimmer. Sie lauschte. Die leise, demütige Stimme ihrer Mutter murmelte unverständliche Antworten auf Fragen, die eine scharfe, geschwätzige Stimme ihr stellte. Es brauste in Emilys Ohren und zuerst verstand sie nichts, aber plötzlich enthüllte ihr ein Satz, deutlicher vernehmbar als die anderen, die Wahrheit, die sie zu hören fürchtete.

»Gut, gnädige Frau«, sagte die Stimme der Unbekannten, »ich werde mich mit dem begnügen, was Sie mir zur Verfügung stellen. Es ist also abgemacht, daß das Zimmer geheizt wird. Ich werde dafür besonders bezahlen.«

»Was soll das heißen?« rief Emily, ohne sich von der Stelle zu rühren. Sie zitterte so sehr, daß sie sich setzen mußte. Mrs. Fletcher erschien in der Tür und hob wütend die Hand. »Verlaß dieses Zimmer!« befahl sie flüsternd.

Emily schüttelte langsam den Kopf, aber sie besaß nicht genug Kraft, etwas zu antworten.

»Miß Gay«, sagte Mrs. Fletcher mit liebenswürdiger Stimme und wandte sich dabei zum Ankleidezimmer, »wenn Sie herauskommen, werde ich Ihnen meine Tochter vorstellen.«

Und sie trat beiseite, um Miß Gay Platz zu machen, die rasch und ungezwungen eintrat. Sie war klein und dick, trug einen schwarzen Atlasumhang, der sie umflatterte und sich wie ein Segel blähte. Die Flügel ihrer Tüllhaube waren mit einem breiten, malvenfarbigen Band unter dem Kinn befestigt. Ihr Gesicht war rot, der Mund stand offen, als ob sie etwas sagen wolle; ihre wimpernlosen Augen schienen unaufhörlich nach etwas zu suchen. Mit einer affektierten Bewegung warf sie den Kopf zurück, wodurch der fleischige, mit goldenen Kettchen geschmückte Hals sichtbar wurde. Als sie Emily bemerkte, ging sie ihr einige Schritte entgegen, hielt aber inne, als sie das mißmutige Gesicht des jungen Mädchens sah. Emily erhob sich schweigend. Mrs. Fletcher stellte sich hastig zwischen die beiden und sagte geschäftig: »Das ist meine Tochter Emily«, und zu dem jungen Mädchen gewandt: »Hol die Köchin.« Aber, wie es manchmal geschah, wenn sie sehr erregt war, versprach sie sich und sagte so etwas wie: »Geh mir, hol mich die Köchin.« Emily lächelte. »So geh schon«, schrie sie plötzlich wütend und wurde feuerrot dabei.

»Ach, gnädige Frau, vielleicht möchte Miß Emily mit mir Bekanntschaft schließen?« Miß Gay trat näher und winkte mit ihren kleinen Händen, die in Zwirnhandschuhen steckten. »Sie könnte mir vielleicht helfen, meine Wäsche einzuräumen.«

Sie legte die Hand auf Emilys Arm, aber das junge Mädchen rührte sich nicht.

»Wir werden gute Freundinnen werden«, fuhr Miß Gay in dem gutmütigen Ton eines Menschen fort, der zwischen zwei Gegnern Frieden stiften möchte, indem er ihre Aufmerksamkeit vom Gegenstand des Streites ablenkt. »Ich sehe hier ein Porträt, das Ihnen ähnlich sieht, Emily.« Sie zeigte mit einer respektvollen Geste auf die Photographie Stephen Fletchers, der diese Szene mit bitterer Ironie beobachtete. Mrs. Fletcher zog sich in den Hintergrund des Zimmers zurück, als wolle sie die Bücher und die Wäsche ordnen, die auf den Möbeln verstreut umherlagen, aber eigentlich nur, weil sie sich in Gegenwart ihrer Tochter und bei Miß Gays Reden unbehaglich fühlte. »Das ist sicher Ihr Papa?«

»Ja, gnädige Frau«, erwiderte Emily mit erstickter Stimme.

»Und... was tut er? Werde ich ihn sehen?« fuhr Miß Gay zögernd fort, als ob sie ihre Frage bereue, bevor sie sie noch gestellt hatte. »Ach, entschuldigen Sie«, rief sie, als sie Emilys Betroffenheit bemerkte, und wandte sich hastig an Mrs. Fletcher: »Wie schön für Sie, Mrs. Fletcher, eine große Tochter zu haben, die Ihnen hilft. Sie ist sicher tüchtig und arbeitsam.« Mrs. Fletcher blickte verstohlen auf Emily und schwieg.

»Jetzt muß ich aber endlich mein Zimmer in Ordnung bringen«, sagte Miß Gay, als sie bemerkte, daß alles, was sie sagte, verlegenes Schweigen hervorrief. »Wollen Sie mir helfen, kleines Fräulein?«

Emily richtete sich jäh auf und verschränkte die Arme unter ihrem Schal. Die letzten Worte hatten sie offenbar aus ihrer schmerzlichen Erstarrung geweckt.

»Nein, gnädige Frau«, entgegnete sie mit schneidender Stimme.

Miß Gays Gesicht verwandelte sich sofort; ihre Mundwinkel senkten sich langsam, und die blauen Augen blickten streng.

»So, so«, murmelte sie, »dann eben nicht.« Sie wandte sich zu Mrs. Fletcher, die Emily verzweifelte Zeichen machte, »ich glaube, daß ich mich ganz gut allein behelfen kann, danke schön.«

Langsam, mit gespielter Ruhe, öffnete sie die Spange, die ihren Umhang über der Brust zusammenhielt, und legte ihn aufs Bett. Ein leichtes Zittern befiel ihre Hände, sie warf den Kopf zurück und blickte geradeaus. Ihr Mieder aus schwarzem Atlas ließ unter dem glänzenden Stoff die kräftigen Schultern hervortreten und schnürte ihre Taille so sehr zusammen, daß sie nur mit Mühe atmen konnte. Sie keuchte wie ein zorniges Tier, ließ sich in einen Lehnstuhl nieder, schlug die Beine übereinander und wärmte die Sohlen am Feuer. Weder Mrs. Fletchers bestürzte Miene noch Emilys unbewegliche Haltung schienen sie zu kümmern. Eine Zeitlang herrschte Schweigen. Mrs. Fletcher setzte sich und machte Miene, etwas zu sagen, aber Emily pflanzte sich vor Miß Gay auf und fragte sie feindselig:

»Haben Sie etwa die Absicht, dieses Zimmer zu mieten, gnädige Frau?«

Miß Gay klammerte sich an die Lehne ihres Stuhles und neigte sich zu Mrs. Fletcher, die blaß geworden war.

»Kann jemand dagegen Einspruch erheben? Gehört dieses Haus nicht Ihnen?«

»Selbstverständlich.« Mrs. Fletchers Stimme klang dumpf, und sie maß ihre Tochter mit Augen, in denen ein solcher Haß brannte, daß ihre Farbe verändert schien.

Emily heftete den Blick auf ihre Mutter. Es schien ihr, als ob ein starkes Brausen die Luft erfülle und jedes Geräusch um sie her ersticke. Nie zuvor hatte sie diese eigentümliche Kraft in ihrem Innern gefühlt, diese hervordrängende, rasende Kraft, die der Zorn verleiht. Sie mußte an sich halten, um diesen beiden Frauen, die sie schweigend betrachteten, nicht ins Gesicht zu schlagen. Die langen schwarzen Haarsträhnen auf ihrer Stirn zitterten, sie schob sie ein paarmal mit einer heftigen Bewegung zurück. Es war, als dringe ihr ein Messer ins Herz. Sie lehnte sich an eine der Säulen des Bettes und überlegte einen Augenblick lang, was sie beginnen sollte. Plötzlich wandte sie sich ab, ging zur Tür, riß sie auf und warf sie geräuschvoll hinter sich zu. Da hörte sie Miß Gay mit scharfer Stimme sagen:

»Soll ich Ihnen helfen, ihren Willen zu brechen? Gegen solche Charaktere muß man unbarmherzig vorgehen. Nehmen Sie zum Beispiel meinen jüngeren Bruder. Als er dreizehn war...«

Das junge Mädchen horchte eine Weile, aber plötzlich senkte sich die Stimme, um den Worten mehr Nachdruck zu verleihen, und bald vermochte Emily gar nichts mehr von dem Gemurmel zu verstehen und entfernte sich.

Wie immer, wenn sie nicht aus noch ein wußte, ging sie in ihr Zimmer und setzte sich an den Tisch. Nur hier fühlte sie sich wirklich frei, hier hatte sie niemals die verhaßte Gegenwart ihrer Mutter zu fürchten, denn Emilys Zimmer war von allen Räumen der einzige, den Mrs. Fletcher aus einem instinktiven Schamgefühl mied.

Emilys erster Gedanke war, dem Pastor zu schreiben, und sie begann einen Brief, in dem sie versuchte, ihm all die Widerwärtigkeiten zu schildern, gegen die sie zu kämpfen hatte. Aber sie schrak davor zurück, sich über ihre Mutter zu beklagen und einen fremden Menschen als Richter anzurufen; auch hatte sie noch keine vier Zeilen geschrieben, als sie sich bewußt wurde, daß der Brief schlecht war: alles, was sie sagte, war zu unklar, zu verworren. Niemals würde Sedgwick es verstehen können, und selbst wenn er es verstünde, was konnte er tun? Würde er ihr nicht raten, zu heiraten? Trotz der Verwirrung, in der sie sich befand, mußte sie über diesen Gedanken lachen. Sie zerriß ihren Brief und begann im Zimmer auf und ab zu laufen, um sich zu erwärmen. Der Wind heulte in den Gängen, und das Kamingitter klirrte. Es gab nichts Traurigeres in dem großen Haus als den Einbruch der

Dämmerung. Emily preßte ihren Kopf an die Fensterscheibe und betrachtete den düsteren winterlichen Himmel, der sich am Horizont rot färbte und allmählich dunkel wurde.

Sie hustete und preßte dabei die Arme an die Brust, als wolle sie so den Husten, der sie zerriß, unterdrücken. Als der Anfall vorüber war, lehnte sie sich an die Wand und keuchte erschöpft. Schweißtropfen bildeten sich an den Haarwurzeln, ihre Beine versagten ihr den Dienst, sie setzte sich und legte ihr Tuch wieder um die Schultern. Dann senkte sie den Kopf und dachte nach.

32

Eine halbe Stunde später ging sie die Treppe hinunter. Als sie an dem Zimmer vorbeikam, in dem ihre Großmutter gestorben war, hörte sie die Mutter laut und fröhlich mit Miß Gay sprechen. Ab und zu drang ein flackernder Lichtschein durch die Tür, der bewies, daß das Kaminfeuer brannte und die Lampe noch nicht angezündet war.

Emily blieb erst unter der Haustür stehen. Es war stockfinster und ein heftiger Wind blies, aber die Luft war milder, und große Regentropfen schlugen an die Mauern des Hauses. Emily ging ein paar Schritte unter den Bäumen hin und her, dann besann sie sich plötzlich und zog sich ins Haus zurück.

Kurz darauf erschien sie wieder, mit einem kleinen Samthut auf dem Kopf, Handschuhen und einem Schirm, den sie öffnete, als sie vors Haus trat. Da sie alle Wege des Parks genau kannte, erreichte sie das Gitter trotz der tiefen Dunkelheit und trotz des Windes, der sie zwang, den Kopf zu senken. Die Zweige der Tannenbäume, die im Wind knarrten, streiften sie, und ein paarmal hörte sie, wie die mächtigen Äste im Sturm ächzten. Dieses Heulen und Toben erschreckte sie fast ebensosehr wie es sie beflügelte, und sie war froh, endlich auf freiem Feld zu sein, wo das Brausen schwächer wurde. Sie schritt rasch aus, den Rücken unter dem Schirm gebeugt, den sie mit beiden Händen festhielt. Schon begann der regennasse Boden aufzuweichen, und hie und da bildeten sich kleine Pfützen.

Emily begann zu laufen und zog ihr Tuch fester über der Brust zusammen; sie hielt den Blick auf die großen weißen Steine gerichtet, die den Boden bedeckten und ihr halfen, sich zwischen den schwarzen Böschungen, deren Silhouette mit dem Horizont verschmolz, zurechtzufinden. Stolpernd und erschöpft glaubte sie unzählige Male, daß sie nun stehenbleiben müsse und nicht imstande sei, noch einen einzigen Schritt zu tun, aber eine gebieterische Macht stieß sie vorwärts, und schließlich vergaß sie ihre Müdigkeit. Als sie an einer Wegbiegung endlich ein Licht erblickte, war sie erstaunt, so rasch vorangekommen zu sein; sie lehnte sich an einen Baum, um einen Augenblick Atem zu schöpfen, und schob die Haarsträhnen, die ihr durch Schweiß und Regentropfen an Stirn und Wangen klebten, unter ihren Hut. Der Wind hatte sich gelegt, aber der prasselnde Regen machte ein Geräusch, das dem Stampfen einer unsichtbaren Menschenmenge glich.

Einige Minuten später klopfte Emily an Stevens' Tür. Der alte Köter, der vor dem Hause schlief, lief auf sie zu, beschnupperte ihre Schuhe und bellte heiser. Ein Gesicht erschien am Fenster, das trotz Dunkelheit und Regen zu erkennen versuchte, wer der Besucher sein mochte, und fast im selben Augenblick wurde die Tür geöffnet.

Emily wandte den Kopf und schloß die Augen, weil das Licht sie blendete; dann trat sie ein, gefolgt von dem Hund, der sich vor dem armseligen Holzfeuer niederließ.

Bis zu diesem Augenblick war Emily ruhig und entschlossen gewesen, aber beim Betreten dieses Hauses schien es ihr, als verließen sie plötzlich die Kräfte. Sie setzte sich auf eine Bank an der Wand und schloß die Augen. Ein beißender Geruch durchzog den Raum, es war dieser Rauchgeruch, an den sie sich so gut erinnerte und der ihr wieder ihren ersten

Besuch in Rockly ins Gedächtnis rief. Wie lange war das her! Als sie die Augen öffnete, stand Frank vor ihr.

»Kommen Sie zum Feuer und wärmen Sie sich«, sagte er leise. »Sie sehen müde aus.«

Emily machte ein Zeichen, daß sie an ihrem Platz sitzenbleiben wolle und sagte schließlich mühsam:

»Sind wir allein? Ich muß Ihnen etwas sagen.«

Er sah sie verständnislos an. Mit seinen herabhängenden Armen und dem erstaunten Gesicht glich er einem kleinen Jungen, dem schwierige Fragen gestellt werden. Sein offenes Hemd ließ seine braungebrannte Brust sehen; er bemerkte es und schloß hastig den Kragen.

»Verstehen Sie nicht?« fragte Emily, die ihre Fassung wiedergewonnen hatte, als sie Stevens' große Schüchternheit bemerkte. »Es ist wichtig.«

»Ja, Fräulein.«

Und er wiederholte: »Kommen Sie doch ans Feuer.«

Diesmal erhob sie sich und folgte Frank, der einen Lehnstuhl zum Kamin schob und ihn dem jungen Mädchen anbot. Sie setzte sich schweigend und streichelte gedankenverloren die Ohren des Hundes, der zu ihren Füßen schlief. Ihr unsteter Blick suchte Halt an den Gegenständen, die um den Kamin lagen, und es sah aus, als zähle sie sie: Spaten und Harken und ein Reisigbesen. Sie war hergekommen, jetzt mußte sie sprechen, schließlich war er ja nur ein Bauer, eine Art Farmer.

Sie hob den Kopf und sah Frank an; er hatte sich auf eine Bank gesetzt und wartete darauf, daß sie etwas sagte. Aus demselben Gefühl, aus dem er vorhin seinen Kragen geschlossen hatte, streifte er jetzt seine Hemdärmel bis zum Handgelenk hinunter, faltete die Hände und stützte die Ellenbogen auf die Knie. Der Feuerschein traf sein Gesicht von der Seite und verlieh seinen braunen Wangen, die ein mehrtägiger Bart noch kräftiger hervortreten ließ, einen goldenen Ton. Bei einem so gesunden und kräftigen Mann mußte der unstete und verschlagene Blick der hellen Augen überraschen. Emily betrachtete ihn mißtrauisch.

»Hoffentlich störe ich Sie nicht«, sagte sie nach einer Weile.

»Ganz und gar nicht.«

Emily schien einen Augenblick nachzudenken, dann fuhr sie fort:

»Ich habe nicht vergessen, was Sie mir vor einem Monat geschrieben haben. Hätte ich Ihnen damals helfen können, so hätte ich es bestimmt getan.«

»Ach, gnädiges Fräulein, helfen Sie uns doch jetzt.«

»Darüber werden wir sprechen.«

Sie erhob sich und ging zum Fenster; lebhafte Erregung zeigte sich auf ihrem Gesicht, ihre Wangen waren gerötet, ein paarmal preßte sie die Hände so fest ineinander, daß die Knochen knackten. Als sie an einem kleinen Wandspiegel vorüberkam, blickte sie verstohlen hinein und sagte halblaut:

»Mein Gott, bist du häßlich!«

Sie hatte recht; in diesem Gesicht mit der kräftigen Nase und dem schmalen Mund wirkte die flammende Röte, die ihre Wangen jäh überzog, ungefähr wie die Schminke auf den eingefallenen Wangen einer alten Frau.

Sie riß den Hut vom Kopf und warf ihn auf die Bank, dann ging sie mit großen Schritten zum Feuer zurück, ohne sich um den jungen Mann zu kümmern, der nun aufgestanden war und Emily schweigend anblickte; offenbar befürchtete er, ihr durch seine Worte mißfallen zu haben.

»Sie haben mir gesagt, daß Sie arm sind«, sagte sie plötzlich und heftete ihre schwarzen Augen auf ihn.

»Sie sehen es ja selbst.« Und mit einer Handbewegung wies Frank auf den Raum, in dem sie sich befanden.

Emily verschränkte die Arme unter ihrem Tuch:

»Brauchen Sie viel Geld?«

»Ich habe ein kleines Mädchen aufzuziehen.«

»Ein kleines Mädchen? Wo ist es?«

»In Glencoe, bei einer Pflegemutter. Deshalb habe ich Ihnen geschrieben, beim Tode...«

»Ich weiß«, unterbrach ihn das junge Mädchen. Sie setzte

sich wieder ans Feuer und begann die Glut zu schüren.
»Nun«, sagte sie nach einer Weile, »wenn ich Ihnen Hilfe anbieten würde...«

»Ach, gnädiges Fräulein!« rief Stevens.

»Vor einiger Zeit haben Sie angeboten, bei uns zu arbeiten, so wie früher«, fuhr Emily mit fester Stimme fort. »Heute schlage ich Ihnen vor, nicht nur bei uns zu arbeiten...«

Sie zögerte und sah zur Seite.

»Nicht nur in Mont-Cinère zu arbeiten, sondern ganz zu übersiedeln«, sagte sie mit Überwindung.

»Nach Mont-Cinère zu übersiedeln?«

»Verstehen Sie mich denn nicht?« Emilys Stimme klang gereizt. »Ja, dort hinzuziehen und da zu leben.«

Und feuerrot fügte sie hinzu: »Ist Mont-Cinère nicht genauso schön wie Rockly?«

»Selbstverständlich«, rief Frank. »Ich tue, was Sie wollen, ich brauche nur Arbeit.«

Emily bezwang ihre Verwirrung so gut sie konnte.

»Hören Sie zu. Sie haben mir von Ihren Schwierigkeiten erzählt, ich werde Ihnen meine schildern. Aber was immer wir auch heute abend beschließen, geben Sie mir Ihr Wort, daß Sie nie etwas von dem, was ich Ihnen jetzt anvertraue, wiederholen werden.«

»Ich gebe Ihnen mein Wort.«

»Sie können sicher sein, daß ich Ihnen nichts von all dem sagen würde, wenn ich nicht dazu gezwungen wäre«, fuhr Emily mit erstickter Stimme fort, »aber ich kann mir nicht anders helfen.« Sie hielt inne, um sich zu sammeln. »Nun, Sie wissen vielleicht, daß Mont-Cinère eines Tages mir gehören wird, das Haus und alles, was darin ist. Ich betrachte es schon jetzt als mein Eigentum, zumindest hat niemand das Recht, ohne meine Zustimmung daran zu rühren, zum Beispiel Möbel oder irgend etwas von dem zu verkaufen, was mein Erbteil ist.«

Sie geriet allmählich in Eifer, schlug mit ihrer behandschuhten Hand auf die Lehne des Sessels und sagte heftig:

»Alles gehört mir. Was mein Vater bei seinem Tod hinterlassen hat, muß zur Gänze auf mich übergehen. Wenn aber nach und nach das Silber verkauft wird oder die Möbel, wenn Fremde bei mir wohnen, als ob das Haus ihnen gehöre, dann werde ich mit zwanzig Jahren, oder an dem Tage, wo meine Mutter stirbt – ich weiß ja nicht, wann sie sterben wird – nichts mehr besitzen und weiß Gott wo leben müssen.«

Emily merkte, daß sie sich von ihren eigenen Worten fortreißen ließ und daß Frank ihr nicht mehr folgen konnte. Da erklärte sie ihm die Lage, in die sie durch den Geiz ihrer Mutter gebracht worden war; alles, was sie seit Wochen in ihrem Herzen verborgen hatte, bahnte sich nun einen Weg in einer Flut haßerfüllter Worte. Noch nie hatte sie sich zu solch einem Zornesausbruch hinreißen lassen; vor allem hatte sie sich noch nie jemandem anvertraut, wie sie sich jetzt diesem Fremden anvertraute. Eine leidenschaftliche Erregung trieb ihr das Blut in die Wangen und gab ihren weit aufgerissenen Augen lebhafteren Glanz. Dieses Herz, das bis heute nur von Zorn und Enttäuschung erfüllt war, öffnete sich vielleicht zum ersten Mal im Leben und befreite sich mit einer wilden Freude von seiner Last.

»Sie wissen nicht, was es heißt, mit einer Frau wie meiner Mutter zusammenzuleben. Sie haben sie gesehen, sie macht einen sanften, schüchternen Eindruck: Es gibt Leute, die sie »die gute Mrs. Fletcher« nennen. Nun, mir wäre lieber, ich würde jeden Abend geprügelt werden, als meine Tage unter demselben Dach mit ihr zu beschließen. Alle Bitterkeit meines Lebens verdanke ich ihr. Mir ist Tag und Nacht kalt, ich habe in meinem Zimmer kein Feuer, nicht genug Decken im Bett, ich huste, bin krank, alles durch ihre Schuld. Ich bin unglücklich, häßlich, jawohl häßlich, das ist auch ihre Schuld! Wenn ich sie sehe oder mir ihr sprechen muß, so drängt mich etwas, das ich kaum beschwichtigen kann, mich auf sie zu stürzen, sie zu beschimpfen, sie zu schlagen; dann zittern meine Hände, und es kommt mir vor, als hätte ich Fieber. Sie werden das vielleicht Zorn nennen, aber dieses Wort besagt nichts. Wenn Ihr Spaten sich an einem Stein verbiegt, während Sie jäten, geraten Sie in Zorn und werfen den Spaten fort; wenn Ihr Pferd bockt, dann schlagen Sie es; all das ist Zorn. Aber sagen Sie mir, weshalb schon der bloße Anblick meiner Mutter genügt, bevor sie noch ein Wort spricht, bevor sie mich ansieht, daß ich den Wunsch habe, sie zu töten? Einmal hatte die Mutter ihren Hut auf einen Stuhl gelegt; ich schlug darauf los, wie man auf einen Feind losschlägt, trat ihn mit Füßen; das ist sicher lächerlich, aber ich verschweige Ihnen nichts. Zu alledem, zu meinen Gefühlen für diese Frau, die ich von Anbeginn, seit meiner Kindheit hasse, müssen Sie noch hinzufügen, was sie tut, um mich zu reizen. Auf heimtückische Weise veräußert sie die Hinterlassenschaft meines Vaters. Sie verkauft, wie und wo könnte ich nicht sagen, alles Wertvolle aus unserem Besitz. So haben wir zum Beispiel kein Silber mehr. Ich habe ein Verzeichnis der Gegenstände entdeckt, die sie verkaufen will: alles, was nicht unumgänglich notwendig ist, wird dem geopfert, was sie Sparsamkeit nennt. Sie spricht sogar davon, das Haus zu verkaufen...«

»Mont-Cinère verkaufen!« rief Frank und machte große Augen.

»Ja.« Emily schwieg einen Augenblick, dann fuhr sie ruhiger fort: »Ich bin hergekommen, um Sie um Ihre Hilfe zu bitten.«

»Wie könnte ich Ihnen helfen, gnädiges Fräulein?«

Der junge Mann blickte bei diesen Worten drein, als ob er plötzlich fürchte, sich in ein peinliches Abenteuer eingelassen zu haben.

Emily richtete sich in ihrem Lehnstuhl auf und sagte entschlossen:

»Ich werde es Ihnen erklären. Sie leben hier elend und allein, nicht wahr? Außerdem wissen Sie nicht, wovon Sie morgen leben werden, wo Sie Geld auftreiben sollen. Ich habe ein großes Haus, das mir eines Tages allein gehören wird, vielleicht bald, sofort, wenn ich meine Mutter zwingen kann, meine Rechte anzuerkennen. Denn wenn ich warte, bis ich volljährig bin, so ist es sehr leicht möglich, daß meine Mutter bis dahin unser ganzes Gut veräußert hat, und wo werde ich dann leben? Was soll ich tun? Da sie sich durch Vernunftgründe nicht überzeugen läßt (versuchen Sie einmal, vernünftig mit ihr zu reden!), werde ich sie mit Gewalt zum Nachgeben zwingen.«

Ihre Hände zitterten in ihrem Schoß; sie zog ein Taschentuch aus dem Rock und schneuzte sich.

»Verstehen Sie jetzt, was ich will?« fragte sie mit einer Stimme, aus der man die Tränen heraushörte. »Sie müssen mir helfen, ich muß Herrin auf Mont-Cinère werden. Gestern hat sie eine Frau, eine Fremde, bei uns aufgenommen, der sie ein Zimmer vermietet, das Zimmer, in dem mein Vater starb, in dem im letzten Monat meine Großmutter gestorben ist. Alles im Namen ihrer verhaßten Sparsamkeit! Glauben Sie, sie sei arm? Sie ist reich! Sie ist ein Geizkragen, wie er nur in Romanen geschildert wird! Sie hat in Wilmington ein Bankkonto, das ganze Geld, das uns mein Vater hinterlassen hat, und mein Vater war reich. Solange er lebte, hatten wir Dienstboten, alle Zimmer wurden von den ersten kalten Tagen an geheizt, und das Essen war gut. Ich will, daß bei uns alles wieder so wird wie damals; das ist ganz einfach, ich werde das sehr gut wieder einrichten können, aber ich brauche jemanden, der mir hilft, der stark ist, vor dem sich meine Mutter fürchtet. Vor allem muß Miß Gay vor die Tür gesetzt werden...«

Sie erhob sich und stampfte mit dem Fuß, als sie diesen Namen aussprach. Frank sah sie an; in seinem Gesicht drückte sich Besorgnis aus und der Wunsch, das, was ihm das junge Mädchen sagte, zu verstehen, vor allem aber, ihr nicht zu mißfallen.

»Sie müssen mit mir kommen«, fuhr sie fort. »Es genügt schon, meiner Mutter zu drohen, dann überläßt sie mir alles. Sie wissen gar nicht, wie feige sie ist. Manchmal schreit sie zwar, aber gerade dann hat sie am meisten Angst.«

»Aber ich kann doch nicht«, stammelte Frank.

»Sie können nicht?« fragte Emily mit schneidender Stimme. »Und warum nicht, können Sie mir das vielleicht sagen?«

»Ich bin doch niemand in Mont-Cinère!«

»Wieso denn? Sie sind niemand in Mont-Cinère, wenn Sie mich heiraten?« rief Emily wütend.

Frank sah sie an, wie man eine Wahnsinnige ansieht. »Sie heiraten? Sie hatten nicht gesagt, daß...«

»Doch, ich habe es gesagt, aber Sie leben wahrscheinlich lieber hier, in Ihrem garstigen Rockly, als in Mont-Cinère, Mont-Cinère...« Sie wiederholte diesen Namen mit bewegter Stimme, als ob er sie ersticke. Plötzlich ließ sie sich in den Lehnstuhl sinken und wurde sehr blaß. Sie zog die Handschuhe aus und hob die Hände vors Gesicht.

»Verzeihen Sie«, sagte Frank, »ich hatte nicht verstanden.«
Und er erging sich in Entschuldigungen.

Ein paar Minuten blieb er verblüfft vor Emily stehen und wagte nicht zu glauben, was sie ihm gesagt hatte. In der Stille war nur der Regen vernehmbar, der mit eintönigem Geräusch an die Scheiben schlug, und ein schwaches Zischen des feuchten Holzes im Kamin.

Es wurde dunkel. Frank erhob sich von der Bank und zündete eine Lampe an, die er auf den Tisch stellte. Seine Bewegungen waren so langsam wie die eines Menschen, der über etwas nachdenkt und alles nur mechanisch tut.

»Also gut«, sagte er endlich. »Ich komme nach Mont-Cinère, wann Sie wollen. Ich werde Rockly verkaufen.«

Emily sah ihn an und antwortete nicht.

Emily verbrachte die Nacht in Rockly.

Sie schlief nicht. Sie saß im Lehnstuhl, aus dem sie sich anscheinend nicht zu erheben vermochte, in Gedanken versunken, die ihrem Blick etwas Starres und Bitteres gaben.

Vergebens versuchte Frank sie zum Sprechen zu bringen, sie zog nur die Brauen zusammen, wenn er eine Frage an sie stellte, und gab keine Antwort. Ebenso hartnäckig weigerte sie sich, sein Abendessen, das er ihr anbot, mit ihm zu teilen. Ihr Benehmen überraschte und beunruhigte ihn. Bereute sie schon, was sie gesagt hatte? Es schien ihm klüger, nicht weiter in sie zu dringen, und er setzte sich zu Tisch und begann, Gemüsesuppe und Maisbrot zu essen.

Er verzehrte langsam seine Mahlzeit und beobachtete dabei verstohlen das junge Mädchen, das ihn nicht zu bemerken schien, obgleich sie ihm gegenübersaß und ihm ins Gesicht sah; sie sah aus wie jemand, der in tiefes Grübeln versunken ist und sich nicht daraus befreien kann. Aber von Zeit zu Zeit ließ Emily ihren Kopf gegen die Lehne sinken und stöhnte fast unhörbar. Sie öffnete ihr Tuch ein wenig. Durch ihre Glieder, die das Feuer nicht hatte erwärmen können, jagten Fieberschauer, ein unaufhörlicher Kopfschmerz peinigte sie; sie schloß die Augen und schlief ein, ohne es zu wissen.

Als sie erwachte, war das Zimmer leer. Der Hund schlief zu ihren Füßen ausgestreckt vor dem Kamin, und sein Kopf lag auf den Steinen der Feuerstelle. Ein trauriges, unbestimmtes Licht sickerte durch die Fensterläden, und Emily erkannte, wo sie sich befand. Ihr Herz schnürte sich zusammen bei der Erinnerung an das, was sie getan hatte, und schon empfand sie Ekel vor der Aufgabe, die sie sich gestellt hatte. Eiskalter Schweiß rann ihr langsam über Schläfen und Wangen. Sie schloß ihren Umhang über der Brust und versuchte das Feuer wieder anzufachen, dessen Asche noch warm war, aber sie weckte nur den Hund, der sich reckte und knurrend seine Pfoten zu lecken begann.

Es hatte aufgehört zu regnen. Nur die Käuzchen unterbrachen die nächtliche Stille mit ihren zitternden Klagen, die manchmal an menschliche Laute erinnern. Emily fürchtete sich. Nachdem sie ein paar Minuten im Halbdunkel gesucht hatte, fand sie die Lampe und zündete sie an.

Das Licht beruhigte sie ein wenig, sie kniete vor ihrem Lehnstuhl nieder und betete.

34

Mrs. Fletcher war über das Verschwinden ihrer Tochter nicht sonderlich besorgt: sie glaubte, Emily halte sich aus Trotz in ihrem Zimmer auf, wie schon so oft, und sie freute sich über die Abwesenheit ihrer Tochter, die ihr gestattete, friedlich mit ihrer Mieterin zu speisen.

Miß Gay gefiel ihr; sie fand, daß ihre Art zu sprechen und die Dinge zu beurteilen viel Humor und gute Laune zeige, und das nahm sie für sie ein. Sobald Emily das Zimmer verlassen hatte, begannen die beiden Frauen mit plötzlicher Herzlichkeit ein Gespräch. Die frostige Haltung des jungen Mädchens hatte in beiden den Wunsch geweckt, einander ihr Herz auszuschütten. Maria Gay behauptete, sie habe sofort gesehen, in welch trauriger Lage sich die Bewohner von Mont-Cinère befänden, und bot Mrs. Fletcher ihren liebreichen Beistand an wie einer alten, erprobten Freundin.

Maria Gays Worte gingen Mrs. Fletcher zu Herzen, sie wischte sich die Augen und dankte ihr; Hand in Hand gingen sie ins Speisezimmer, mit einer Sorglosigkeit plaudernd, die sie beide verjüngte. Noch nie hatte Mrs. Fletcher ein solches Vergnügen empfunden, daß ihr bei der Schilderung ihres Unglücks jemand zuhörte; sie erzählte, was sie alles durchgemacht habe, seit ihr Mann gestorben war, und stellte sich als Opfer einer schweren Pflicht dar, für die ihr niemand Dank wußte; dann sprach sie von dem Kampf, den sie gegen die

Verschwendungssucht ihrer Tochter führen müsse, für die sie unermüdlich sorge.

Miß Gay verstand jede Andeutung und beendete die Sätze ihrer neuen Freundin, wenn Mrs. Fletchers Redeschwall ins Stocken geriet. Auch sie hatte so manches Kreuz zu tragen gehabt; und sie zählte alle Unglücksfälle auf, die ihr widerfahren waren, und beschrieb jeden einzelnen ganz genau, mit der Hast und der Eile eines Schulkindes, das fürchtet, einen Teil der Lektion, die es aufsagt, zu vergessen.

»Wir sind füreinander geschaffen«, wiederholte sie immer wieder. Da seufzte Mrs. Fletcher, von einer seltsamen Erregung erfaßt, weinte leise und drückte schweigend Miß Gays Hand.

Es war, als kennten die beiden sich seit ihrer frühesten Jugend und hätten sich nach langer Trennung wiedergefunden.

»Mein ganzes Leben habe ich darunter gelitten«, sagte Miß Gay zu ihrer neuen Freundin, »daß ich mich niemandem anvertrauen konnte.«

Sie erzählte, sie sei in einer Familie aufgewachsen, die ihre Art zu denken niemals verstanden habe und anscheinend nur Befriedigung darin fand, ihr in allem und jedem entgegenzuarbeiten. So habe sie schließlich verzweifelt ihre Mutter und ihre drei Schwestern verlassen und es vorgezogen, allein in Frieden zu leben. Und seit vier Jahren ziehe sie in ganz Virginia von einer Stadt zur anderen, auf der Suche nach einem Hotel, einer Pension, wo sie sich zu Hause fühlen könne, aber überall sehe sie sich durch die Unverträglichkeit der Leute gezwungen, wieder aufzubrechen. Endlich hatte sie die Ankündigung im *Wilmingtoner Anzeiger* gelesen. Mont-Cinère! Wie oft hatte sie sich diesen Namen vorgesagt! Eine Ahnung sagte ihr, daß sie bei dieser Mrs. Fletcher, die sie doch gar nicht kannte, glücklich werden würde. (Dabei drückte sie Mrs. Fletchers Arm.)

»Erlauben Sie mir, Sie Kate zu nennen«, rief sie mit zärtlichem Ungestüm, blickte dabei Mrs. Fletcher durch ihre gewölbten Brillengläser an und lachte ihr freundlich zu.

Sie war für alles sofort Feuer und Flamme, konnte nicht erwarten, das Haus zu besichtigen und seine Geschichte zu hören. Alles gefiel ihr in Mont-Cinère: die Anordnung der Zimmer, die Wahl der Möbel. Sie faltete die Hände vor den Bildern und beschwor Mrs. Fletcher, ihr doch etwas über die Herkunft der Raritäten im Salon zu erzählen.

»Mein Mann hat sie von einer Reise nach Europa mitgebracht«, antwortete Mrs. Fletcher immer wieder, und Miß Gay stieß Rufe der Bewunderung aus.

Vor dem Hause sagte Miß Gay: »Die Lage von Mont-Cinère ist wirklich herrlich. Ja, hier will ich leben! Ich möchte diese Gegend gern so gut wie Sie kennen, Kate!«

»Das ist nicht schwer, die Gegend ist so eintönig.«

»Aber welche Größe, Kate! Welche Majestät!«

»Wirklich?« Mrs. Fletcher fühlte sich durch dieses Entzücken ein wenig peinlich berührt.

Gleich nach dem Essen gingen sie wieder hinauf, weil es im Speisezimmer kalt war, sogar wenn die Küche offenstand. Und wieder sprachen sie von Emily.

»Ich kenne diese Art von jungen Mädchen ganz genau«, sagte Miß Gay und wärmte sich dabei behaglich die Füße am Kamin. »Eigenwillig, unverschämt, genau wie mein Bruder, als er dreizehn Jahre alt war. Da gibt es nur eines: energisch sein, um mit solchen kleinen Rebellen fertig zu werden, Kate: Sie trotzt Ihnen? Lassen Sie sie nur. Sperren Sie Emily einen Tag lang ein, ohne ihr etwas zu essen zu bringen. Sie dürfen auch nicht davor zurückschrecken, sie zu schlagen.«

In diesem Ton sprach sie eine Zeitlang weiter, die Wangen noch vom Essen gerötet. Sie lehnte den Kopf an die Sessellehne, und ihre Blicke schweiften neugierig umher. Mrs. Fletcher saß neben ihr, hörte respektvoll zu und ließ sie nur aus den Augen, um ab und zu Asche auf das Holz zu werfen, wenn sie glaubte, daß es zu rasch verbrenne.

»Sie haben recht«, seufzte sie; und jedesmal, wenn von ihrer Tochter die Rede war, schüttelte sie den Kopf.

Vor dem Schlafengehen umarmten sich die beiden Frauen.

Am nächsten Tag war schönes, klares Wetter; der Himmel zeigte ein hartes, kaltes Blau, das Frost ankündete. Miß Gay schlug einen Spaziergang im Garten vor und nahm ihren Umhang und ihre perlgrauen Zwirnhandschuhe, die sie sorgfältig zuknöpfte.

Sie stieß einen Schrei aus, als sie sah, daß ihre Freundin ohne Schal und Mantel ausgehen wollte.

»Werden Sie gleich etwas umnehmen«, befahl sie.

Mrs. Fletcher wehrte sich schwach, endlich warf sie ihren Militärmantel um die Schultern, ohne in die Ärmel hineinzuschlüpfen.

»Das ist ein Reisemantel«, erklärte sie, als ihn Miß Gay stirnrunzelnd betrachtete.

Sie überquerten den großen Rasen und blieben bei den Felsen stehen, um die Aussicht zu genießen, die sich von dieser Stelle aus bot.

»Oh, oh, oh«, wiederholte Miß Gay mit einer Betonung, als ob Worte ihre Bewunderung nicht auszudrücken vermöchten.

Als sich ihr Entzücken gelegt hatte, erhob Miß Gay ihren Schirm und wies damit nach Süden.

»Ich will sehen, ob ich mich zurechtfinde. Dort liegt Manassas. Welche Erinnerungen knüpfen sich daran, Kate!«

Sie begann von dem schrecklichen Krieg zu sprechen, der vor dreiundzwanzig Jahren die Gegend verheert hatte; und das Blut stieg ihr in die Wangen.

»Wir wären Sieger geblieben, jawohl, wir hätten gesiegt, wenn wir nicht zu wenig Munition gehabt hätten! Wir hatten doch die besten Generäle, nicht wahr?«

»Ja, ja«, antwortete Mrs. Fletcher, verschränkte die Hände und betrachtete ein Büschel Gras zu ihren Füßen.

»Wer stand denn schließlich auf der anderen Seite?« fuhr Miß Gay fort und stützte sich dabei auf ihren Regenschirm wie auf einen Säbel; sie neigte den Kopf zur Seite, ihre Augen funkelten vor Zorn. »Grant? Ein Trunkenbold, ein ehrloser Mensch, dem die Leute in seiner Vaterstadt auswichen, der jedem Geld schuldete und sich immer wieder kleine Beträge auslieh, damit er in Gesellschaft anderer Taugenichtse im Gasthaus rauchen konnte. Sherman? Ach, Sherman!«

Ihre Stimme wurde rauh; sie faßte Kate Fletcher am Arm und schüttelte sie.

»Kate, wie denken Sie über Sherman? Dieser Teufel, der eine Feuersbrunst entfachte, wo immer er den Fuß hinsetzte, der sich den Weg durch unser Blut bahnte! Es soll nur niemand wagen, mir von ihm zu sprechen! Er riß uns die Ringe von den Fingern und befahl seinen Soldaten, die Lebensmittel, die sie nicht fortschaffen konnten, zu verschmutzen und zu vernichten. Dieser elende Kerl!«

Sie hob ihren Schirm zum Himmel. Mrs. Fletcher schwieg, aber diese heftigen Worte weckten in ihr alte Erinnerungen, halbvergessene Empörung auf; sie schüttelte den Kopf und stieß einen Seufzer aus; Miß Gay wischte sich die Augen.

Dann kehrten sie um; als sie den Vorplatz überquerten, schneuzte sich Miß Gay und drückte Mrs. Fletcher in einer herzlichen Aufwallung an ihre Brust.

35

In diesem Augenblick hörten sie das Geräusch eines Wagens aus der Richtung von Wilmington. Eine leichte Unruhe zeigte sich auf Mrs. Fletchers Gesicht; sie stützte die Hände auf das Gitter und lauschte.

»Was ist los?« fragte Miß Gay.

»Ich weiß nicht. Gewöhnlich besucht uns niemand, ich habe keine Bekannten in der Nachbarschaft.« Halblaut setzte Mrs. Fletcher hinzu: »Es kann nur Stevens sein oder der Pastor.« Und ohne auf den Besucher zu warten, ging sie ins

Haus. »Kommen Sie doch herein«, rief sie Miß Gay aus dem Vorzimmer zu. »Sie könnten draußen gesehen werden.«

»Weshalb soll ich denn nicht gesehen werden?« erwiderte ihre Freundin und beugte sich neugierg vor.

»Man braucht nicht zu wissen, daß ich in Mont-Cinère bin«, rief Mrs. Fletcher mit erstickter Stimme. »Kommen Sie herein.«

»Ach, lassen Sie mich.« Miß Gay drehte sich nicht einmal um.

Die Tür fiel ins Schloß; Mrs. Fletcher war wütend. Fast im selben Augenblick tauchte ein Wagen vor dem Rasenplatz auf und hielt in geringer Entfernung vor dem Haus. Miß Gay hob die Arme, lief über den Vorplatz, öffnete die Tür und rief mit lauter Stimme: »Kate! Kate! Wo sind Sie? Es ist Ihre Tochter.«

Mrs. Fletcher verließ das Speisezimmer; sie war sehr blaß und mußte sich an die Mauer lehnen.

»Meine Tochter?« wiederholte sie fast unhörbar. Sie machte Miene, ihr entgegenzugehen, besann sich aber plötzlich und ging ins Speisezimmer.

Miß Gay folgte ihr.

»Verstehen Sie denn nicht?« rief sie aufgeregt. »Ihre Tochter Emily ist da; sie kommt nicht allein!«

Miß Gay stürzte zu Mrs. Fletcher und packte ihren Arm.

»Was für ein Skandal, Kate! Kommen Sie doch! Wahrscheinlich ist sie mit ihrem Liebhaber durchgegangen und kehrt jetzt mit ihm zurück! Gewiß hat sie einen Liebhaber, in ihrem Alter!«

Sie schüttelte Mrs. Fletchers Arm, dann ließ sie sie plötzlich los und stürzte mit wehendem Mantel aufgeregt zur Tür hinaus.

Mrs. Fletcher blieb wie betäubt zurück; sie blickte unverwandt auf die Tür, hinter der die alte Jungfer verschwunden war, als ein plötzliches Stimmengewirr sie zusammenfahren ließ. Sie hob rasch ihren Mantel auf, der zu Boden geglitten war, und lief ängstlich in die Küche.

»Meine Tochter Emily...« sagte Mrs. Fletcher zu der Negerin. In ihrer Erregung stotterte sie. »Wo hat meine Tochter Emily gestern zu Abend gegessen?«

»Fräulein Emily?« wiederholte die Köchin erschreckt.

»Nun ja«, Mrs. Fletcher stampfte mit dem Fuß auf. »Es ist Besuch da«, fuhr sie heftig fort, »schauen Sie, wer es ist.«

Josephine wollte ihre blaue Schürze ablegen, aber die Herrin schob sie hinaus.

»Nein, gehen Sie nur so und sagen Sie, daß ich nicht zu Hause bin.« Sie schlug die Tür zu und setzte sich seufzend auf einen Stuhl. Ihr Herz pochte heftig, deutlich spürte sie die dumpfen Schläge unter ihrem weiten Mantel. Ein paar Minuten vergingen, dann hörte Mrs. Fletcher Schritte im Speisezimmer und die kalte Stimme ihrer Tochter, die mit Josephine sprach. Eine große Mattigkeit überkam sie; sie lehnte den Kopf an den Spülstein und schloß die Augen; jetzt drangen Emilys Worte an ihr Ohr:

»Wo ist sie? Ich weiß, Josephine, daß sie nicht ausgegangen ist.«

Im selben Augenblick trat Emily mit funkelnden Augen in die Küche.

»Was tust du denn hier, Mama?« fragte sie sehr erstaunt. »Komm doch herein.«

Emily faßte ihre Mutter am Arm und führte sie ins Speisezimmer, wo sich drei Personen befanden, aber es kam Mrs. Fletcher vor, als sei der Raum voller Menschen. Miß Maria Gay hatte sich auf einen Stuhl nahe dem Tisch gesetzt und machte den Eindruck eines Zuschauers im Theater, der auf das Aufgehen des Vorhangs wartet. Die Hände im Schoß, blickte sie mit lebhafter Neugier umher, sah von Zeit zu Zeit dreist zu Frank hinüber und lächelte ihm verstohlen zu, mit der Ungeniertheit alter Jungfern, die sich in Anbetracht ihres Alters allerlei erlauben – als ob das Alter etwas mit dem Benehmen zu tun habe. Der junge Mann, verlegen über diese Aufmerksamkeit, stand ein wenig abseits; über einem Hemd aus derbem Leinen trug er einen braunen Anzug mit Kupferknöpfen und in der Hand hielt er eine lange Peitsche aus Buchsbaumholz, die er nicht im Wagen hatte lassen wollen, wahrscheinlich aus Angst, daß sie ihm gestohlen werden könnte. Sie verlieh ihm aber keine Sicherheit, jedenfalls senkte er linkisch und verschüchtert den Kopf, wie ein kleiner Junge, der aus irgendeinem Grunde fürchtet, man könne ihn bemerken und das Wort an ihn richten.

Emily zog ihre Mutter in den kleinen Salon, schloß die Tür und drehte den Schlüssel herum. Mrs. Fletcher war zu erregt, um Einspruch zu erheben; sie schien die Sprache verloren zu haben. Sie hatte den jungen Stevens erkannt und trug kein Verlangen, ein Gespräch mit diesem jungen Mann zu beginnen, dem sie mißtraute. So ließ sie sich denn mit einer gewissen Erleichterung in den Salon führen. Mrs. Fletcher setzte sich in einen Lehnstuhl, nachdem sie mechanisch den Überzug beiseitegeschoben hatte.
»Ich habe dir etwas mitzuteilen, Mama«, sagte Emily knapp.
»Was denn, Emily?«
Mrs. Fletcher betrachtete sie schweigend; seit ein paar Minuten schien sie nichts mehr von dem, was um sie vorging, zu verstehen. Sie stammelte:
»Was willst du mir sagen?«
»Ich werde heiraten?«
»Du wirst heiraten?«
Emily sah die Mutter verächtlich an. »Findest du das so sonderbar? In ein paar Monaten bin ich sechzehn. Viele Mädchen haben schon früher geheiratet.«
»Aber warum denn? Warum?« Mrs. Fletcher beugte sich vor, dabei runzelte sie die Stirn und hämmerte mit den Fäusten auf die Stuhllehne; ihr Gesicht wurde feuerrot. Plötzlich begann sie zu lachen, hielt aber sofort wieder inne.
»Was hast du gesagt?« fragte sie verstört.
»Bist du taub?« rief Emily. »Ich heirate, ja. Glaubst du, ich werde dieses Leben, zu dem du mich zwingst, weiterführen?

Soll ich vielleicht vor Hunger und Kälte zugrundegehen und zusehen, wie alles verschwindet, was meinem Vater gehörte und was er uns hinterlassen hat? Du wirst schon sehen, daß dieses Haus mir genauso gehört wie dir.«

»Das geht zu weit!« rief Mrs. Fletcher und erhob sich. »Das geht zu weit!«

Die Worte blieben ihr im Halse stecken; sie wiederholte sie mehrmals mit heiserer Stimme.

»Das geht zu weit? Oh, du wirst schon sehen, Mama! Ich werde jemand haben, der mich beschützt. Meinen Mann.«

Dabei brach Emily in Lachen aus und schwenkte die Arme hin und her wie eine Wahnsinnige.

»Ich bin so glücklich, Mama, ich bin so glücklich!«

Und mit einer jähen Bewegung ergriff sie die Hand ihrer Mutter und zog sie empor, als wolle sie mit ihr tanzen. Mrs. Fletcher machte sich heftig los.

»Du tust mir weh!« sagte sie empört. »Du Satan, jawohl, ein Satan bist du! Du lügst, du wirst gar nicht heiraten. Wer würde dich denn überhaupt nehmen, so häßlich wie du bist!«

»Häßlich!« schrie Emily. »Und du? Du hast ja auch geheiratet! Weißt du, wen ich heirate? Stevens, den jungen Stevens, der früher für dich gearbeitet hat. Er ist im Nebenzimmer. Soll er hereinkommen? Er kann es dir selbst sagen, wenn du mir nicht glaubst!«

Mrs. Fletcher lehnte sich an die Wand.

»Was hast du getan?« flüsterte sie, »du bist ja verrückt.«

»Nein, ich bin nicht verrückt, aber jetzt hast du Angst. Stevens hat um mich angehalten, und ich habe ja gesagt.«

»Um dich angehalten...«, wiederholte Mrs. Fletcher. »Wann denn?«

»Gestern.«

»Du lügst. Gestern warst du hier.«

»Ich habe die Nacht in Rockly verbracht.«

»Das ist unmöglich.« Mrs. Fletcher faßte Emily am Handgelenk und zerrte sie wütend hin und her. »Du Unglückliche, du bist entehrt!«

»Ich?« rief Emily. »Warum denn? Was meinst du damit? Wenn du mir nicht glaubst, so rufe ich...«

»Nein! Nein!« Mrs. Fletcher stellte sich vor die Tür. Große Schweißtropfen rannen langsam über ihre Wangen. »Er hat dir gesagt...«, fuhr sie nach einem Augenblick fort.

»Nun ja, Mama. Verstehst du mich denn nicht?«

»Was hat er dir gesagt?«

Und ganz außer sich vor Entsetzen stürzte sie sich auf ihre Tochter und faßte sie an den Armen.

»Sag mir, was er dir gesagt hat«, wiederholte sie in befehlendem Ton.

»Er hat mir gesagt, daß er mich heiraten wird, wann ich will.«

»Wo hat er dir das gesagt? Wann?«

»Gestern abend in seinem Haus.«

Mrs. Fletcher ließ Emilys Arm los und fiel auf die Knie.

»Welche Strafe Gottes!« murmelte sie.

»Glaubst du, daß deine Sünden keine Strafe verdienen?« erwiderte Emily.

36

Am nächsten Morgen fand die Hochzeit statt, und zwar in dem Salon, in dem Emily sich ein paar Stunden vorher mit ihrer Mutter ausgesprochen hatte. Mrs. Fletcher war nicht anwesend. Nachdem sie Josephine geschickt hatte, Reverend Sedgwick zu holen, legte sie sich aufs äußerste erschöpft und mutlos zu Bett; sie erklärte Maria Gay, daß sie während der nächsten Tage ganz allein in ihrem Zimmer bleiben wolle. Aber am Hochzeitsmorgen ließ sie, aus einer der unerforschlichen Regungen der menschlichen Seele, ihre Tochter zu sich ans Bett rufen und sagte ihr mit ruhiger, gefaßter Stimme:

»Hast du daran gedacht, daß du nicht einmal einen Schleier hast, du Unglückskind? Ich gebe dir meinen. Nimm ihn aus meinem Schrank. Möge er dir mehr Glück bringen, als er deiner Mutter gebracht hat!«

»Gib mir einen Kuß«, fügte sie hinzu, als Emily den Schleier gefunden und über den Arm gelegt hatte. Aber das junge Mädchen schüttelte den Kopf.

»Nein, ich habe dich nicht lieb«, sagte sie und ging aus dem Zimmer.

Als Emily in einem weißen Leinenkleid und mit dem Schleier, der ihr Haar bedeckte, ins Speisezimmer trat, kam Prudence Easting auf sie zu und streckte ihr die Hände entgegen; die Leiterin hatte Tränen in den Augen.

»Ich habe den Pastor herbegleitet, ich war gerade im Pfarrhaus, um ihm über die monatliche Arbeit Bericht zu erstatten, als Ihre Köchin kam!« Sie umarmte das junge Mädchen. »Liebes Kind, Sie haben meinen Rat befolgt.«

Sedgwick trat ebenfalls zu Emily und gratulierte ihr.

»Sie haben sich sehr schnell entschlossen; der Himmel segne Ihren Entschluß.«

Auf alle diese Reden erwiderte Emily nichts und entzog sich eilig Miß Gays überströmender Zärtlichkeit, die sie nun auch in die Arme schließen wollte.

»Welch ein Glück«, wiederholte sie immer wieder, »daß ich gerade zur rechten Zeit gekommen bin, um dies alles miterleben zu können.«

Und sie fragte den Pastor, ob er viele derart romantische Eheschließungen kenne.

Frank stand ein wenig abseits und blickte jedesmal, wenn er sich beobachtet glaubte, zum Fenster hinaus. Seit seiner Ankunft in Mont-Cinère hatte er noch kaum ein Wort gesprochen; er hatte die Nacht angekleidet auf einem Kanapee im Salon verbracht und war schon um fünf Uhr aufgestanden und im Garten spazierengegangen.

»Er ist aufgeregt und deshalb so ernst«, flüsterte Prudence Easting.

»Er ist ein hübscher Junge«, fügte Miß Gay mit Nachdruck hinzu, und die beiden alten Mädchen lächelten einander zu.

»Finden Sie nicht auch?« fragte Miß Gay Emily; diese machte eine verneinende Bewegung.

»Natürlich!« sagten Miß Gay und Prudence Easting wie aus einem Munde und brachen in Lachen aus.

»Kannten Sie einander schon lange?« fragte Miß Gay noch.

Das junge Mädchen gab keine Antwort. Es herrschte eine Zeitlang Schweigen, und Miß Gay suchte vergeblich einen Blick von Prudence Easting zu erhaschen, die ihre Handschuhe betrachtete.

Einige Minuten später wurde die Trauung vollzogen.

37

Es war sonderbar, wie wenig sich das Leben in Mont-Cinère durch Emilys Heirat verändert hatte. Frank arbeitete den ganzen Tag draußen mit aufgekrempelten Ärmeln; mit einer Harke in der Hand durchstreifte er den Gemüsegarten, grub ein Stück Erde um und streute Saat aus. War es kalt, so warf er seinen braunen Rock um die Schultern und ging vor dem Haus auf und ab, wobei er ein eintöniges Lied pfiff: *In the gloaming*, das an ein Kirchenlied erinnerte. Emily konnte ihn von den Fenstern des Speisezimmers aus in den Alleen herumwandern sehen, die er ehemals instand gehalten hatte und die jetzt von Gras überwuchert waren; hin und wieder blieb er stehen und blickte gedankenverloren umher, als messe er den Boden mit den Augen ab; dabei schlug er mit seinem Stöckchen auf die schiefgetretenen Absätze seiner schmutzigen Stiefel.

Fast niemals sah man ihn im Haus, außer bei den Mahlzeiten; er aß rasch und sprach wenig; jeden Tag verließ er das Speisezimmer, bevor Emily und Miß Gay ihr Mittagessen beendet hatten, aber er sagte jedesmal gleichsam entschuldigend:

»Ich bin ein Mensch, der sich am liebsten im Freien aufhält.« Dabei lachte er kurz auf; bis zum Abend ließ er sich nicht mehr blicken.

Emily verbrachte ihre Tage im Speisezimmer am Kamin, in dem sie bereits an ihrem Hochzeitsmorgen Feuer gemacht hatte. Jetzt brannten darin immer große Holzscheite, und Emilys Hauptbeschäftigung bestand darin, das Feuer zu unterhalten, das Holz hin und her zu schieben, Reisig und Kleinholz in die Asche zu werfen und alles zu tun, damit das Feuer nicht einen Augenblick lang nachließ. Wenn sie sich über die Flammen beugte, das harte, strenge Gesicht von der Hitze gerötet, erinnerte sie auffallend an die Hexe aus den Märchenbüchern, die keine andere Sorge kennt, als ihr Feuer nur ja nicht ausgehen zu lassen. Ab und zu nahm sie ein Buch zur Hand, las ein paar Seiten, bis wieder ein Holzstück knisternd zerfiel. Dann warf sie ihren Roman beiseite und griff nach Schaufel und Feuerzange.

Sehr selten wechselten Emily und Miß Gay andere Worte als ›Guten Tag‹ und ›Gute Nacht‹. Nicht etwa, daß die alte Jungfer zum Plaudern keine Lust gehabt hätte, aber alle ihre Fragen blieben ohne Antwort. So mußte sie sich dreinfinden und strickte schweigend an der anderen Seite des Kamins. Und wenn sie sich allzusehr langweilte, suchte sie Mrs. Fletcher in ihrem Zimmer auf.

Sie fand die Kranke bis zum Hals in ihren Decken vergraben, denn sie erlaubte nicht, daß in ihrem Zimmer Feuer gemacht wurde. War sie wirklich krank? Sie sprach nicht darüber, aber da sie auch nicht aufstand, mußte man es wohl glauben. Offenbar hatte sie ein Leberleiden. Ihre Haut war gelb, das Gesicht krankhaft aufgedunsen und die Lider halb geschlossen. Jeden Morgen kam Josephine ins Zimmer und verlangte von ihrer Herrin Geld zum Einkaufen; dann zog Mrs. Fletcher die paar Münzen unter ihrem Kissen hervor, die sie der Köchin zugestand, und schärfte ihr dabei aufs genaueste ein, was sie dafür kaufen solle.

Ein wenig später und auch hin und wieder während des Tages kam Miß Gay, um ihr Gesellschaft zu leisten, aber das

Geschwätz der alten Jungfer ermüdete Mrs. Fletcher jetzt ebensosehr wie es sie anfangs zerstreut hatte, und sie verbarg ihre Ungeduld nur schlecht.

»Ist es Ihnen hier denn nicht zu kalt?« fragte sie und wartete verzweifelt darauf, daß Miß Gay wieder fortging. »Sitzen Sie nicht lieber im geheizten Zimmer?«

»Lassen Sie mich doch hier Feuer machen!« bat Miß Gay.

Aber Mrs. Fletcher schloß die Augen und schüttelte den Kopf auf dem Kissen.

Ein- oder zweimal versuchte Miß Gay über Emily zu sprechen; aber sie merkte bald, daß Mrs. Fletcher dieses Thema verabscheute, und so schwieg sie, was aber nicht bedeutete, daß sie die Sache auf sich beruhen ließ. Als die Kälte sie endlich vertrieb, ging sie wieder zu Emily hinunter, die Miß Gay absichtlich den Rücken kehrte, sobald sie sich näherte.

Amerika ist voll von Frauen wie Maria Gay. Sie sind gut und widerwärtig zugleich; sie wollen nur helfen, gehen den Menschen, mit denen sie leben, aber stets auf die Nerven.

»Ich habe eine Aufgabe«, sagte Miß Gay immer wieder zu Mrs. Fletcher, die sich stöhnend in ihrem Bett hin- und herwarf. »Ich weiß es. Wenn mich auch mein eigenes Interesse fortriefe, so würde ich doch dieses Haus nicht verlassen, weil ich hier Gutes tun kann. Glauben Sie, ich hätte nicht erkannt, in welch schwieriger Lage Sie sich befinden? Ich will Ihnen Ihre Tochter wieder zuführen. Sie braucht mir nicht zu antworten, wenn sie nicht will. Ich bin in Gedanken bei ihr und bete für sie, während ich arbeite. Meine Anwesenheit wird ihr guttun.«

Aber ihre Anwesenheit bewirkte gerade das Gegenteil. Emily hatte Miß Gay nie gemocht, aber seit sie zu manchen Stunden des Tages den Kopf nicht mehr heben konnte, ohne dem wohlwollenden Lächeln der alten Jungfer zu begegnen, haßte sie diese von ganzem Herzen. Eines Abends fand sie auf ihrem Kissen einen religiösen Traktat über das vierte Gebot;

sie zerriß ihn und warf ihn ins Feuer. Aber wie durch ein Wunder fand sie ihn am nächsten Tag beim Frühstück in ihrer Serviette. Derlei Aufmerksamkeiten versetzten sie in Wut.

Eines Tages, als Emily mit Frank allein im Speisezimmer war, sagte sie plötzlich nach einem langen Schweigen:

»Wir müssen diese Miß Gay loswerden.«

Der junge Mann schnitzte einen Stab zurecht; er unterbrach seine Arbeit und blickte auf seine Frau, die in die Flammen starrte.

»So, warum denn?« fragte er leise.

Emily schwieg.

»Glaubst du, daß sie ihre Pension nicht zahlen wird?« fügte er hinzu.

»Sie ist mir widerwärtig.« Emily schlug mit dem Feuerhaken auf den Stein. »Und überdies ist dieses Haus keine Pension, es gehört mir.«

Frank setzte schweigend seine Tätigkeit fort.

Am nächsten Morgen klopfte Emily an Miß Gays Zimmertür. Die alte Jungfer, die sich gerade ankleidete, um hinunterzugehen, kam ihrer Besucherin mit ausgestreckten Händen entgegen.

»Welch eine Überraschung! Nun sind Sie schon weniger abweisend!«

»Es tut mir leid, daß ich Ihnen etwas Unangenehmes mitteilen muß«, sagte Emily mit schneidender Stimme, »aber Sie müssen ausziehen.«

»Wie?« fragte Miß Gay und wich einen Schritt zurück.

»Wir brauchen dieses Zimmer, mein Mann wird darin wohnen.«

»Du lieber Gott, Emily, das kann doch nicht Ihr Ernst sein. Ihre Mutter hat mir dieses Zimmer vermietet, wir haben alles vereinbart. Das ist unmöglich. Wohin sollte ich denn gehen?«

»Schreiben Sie irgendwohin, kümmern Sie sich um eine neue Wohnung. Meine Mutter hat ohne meine Zustimmung gehandelt, und dieses Haus gehört mir ebenso wie ihr. Ich will keine Pensionsgäste.«

»Das ist ein Verrat«, schrie Miß Gay und fuchtelte mit ihren kurzen Armen. »Sie dürfen mich nicht fortjagen, ich lasse mir das nicht gefallen!«

»Mein Mann ist stärker als Sie«, erwiderte Emily ohne eine Miene zu verziehen und verließ das Zimmer.

Miß Gay stürzte zu Mrs. Fletcher und erzählte ihr den Vorfall mit solch einer Heftigkeit, daß sie stotterte.

»Besitzen Sie denn gar keine Autorität in Ihrem Haus?« Mrs. Fletcher rührte sich nicht und schloß stirnrunzelnd die Augen. »Können Sie zulassen, daß ich vor die Tür gesetzt werde?«

Aber sie konnte dieser Frau, für die Miß Gays scharfe, erregte Stimme eine Qual war, nur noch ein Stöhnen entlokken.

Da kniete das alte Mädchen in einer plötzlichen frommen Aufwallung nieder, faltete innig die Hände und betete laut für die Bewohner von Mont-Cinère.

Den Rest des Tages schrieb sie mit zitternden Händen und geröteten Augen Briefe. Kurz vor dem Essen ging sie zu Emily, die das Feuer schürte, und sagte mit ruhiger Stimme:

»Morgen gehe ich, Emily.« Bei diesen Worten lächelte sie traurig. »Ich habe für Sie gebetet.«

»Ich habe Sie nicht darum gebeten«, erwiderte Emily ohne den Blick zu heben.

»Und doch werde ich es jeden Tag wieder tun«, beharrte Maria Gay.

»Sie sind unverschämt«, sagte Emily und sah ihr ins Gesicht. »Ich verbiete Ihnen, für mich zu beten.«

Miß Gay schwieg und strickte bis zum Mittagessen. Ihr Gesicht drückte Ruhe und Gelassenheit aus; in der Stille hörte man nur ihr leises Atmen und das gleichförmige Geräusch der langen Nadeln, die in der Wolle aneinanderschlugen.

Sie aß zu Abend, dann stieg sie in Mrs. Fletchers Zimmer hinauf, um ihr Lebewohl zu sagen; mit Emily sprach sie nicht mehr. Frühzeitig am nächsten Morgen hörte Emily das Rollen des Wagens, der am Portal hielt, und Maria Gays verhaßte

Stimme schlug noch einmal an ihr Ohr; sie sprach mit Frank. Endlich wurden die Koffer aufgeladen, und der Wagen setzte sich in Bewegung; das war alles.

38

Am selben Nachmittag konnte Mrs. Fletcher aufstehen. Ihre Gesichtsfarbe war nicht mehr so gelb, aber sie fühlte sich schwach, ging vorsichtig wie eine Kranke und stützte sich dabei auf einen alten Stock ihres Mannes. Als sie ins Speisezimmer trat, blieb sie einen Augenblick an der Tür stehen und betrachtete das Feuer, dessen Schein den ganzen Raum erhellte.

»Fünf Scheite Holz auf einmal!« murmelte sie. »Du lieber Gott!«

Sie ließ sich in einem Lehnstuhl nieder, ihrer Tochter gegenüber, die unverwandt in die Flammen starrte und so tat, als habe sie die Mutter nicht eintreten hören. Es verging eine geraume Zeit.

»Emily«, sagte Mrs. Fletcher.

Das junge Mädchen schwieg.

»Ach, mein Kind, was hast du getan?«

Emily saß unbeweglich, das Gesicht in die Fäuste gestützt. In diesem Augenblick ging Frank pfeifend unter dem Fenster vorüber. »Das ist sein Werk!« sagte die Mutter halblaut.

Von diesem Tage an gestaltete sich Mrs. Fletchers Leben äußerst schwierig. Sie fürchtete sich vor dem Mann ihrer Tochter und haßte ihn, wagte aber niemals mit ihm zu sprechen. Während einiger Zeit glich sie einem Menschen, der aus Angst und Verzweiflung um den Verstand gekommen ist. Sie aß wenig und sah erschöpft aus. Nachmittags hockte sie gewöhnlich versonnen in einem Winkel des Speisezimmers oder wandelte unsicheren Schrittes über den Vorplatz, als versagten die Füße ihr den Dienst. Begegnete sie ihrem Schwiegersohn, so blieb sie plötzlich stehen, senkte den Kopf und wartete, bis er vorübergegangen war, bevor sie ihren Spaziergang fortsetzte.

Frank gewöhnte sich an Mont-Cinère und fühlte sich anscheinend – er sprach ja nur wenig – ganz behaglich. Ab und zu, wenn der Regen ihn zwang, daheimzubleiben, durchstreifte er die Zimmer des Erdgeschosses und fragte Emily nach der Herkunft aller Nippsachen, die in den Glasschränken und auf dem Kamin standen. Emily gab kurz Auskunft und fügte in einem Ton, wie man zu Kindern spricht, hinzu: »Rühr nichts an!«

Dann betrachtete er sie mit einem etwas spöttischen Lächeln und stellte den Gegenstand, den er in der Hand hielt, bedächtig auf seinen Platz zurück.

Anfangs schlief Frank in einem Zimmer, das ziemlich abgesondert von den anderen Räumen lag und das früher Stephen Fletchers Rauchzimmer gewesen war. Es war ein schäbiger, kleiner Raum mit großen, feuchten Flecken auf der Tapete; die Möbel hatte Mrs. Fletcher zum größten Teil verkauft. Man hatte einen Strohsack hineingelegt. Als dann Mrs. Elliots Zimmer durch Miß Gays Abreise frei wurde, bekam er es. Er hatte das erste Zimmer bezogen, ohne darüber ein Wort zu sagen, und richtete sich jetzt ebenso wortlos im zweiten ein.

Schon um fünf Uhr morgens hörte Emily ihn die Treppe hinuntersteigen. Sein schwerer Schritt dröhnte durchs ganze Haus, sie konnte genau verfolgen, wohin er ging. Er durchwanderte alle Zimmer, verließ nach einer Viertelstunde das Haus und begab sich in den Garten, wobei er *In the gloaming* pfiff.

Emily bemerkte, daß Frank seit einiger Zeit noch zurückhaltender war als bisher. Er richtete nur sehr selten das Wort an sie und sah sie dabei kaum an; er schien mit etwas anderem beschäftigt. Niemand wäre auf den Gedanken verfallen, daß die beiden miteinander verheiratet sein könnten. Doch Frank war nicht unhöflich. Er grüßte Mrs. Fletcher oder ihre Tochter immer, wenn er sie auf seinen Spaziergängen in der Nähe des Hauses traf. Man hätte in seinem Benehmen sogar etwas bemerken können, das in einem sonderbaren Gegensatz zu seiner körperlichen Kraft stand, eine Demut, die ganz erstaunlich war. Niemand hätte ihn für den Herrn von Mont-Cinère gehalten.

Trotzdem litt Mrs. Fletcher sehr unter der Gegenwart dieses Mannes. Sie schien von Tag zu Tag zu altern und hielt sich seit ihrer Krankheit viel weniger aufrecht; ihre Augen lagen tief in den Höhlen und waren von gelblichen Flecken umgeben. Und als ob das Übermaß an Widerwärtigkeiten, nachdem es ihren Körper mit Krankheit geschlagen hatte, auch ihr Inneres ergreife, ging nun in ihrer Seele eine Veränderung vor. In ihren Militärmantel gehüllt, die Hände im Schoß, versank sie in unendliche Grübeleien und blickte dabei so verstört drein wie Menschen, die bitteren Gedanken nachhängen.

Jetzt saß sie Stunde um Stunde über der Bibel und unterbrach ihre Lektüre nur, wenn sie mit einem Blick, der sich nicht beschreiben läßt, von weitem das Feuer betrachtete, das von früh bis spät im Kamin brannte und über das Emily unablässig ihr scharfes, männliches Profil beugte. Trat Frank ins Zimmer, so wandte Mrs. Fletcher den Kopf ab und verschwand sogleich mit ihrer Bibel unter dem Arm. Fast machte es den Eindruck, als fürchte sie aus einer Art Aberglauben, sein Blick könnte sie treffen. Dann ging sie in die Küche, wo sie sich niedersetzte und schweigend alle Bewegungen Josephines beobachtete. Mrs. Fletcher sprach nicht mehr, ihre Stimme war rauh und dumpf geworden.

Nur an manchen Tagen huschte ein freudiger Schein über ihre Züge, wenn Frank morgens mitteilte, er gehe in Geschäften, wie er sich ausdrückte, in die Stadt und werde bis zum Abend fortbleiben. In ihren Mantel gehüllt, ein Tuch um den Kopf, wanderte Mrs. Fletcher vor dem Haus auf und ab und wartete, bis er wegfuhr; durch die Scheibe beobachtete sie, wie er vor dem Fenster seinen Mais aß. Endlich machte er sich auf, und sie kehrte mit etwas weniger ängstlichem Gesicht ins Haus zurück.

Zwischen ihr und ihrer Tochter wurden sehr wenige Worte gewechselt und nur solche, die sich auf häusliche Angelegenheiten bezogen. So verlangte Emily zum Beispiel den Kellerschlüssel, damit Josephine Holz holen könne; oder sie erwähnte, daß das Essen am Tag zuvor nicht reichlich genug gewesen sei und daß die Köchin mehr Geld zum Einkaufen haben müsse. In solchen Augenblicken stellte Mrs. Fletcher sich taub; aber sie selbst glaubte kaum, daß ihr diese List helfen werde, denn es genügte, daß ihre Tochter alles noch einmal wiederholte; dann ergab sie sich, nahm den Schlüssel vom Gürtel oder zog ein paar Münzen aus ihrer Tasche, die sie einzeln vorzählte.

Was ging in ihrer Seele vor? Litt Mrs. Fletcher sehr? Das war nicht anzunehmen. Ein heftiger Schicksalsschlag hatte ihr für immer das geraubt, was ihr Glück gewesen war. Sie hatte Mont-Cinère an dem Tage verloren, da Frank Stevens eingezogen war. Aber was war all dies im Vergleich zu den Qualen, die sie hätte erleiden müssen, wenn ihr täglich ein wenig von ihrem Ansehen streitig gemacht worden wäre, wenn sie jeden Tag etwas von ihrer Macht eingebüßt hätte, wenn sie zuerst ihre Schlüssel, dann ihre Börse hätte hergeben müssen und schließlich kein Recht mehr auf ihre Möbel gehabt hätte. So verlor sie alles auf einmal. Sicherlich war das schrecklich, aber es war eine endgültige Sache und daher wesentlich einfacher. Vielleicht hatte sie das eingesehen.

Und doch besaß sie noch etwas, das niemand ihr entreißen konnte: das Geld auf der Bank. Zweifellos gab ihr das Gefühl, in diesem Punkte unbesiegbar zu sein, den Mut, die ganze Last ihres Unglücks zu ertragen. Wer konnte sie jemals dazu bringen, einen Scheck zu unterschreiben, wenn sie nicht wollte? Das war die einzige Waffe, die sie gegen ihre Tochter und den Mann, den Emily geheiratet hatte, anwenden konnte. Aber war das nicht eine furchtbare Waffe?

Vierzehn Tage nach ihrer Krankheit hatte sie Gelegenheit,

sich dieser Waffe zu bedienen. Sie war mit Emily allein zu Hause, als diese sie plötzlich fragte:

»Warum hast du heute morgen der Köchin zu wenig Geld gegeben? Sie hat beim Einkaufen anschreiben lassen müssen.«

Mrs. Fletcher hob die Lider; ein Freudestrahl glänzte in ihren Augen. War der Augenblick endlich gekommen, den sie so lange erwartet hatte? Sie zuckte ein wenig die Achseln und erwiderte mit einem Anflug von Lächeln: »Ich habe kein Geld mehr.«

»Was redest du da!« sagte Emily und schlug mit dem Feuerhaken auf den Stein. »Wer hindert dich denn, einen Scheck zu unterschreiben?«

Aber Mrs. Fletcher schwieg; sie senkte den Kopf und vertiefte sich in die Bibel.

39

Das Leben in Mont-Cinère verlief einen Monat lang unverändert. Weihnachten ging vorüber, ohne daß es außer Mrs. Fletcher im Hause jemand bemerkt hätte. Sie feierte das Fest in ihrem einsamen Zimmer, wo sie mit ihrer rauhen, gebrochenen Stimme ein altes englisches Kirchenlied sang; die Schicksalsschläge verstärkten ihren tiefverwurzelten Hang zum Puritanismus und schienen ihr eher Trost zu spenden als sie niederzudrücken.

Emily hingegen, die ungefähr so lebte, wie sie es sich seit ihrer Kindheit gewünscht hatte, wurde von Tag zu Tag nervöser und mißmutiger. Ein paarmal hatte sie schon versucht, mit Frank Streit anzufangen, aber der junge Mann wußte schon aus seiner ersten Ehe, daß es das beste sei, sich in keine Auseinandersetzungen einzulassen, und daß der Schweigsame immer stärker ist als der, der nicht schweigen kann. Emily stieß nun, wie einst ihre Mutter, auf hartnäckiges Schweigen.

Die Zeit wurde ihr lang, seit sie Herrin in Mont-Cinère war. Immer wieder sah sie zum Fenster hinaus und erwartete sehnsüchtig die schönen Tage, die ihr erlaubten, Spaziergänge durch die Felder zu machen; aber der Winter war noch lange nicht vorüber.

Zum erstenmal in ihrem Leben hatte sie das, was man Geldsorgen zu nennen pflegt, zum erstenmal empfand sie die Ironie und die Bitterkeit dieses beschönigenden Wortes. Alles mußte auf Kredit gekauft werden, und die Kaufleute waren über diese neue Sitte, die mit den bisherigen Gepflogenheiten auf Mont-Cinère brach, erstaunt. Wie lange würden sie noch mitmachen? Und wie sollten überhaupt die Rechnungen bezahlt werden, wenn Mrs. Fletcher sich darauf versteifte, keinen Scheck auszuschreiben?

Diese großen Sorgen waren nicht die einzigen. Seit einigen Tagen war sich Emily über etwas klar geworden, was sie sich bis jetzt nicht hatte eingestehen wollen. Es handelte sich um Frank. Sie haßte ihn. Warum? Sie verstand nicht, wie ein Mensch, der genauso geblieben war wie bisher, ihr plötzlich so verhaßt werden konnte. Sicher, Frank hatte sich nicht verändert; er war gelassen und kühl in seinem Benehmen wie sonst; auch in seinen Worten war er vorsichtig und zurückhaltend, ja vielleicht noch zurückhaltender als früher. Als sie über die Gefühle nachdachte, die sie Frank gegenüber empfand, spürte sie deutlich, daß der innerste Grund ihres Hasses Mißtrauen war, aber ein rätselhaftes Mißtrauen, das sie sich nicht zu erklären wußte. Ähnlich empfand wohl ihre Mutter; und ihr fielen die Worte ein, die sie oft von Mrs. Fletcher gehört hatte: »Seine Augen gefallen mir nicht.« Auch ihr gefielen weder seine Augen noch sein verschlossenes Gesicht, noch seine Gewohnheit, tagelang fortzubleiben oder ums Haus zu streichen wie ein Verbrecher.

Sie brachte es nicht über sich, mit Frank über ihre Geldsorgen zu sprechen, es wäre ihr verächtlich vorgekommen, denn sie betrachtete den jungen Mann als einen Fremden. Doch sie wollte sich seiner bedienen, um ihrer Mutter Schrecken einzujagen und sie zu zwingen, einen Scheck zu unterschreiben. Eines Tages suchte sie die Mutter in ihrem Zimmer auf.

»Ich muß mit dir über Geld sprechen«, sagte sie unvermittelt. »Du mußt dich darum kümmern.«

Mrs. Fletcher blickte sie schweigend an.

»Hüte dich!« Emily hob die Hand. »Ich werde meinem Mann davon berichten.«

Aber Mrs. Fletcher faltete nur die Hände und hob wortlos den Blick zum Himmel. Emily las in den Augen ihrer Mutter, daß sie sich lieber töten lassen würde als nachzugeben. Emily verließ das Zimmer, um die Tränen der Wut zu verbergen, die am Rande ihrer Lider zitterten. Sie war mutlos geworden.

Ein paar Tage darauf erhielt sie einen Brief von Prudence Easting, die als Vermittlerin zwischen ihr und Reverend Sedgwick diente; sie schlug ihr vor, die Stelle einer Aufseherin in der Kirche von Glencoe zu übernehmen.

Ich mußte warten, bis Sie verheiratet waren, bevor ich Ihnen diese Stelle anbieten konnte, weil Sie noch minderjährig sind. Die Arbeit wird Sie befriedigen, weil Sie durch Ihre Zuständigkeit für die Kollekte und die Aufsicht während des Gottesdienstes eine Stellung einnehmen, die Ihnen Zutritt zur guten Gesellschaft von Glencoe verschafft. Sie können sogar Vorstandsdame bei den festlichen Veranstaltungen, die monatlich zugunsten der Armen gefeiert werden, und auch Mitglied des kirchlichen Frauenvereins werden.

Sie führte noch andere Vereine und Wohlfahrtswerke an und schloß mit vielen Glückwünschen.

Diese Worte trafen Emily mitten ins Herz. Sie war so unglücklich, und jetzt schrieb ihr Prudence diesen Brief! Sie war überzeugt, daß die Leiterin sich über sie lustig machte.

Sie antwortete:

Sehr geehrtes Fräulein,
schreiben Sie mir nicht mehr. Ich leide schon genug, weil ich Ihre schlechten Ratschläge befolgt habe, und kann nur wünschen, daß der liebe Gott Sie dafür bestrafen möge.

Sie hielt inne, suchte nach einer Hauptanklage und fügte sie dann in ihrer Kleinmädchenschrift hinzu:

Jetzt bin ich schon mehr als zwei Monate verheiratet und habe noch kein einziges Kind.

Denn sie dachte manchmal an die Kinder, die sie einmal bekommen könnte, und es schien ihr sonderbar und beschämend, daß ihr Gott noch keine geschenkt hatte. Aber der Wunsch, Mutter zu sein, entsprang nur ihrer Eitelkeit; sie hatte Kinder nicht besonders gern, und wenn Frank von seiner kleinen Tochter sprach, so dachte sie niemals daran, sich nach ihr zu erkundigen. Eines Tages jedoch sagte er etwas, was sie erschreckte und zugleich in höchstes Erstaunen versetzte. Er meinte, daß die Pflege seiner kleinen Tochter soviel koste und daß man reich sein müsse, um Kinder haben zu können, ein Gemeinplatz, den er seit einigen Tagen gern wiederholte, und plötzlich fügte er hinzu: »Als ob es nicht schon genug ist, daß Laura ihrer Mutter das Leben gekostet hat.«

Als Emily aufschaute, trafen sich ihre Blicke; sie senkte den Kopf, sprach nicht über die entsetzlichen Vorstellungen, die diese Worte in ihr hervorriefen, und unterdrückte die zahlreichen Fragen, die sie gern gestellt hätte. Von diesem Augenblick an mußte sie unausgesetzt an Laura denken, sie träumte von ihr, und wenn sie allein war, stand ihr das Bild des kleinen Mädchens vor Augen. Ihre Einbildungskraft zeigte ihr das Kind in allen möglichen schrecklichen und lächerlichen Gestalten, zum Beispiel als Mißgeburt, die die sonderbarsten und abstoßendsten Auswüchse in sich vereinigte. Emily stellte sie sich vor mit krallenförmigen Händen, meergrünen Augen wie ein kleines Ungeheuer, mit einem schielenden Blick und einem widerlichen Lächeln. Ein krankhaftes Bedürfnis, über diese Dinge nachzugrübeln, ließ sie stundenlang unbeweglich in die Flammen starren. Nachts wurden diese Phantasien noch deutlicher und störten ihren Schlaf. Allmählich gewöhnte sie sich daran und dachte nicht mehr darüber nach. Aber jedesmal, wenn Frank von seiner kleinen Tocher sprach, war es ihr peinlich, und er sprach sehr oft von dem Kind, obwohl er sonst nicht redselig war.

Eines Nachmittags im Januar spannte er an und fuhr in Richtung Glencoe. Nach zwei Stunden kehrte er zurück. Emily, die am Feuer saß, hörte ein Kind weinen und erkannte Stevens' Schritte auf dem Vorplatz. Sie erhob sich rasch und lief in die Küche. Alles Blut war aus ihren Wangen gewichen, und sie flüsterte keuchend:

»Das ist seine Tochter.«

Sie mußte sich zwingen, ins Speisezimmer zurückzugehen.

Tatsächlich war es Laura, aber sie sah ganz anders aus, als Emily sie sich vorgestellt hatte, ein kränkliches, kleines Mädchen, dessen blaue Augen ständig in Tränen schwammen.

Emily empfand Verwunderung und Schrecken zugleich und verstand nicht gleich, was Frank zu ihr sagte. Selbst als sie sich vergewissert hatte, daß das Kind sich anscheinend von anderen Kindern seines Alters nicht besonders unterschied, vermochte sie den Ekel kaum zu überwinden, der sie daran hinderte, die verkrampften Händchen und die feuchten Wangen zu berühren.

Sie erfuhr dann, daß Frank Laura in Mont-Cinère aufziehen lassen wollte. Dieser Plan brachte sie aus der Fassung. Als sie endlich Worte fand, verlangte sie eine Erklärung. Frank sah sie scharf an und sagte kurz: »Es ist besser, sie hier zu haben, als eine Amme zu bezahlen.«

»Sie ist aber nicht meine Tochter«, sagte Emily tonlos.

Der junge Mann gab keine Antwort.

»Ich will das Kind nicht hier haben!« schrie Emily, außer

sich über sein Schweigen. »Du mußt es nach Glencoe zurückbringen.«

»Wirst du das Kostgeld bezahlen?« fragte Frank gelassen.

Emily empfand diese Frage als Beleidigung und mußte an sich halten, um ihren Mann nicht zu ohrfeigen.

»Warum sollte ich es bezahlen?«

»Jemand muß doch das erforderliche Geld geben«, erwiderte Frank. »Du bist reich, ich habe nichts. Bis dahin bleibt das Kind hier.«

»Hier? Bei mir? Du bist wohl verrückt! Glaubst du vielleicht, ich hätte dich geheiratet, damit du in meinem Hause lebst, wie es dir paßt, und überdies noch deine Tochter herbringst? Mont-Cinère gehört nicht dir. Ich kann dich jederzeit hinauswerfen!«

Sie beschimpfte ihn mit ihrer rauhen Stimme und drohte ihm kindisch, sich bei Sedgwick zu beklagen.

»Ich lasse dich hinauswerfen«, wiederholte sie hartnäckig und voll Wut. »Wir werden schon sehen, ob ich hier die Herrin bin.«

Aber der junge Mann schien sie nicht zu hören. Er hatte sich ans Feuer gesetzt und schlug mit dem Schürhaken auf den Stein. Emily stellte sich drohend vor ihm auf.

»Und was würdest du sagen, wenn ich die Behörde zu Hilfe riefe? Glaubst du, es gibt kein Gesetz, das dich zwingen kann, fremdes Eigentum zu achten?«

Er hob den Kopf.

»Du machst wohl Scherze. Ich bin dein Mann, ich habe einen Anspruch auf dieses Haus; das steht im Gesetz.«

Emily wurde aschfahl.

»Das ist nicht wahr«, flüsterte sie. »Wir haben vereinbart...«

»Schriftlich ist gar nichts vereinbart worden. Lies nur in deinem Gebetbuch nach, was sich auf die Ehe bezieht. Es steht geschrieben, daß du mir Gehorsam schuldest. Selbst wenn das Gesetz nicht auf meiner Seite stünde, würden diese Worte genügen, um mir recht zu geben.«

Emilys Herz schnürte sich zusammen. Es schien ihr, als ob alle Lebenskraft sie verlasse, und sie vermochte nichts zu antworten. Plötzlich verstand sie, was für einen ungeheuren Fehler sie gemacht hatte. Nichts war schriftlich ausgemacht worden, und sie war betrogen. Wie hätte sie ahnen können, daß Frank je so auftreten würde? Er machte doch einen so schüchternen Eindruck. Allerdings hatte ihre Mutter sie vor ihm gewarnt und ihr immer gesagt, wie verschlagen er aussehe. Es brauste in Emilys Ohren. Und plötzlich hatte sie das Gefühl, als ob ein schwarzer Nebel aus dem Boden und den Wänden dringe und immer näher komme. Sie wurde ohnmächtig.

Einige Tage vergingen.

Emily schrieb an Reverend Sedgwick, um zu erfahren, ob Frank nicht gelogen hatte, ob sie wirklich nur beschränkte Rechte auf ihr Haus habe. War sie wirklich so töricht gewesen, Mont-Cinère einem Fremden zu geben, den sie überdies noch verachtete?

Die Antwort versetzte sie in Verzweiflung. Sie war also gezwungen, ihr ganzes Leben unter der Herrschaft dieses Mannes zu verbringen, wenn sie sich nicht scheiden ließ; durch eine Scheidung würde sie ihr Elternhaus aber vielleicht vollständig und für immer verlieren.

Da überkam sie eine unsagbare Trauer. Einen ganzen Tag lang irrte sie von einem Zimmer ins andere; dabei stützte sie sich kraftlos auf die ihr so vertrauten Möbel, die ihr jetzt plötzlich verändert schienen; das Haus war nicht mehr dasselbe. Begann sie wahnsinnig zu werden? Sie saß im Salon, blickte verstört umher und erkannte nicht mehr, was sie sah; und sie sprach zu sich selbst mit der eintönigen Stimme eines alten Weibes, das Angst vor der Einsamkeit hat und sich durch lange Selbstgespräche Mut machen will.

40

Die Anwesenheit des kleinen Mädchens brachte jedoch in Mont-Cinère kaum eine Veränderung der Gewohnheiten. Josephine sorgte für das Kind, und wenn sie nicht da war, tat es ihre Nichte, eine junge Frau, die für ihre Arbeit nur das Kostgeld erhielt.

Die Kleine war nie zu sehen; sie blieb den ganzen Tag in einem Zimmer des ersten Stockes. Aber Emily hörte sie manchmal schreien, und dann trat ein wilder Ausdruck in ihre Augen, und ihr Gesicht verzerrte sich.

Weder Frank noch Mrs. Fletcher hatten ihre Lebensweise geändert, und alles ging in Mont-Cinère seinen Gang, in einer quälenden Einförmigkeit, die der Winter noch verstärkte.

Mrs. Fletcher hatte die kleine Laura, als sie in Mont-Cinère eintraf, nur mit einem gleichgültigen Blick gestreift und schien das Vorhandensein des Kindes schon vergessen zu haben.

Frank besuchte sein Töchterchen nie. Von früh bis spät war er draußen, ging im Garten umher oder fuhr in seinem Wagen in die benachbarten Dörfer. Zu den Mahlzeiten kam er pünktlich zurück, grüßte Mrs. Fletcher, die ihm nicht dankte, und setzte sich schweigend neben Emily, die von ihm wegrückte. Er aß langsam, hielt die Augen auf seinen Teller gesenkt und trank nur Wasser. Niemals verließ er das Speisezimmer, ohne ein paar Worte gemurmelt zu haben, die wie eine Entschuldigung klangen.

Wären die beiden Frauen nicht so häßlich gewesen und hätte Frank sich darin nicht von ihnen unterschieden, man hätte ihn für einen Bruder und Sohn halten können, soviel Sanftmut und Hochachtung lag in seinem Auftreten. Und hätte ihn jemand so zwischen Mutter und Tochter bei Tisch sitzen sehen, er wäre nicht auf den Gedanken gekommen, daß Frank die Ursache der Trauer und Verzweiflung sei, die aus den Blicken der beiden Frauen zu lesen waren. Er hatte rote Backen und war ein Bild der Gesundheit. Er sprach wenig, machte aber den Eindruck eines glücklichen Menschen, der, weil er keine Sorgen hatte, jede Arbeit mit großer Ruhe verrichtete. Kaum war er allein, pfiff er vor sich hin. Am Abend verringerte sich seine Heiterkeit. Wenn er sich nicht gleich nach dem Essen in sein Zimmer zurückzog, ging er schweigend im Garten auf und ab. Dann kehrte er ins Haus zurück, schob sorgfältig den Riegel vor die Haustür und ging schlafen, während die beiden Frauen am Feuer hockten.

Eines Abends, als er von Glencoe heimkehrte, reichte er seiner Frau einen Brief. Sie nahm ihn, las ihn stirnrunzelnd und verwahrte ihn in ihrem Mieder. Als sie mit der Mutter allein war, legte sie den Brief in Mrs. Fletchers Schoß.

»Lies, das geht dich an.«

Aber Mrs. Fletcher gab den Brief gleich zurück.

»Das geht mich nichts mehr an.«

Es war die Rechnung eines Lieferanten, der Geld verlangte. Emily zuckte die Achseln und legte den Brief auf den Kamin. Eine Woche verging, ohne daß der Brief erwähnt worden wäre.

Endlich zog Frank eines Tages, als er vom Mittagessen aufstand, die Rechnung aus seiner Tasche und fragte Emily, ob sie sie zur Kenntnis genommen habe. Das junge Mädchen nickte.

»Wir müssen ans Zahlen denken, man gibt uns keinen Kredit mehr.«

Zum erstenmal seit langen Jahren tauschten Mutter und Tochter einen Blick, in dem anderes als Verachtung zu lesen war. Beide schwiegen.

Am Abend trat Stevens zu seiner Frau und sagte:

»Die Sache mit dem Geld kann nicht so weitergehen. Die Lieferanten in Glencoe geben keinen Kredit mehr; ich glaube, ich habe dir das schon gesagt.«

»Was soll ich denn tun?« fragte Emily mißmutig und blickte Frank müde und haßerfüllt an. »Willst du vielleicht Geld von mir haben? Du weißt genau, daß ich keines habe.«

»Deine Mutter hat Geld«, erwiderte der junge Mann und blickte zu Mrs. Fletcher hinüber.

»Für Sie habe ich keines«, erwiderte Mrs. Fletcher, ohne vom Buch aufzusehen.

»Gut«, erwiderte Frank in kühlem Ton. »Wollen Sie Hungers sterben?«

»Ich werde nicht Hungers sterben, ich habe genug zum Leben«, antwortete Mrs. Fletcher freundlich.

Frank ging ein paarmal im Zimmer auf und ab; dann kehrte er zum Kamin zurück.

»Hören Sie«, sagte er zu Mrs. Fletcher, die die Hände über der Bibel gefaltet hielt und auf Stevens blickte. »Hören Sie mir genau zu. Wir können nicht ohne Geld leben. Ich habe keines. Sie müssen uns helfen.«

Mrs. Fletcher schloß die Augen und machte eine verneinende Kopfbewegung.

»So«, sagte Frank mit verhaltener Stimme, »dann haben Sie die Wahl: entweder Sie fertigen einen Scheck aus, oder Sie verlassen Mont-Cinère.«

»Du bis ja wahnsinnig«, rief Emily und erhob sich, »du hast kein Recht...«

»Laß nur«, erwiderte Mrs. Fletcher. »Ich habe mir alles schon lange überlegt. Es ist mir lieber so. Sie werden mich morgen nach Wilmington fahren«, sagte sie zu Frank.

Sie schien einen Augenblick nachzudenken; dann schloß sie die Bibel, stieß einen schweren Seufzer aus und verließ das Speisezimmer, ohne ihre Tochter oder den Schwiegersohn anzusehen.

41

Mrs. Fletcher fuhr am nächsten Morgen sehr zeitig ab, bevor Emily sich noch angekleidet hatte. Das junge Mädchen hörte, wie die Mutter ihr von der Stiege ein Lebewohl zurief, aber sie antwortete nicht. Es war noch dunkel.

Den ganzen Morgen ging Emily rastlos von einem Zimmer ins andere, verharrte manchmal am Kamin, konnte aber nicht stillsitzen und nahm ihr zielloses Wandern durch die Zimmer wieder auf. Beim leisesten Geräusch wandte sie sich so rasch um und blickte so erschreckt wie ein mißtrauisches, furchtsames Tier.

Sie versuchte zu lesen oder sich wie sonst ums Feuer zu kümmern; aber es gelang ihr nicht, ihre Aufmerksamkeit den einfachsten Dingen zu widmen, und sie warf das Buch oder den Feuerhaken zornig beiseite. Dabei zeigten sich Falten auf ihrer Stirn und den Wangen, und unter der fahlen Haut traten die Backenknochen hervor. Sie seufzte, verschränkte die Arme und begann wieder langsam durch das Zimmer zu wandern. Gegen elf Uhr hörte sie das Geräusch eines Wagens, lief zum Fenster und sah Frank, der aus Wilmington zurückkehrte. Als er die Außentreppe hinaufstieg, zuckte sie zusammen, und einer plötzlichen Eingebung folgend lief sie ins Vorzimmer und warf sich gegen die Tür, die er öffnen wollte.

Die Schulter an den Türflügel gepreßt, die Finger in den Fugen, stemmte sie sich mit ganzer Kraft dagegen. Frank versuchte vergeblich zu öffnen und begann zu rufen. Nach einer Weile versetzte er der Tür einen heftigen Stoß, und sie gab nach.

»Warum wolltest du mich denn nicht hereinlassen?« fragte er das junge Mädchen.

Sie wich mit blitzenden Augen und wirrem Haar vor ihm zurück. Schließlich ging sie wieder ins Speisezimmer zurück, und er folgte ihr.

»Das Leben wird immer schwerer«, sagte er und setzte sich. »Du hast mir etwas anderes versprochen.«

Eine Zeitlang herrschte Schweigen. Sie stand am Feuer und blickte ihn, die Arme unter ihrem Tuch verschränkt, schweigend an.

»Glaubst du vielleicht, daß ich Hungers sterben will?« fuhr Frank fort. »Und meine Tochter? Die scheinst du völlig zu vergessen.«

Stevens lachte kurz auf, und ein grausamer Zug trat in sein Gesicht.

»Ich will, daß sie heranwächst, daß sie schön und glücklich wird...«

Wieder lachte er und fügte hinzu:

»...und daß sie heiratet.«

Emily wandte sich ab.

Frank stand auf und goß sich ein Glas Wasser ein.

»Ich habe Durst. Du kannst dir denken, daß mir heiß ist. Draußen ist schönes Wetter. Schau, die Sonne scheint.«

Er trank in langen Zügen und ging zur Küche.

»Josephine!« rief er.

Niemand antwortete. Dann drehte er sich zu seiner Frau um und fragte:

»Wo ist sie?«

Emily schien nicht zu hören. Frank stampfte mit dem Fuß auf und sagte nochmals mit plötzlich veränderter Stimme:

»Wo ist sie?«

Das Blut stieg ihm zu Kopf. In diesem Augenblick trat die Köchin ein.

»Ich war bei der Kleinen«, entschuldigte sie sich erschreckt.

»Ich will sie sehen. In ihrem Zimmer ist es zu kalt. Wir werden sie hier auf eine Decke vor den Kamin legen. Holen Sie das Kind.«

Frank ließ sich in einem Lehnstuhl nieder und knöpfte seinen Rock auf, ohne Emily aus den Augen zu lassen; sie stand unbeweglich und schweigend ein paar Schritte von ihm entfernt; ihr Gesicht war aschfahl, und sie zitterte. Nach ein paar

Minuten kam Josephine mit dem Kind zurück, und Frank nahm es auf den Arm. »Ich hab dich schon lange nicht gesehen«, sagte er zärtlich und kitzelte die Kleine am Kinn. Er setzte sich mit ihr ans Feuer und sprach mit ihr, wobei sich sein Gesicht dem ihren näherte.

»Gefällt dir dieses schöne Feuer? Es gehört dir.«

Er preßte das Kind an sich und fuhr fort: »Wie gefällt dir das schöne Haus, das dem Papa gehört?«

»Du Dummkopf«, schrie Emily. Ihre Stimme klang heiser. Sie wiederholte voller Wut: »Du Dummkopf!«

Frank sah sie schweigend an, dann fuhr er fort, mit dem Kind zu sprechen; es war kein Zorn mehr in seinen Zügen zu entdecken.

»Alles das gehört uns«, sagte er. »Immer wirst du hier bei mir bleiben und in diesen schönen Möbeln leben.« Er ließ seinen Blick durchs Speisezimmer wandern, als ob er dem Kind die Möbel zeigen wolle. »Wenn wir nicht am Ende«, fügte er hinzu und sah dabei Emily an, »wenn wir nicht am Ende die Möbel verkaufen müssen, um Brot dafür zu bekommen.«

Emily schrak zusammen und tat einen Schritt auf den jungen Mann zu, der sie schweigend betrachtete. Sie fuhr sich mit der Hand über die Stirn und schob die Haare zurück. Sie blickte zur Seite wie jemand, der auf ein fernes Geräusch lauscht. Ein unbeschreiblicher Ausdruck von Leid und Bosheit lag in ihrem Gesicht. Ihre Hände hingen schlaff herunter, und so stand sie einen Augenblick, ohne sich zu rühren.

Plötzlich senkte sie den Kopf und sah das Kind auf Franks Schoß. Ihr Gesicht veränderte sich. Bevor es möglich war, sie daran zu hindern, stürzte sie sich auf die Kleine und drückte ihr mit beiden Händen die Kehle zusammen. Im selben Augenblick wurde sie zu Boden geschleudert und mußte das kleine Mädchen loslassen. Sie schrie vor Schmerz, weil Frank wie wahnsinnig auf sie losschlug. Josephine nahm das Kind, das halb erstickt war, in die Arme und sprengte ihm aus einer Flasche Wasser ins Gesicht.

Entsetzt über die Heftigkeit ihres Mannes, war Emily aus dem Speisezimmer geflohen und hastete die Treppe hinauf, während Frank ihr schreiend nachlief. Sie hatte gerade noch Zeit, sich in ihr Zimmer zu flüchten, und verschloß zweimal die Tür. Dann fiel sie wie leblos zu Boden.

Undeutlich hörte sie Franks Schritte, der vor Zorn taumelte. Er hämmerte mit den Fäusten gegen die Tür und versuchte vergeblich, sie aufzureißen.

»Hüte dich!« schrie er mit durchdringender Stimme. »Ich werde dich anzeigen. Du hast deine Mutter umbringen wollen, jetzt hast du meine Tochter umgebracht. Sie werden dich in Glencoe hängen, sie werden dich hängen, du wirst schon sehen!«

Nach einer Weile stieg er wieder ins Speisezimmer hinunter.

42

Das Kind erholte sich wieder. Den ganzen Nachmittag lang hielt die Negerin die Kleine auf ihrem Schoß und pflegte sie mit der selbstlosen Hingabe der Frauen ihrer Rasse. Frank stand am Feuer, beobachtete sie schweigend mit mißtrauischem und hartem Blick, als ob er Wache halten müsse.

Als es Nacht wurde und Josephine das Kind zu Bett gebracht hatte, stieg sie heimlich zum Zimmer ihrer jungen Herrin hinauf und versuchte sie zu überreden, die Tür zu öffnen, aber sie erhielt nicht einmal Antwort auf die Fragen, die sie durchs Schlüsselloch flüsterte. Dieses Schweigen erschreckte sie. Sie dachte daran, Frank zu verständigen, tat es aber doch nicht und beschloß, bis zum nächsten Tag zu warten; dann würde sie Mrs. Fletcher in Glencoe aufsuchen und ihr mitteilen, was in Mont-Cinère geschehen war.

An diesem Abend ging Frank nicht aus dem Haus und blieb bis zum späten Abend am Feuer sitzen. Es war kurz nach elf Uhr, als er die Tür des Speisezimmers öffnete, um sich in sein Zimmer zu begeben. Als er hinaustrat, hörte er ein dumpfes Knistern, und zugleich ließ ihn ein unerträglicher Geruch zurückschaudern. Er stürzte zur Haustür und lief in den Garten.

Ein Schrei des Entsetzens entfuhr ihm: Mont-Cinère brannte. Aus Emilys Zimmer wälzten sich schwarze Wolken bis zur Vorderseite des Hauses, und mächtige Flammen drangen durch den Rauch und züngelten bis zum Dach.

Er schrie aus Leibeskräften, wie ein Wahnsinniger, und rannte verzweifelt über den Rasenplatz. Plötzlich sprang er zum Haus zurück und lief ins Vorzimmer, aber er mußte auf der Schwelle stehenbleiben. Eine ungeheure Rauchmasse wälzte sich langsam herab, vom Lichtschein der Flammen erhellt, die gleichmäßig knisterten. Frank legte die Hände an den Mund, aber es schien ihm, als ob seine Hilferufe die rotglühende, immer näherrückende Masse nicht zu durchdringen vermochten. Im selben Augenblick hörte er ein fürchterliches Krachen, dann ein zweites, das länger andauerte, und im selben Augenblick stürzte mit einem ohrenbetäubenden Getöse der Teil der Treppe zusammen, der das Erdgeschoß mit dem ersten Stock verband. In der Decke gähnte ein Loch. Flammengarben brachen hervor, als stürmten sie in wildem, jubelndem Eifer einher.

Da stürzte er unter unaufhörlichem Heulen wieder in den Garten, wie ein Tier, das geschlachtet werden soll. Aus dem Haus drangen Schreie, antworteten den seinen. Die Fenster schienen sich zu heben, dichter Rauch hüllte die ganze Vorderseite des Hauses ein. Mont-Cinère glich jetzt den Häusern, die sich Kinder aus Pappe ausschneiden und von innen beleuchten. Alle Fenster des ersten Stockwerkes glühten rot. Schließlich zerbarst das Dach unter der Gewalt der Flammen, die durch diese neue Öffnung steil emporschlugen und die Zweige der benachbarten Tannenbäume ergriffen. Ein paar

Minuten später schwankte die Vorderfront; bis jetzt wurde sie noch vom Gewicht des Daches gehalten, das langsam einstürzte, aber sie blieb stehen, eine lodernde Fackel hinter den Bäumen rings um Mont-Cinère.

Das Haus brannte bis zum Morgengrauen.

Nachwort zur Neuausgabe

Ich begann dieses Buch im Frühjahr 1925 und schloß es vier Monate später ab. Aus der Distanz eines halben Jahrhunderts betrachtet hat es für mich nichts von seinem Geheimnis verloren, schrieb ich doch die ersten Seiten, als gerade das Glück in mein Leben getreten war, und mir scheint, daß bis zum Schlußkapitel, wo die Flammen über allem zusammenschlagen, mein Herz nur vor Freude geklopft hat. Aus welchen dunklen Tiefen entspringen die Geschichten, die wir erfinden? In dieser hier spielen die Zwangsvorstellung der Kälte und die Besessenheit vom Feuer eine Rolle.

Unsere Wohnung in der *Rue Cortambert* war schlecht geheizt. Es fehlte an Geld, und wir lebten ziemlich dürftig. Das Holz im Kamin wurde deshalb peinlich genau bemessen – im geheiligten Namen der Sparsamkeit. Ohne daß es mir bewußt gewesen wäre, wurde dieses Wort, vor dem mir graute, zur wichtigsten Triebkraft für meinen Roman. Ich arbeitete in meinem Zimmer, das selbst im Sommer sehr düster war. Es war Juni, alle Fenster standen offen. Zaghafte Sonnenstrahlen luden dazu ein, den Winter zu vergessen, aber ich hatte schon damals die Eigenart, daß ich eine Jahreszeit nur dann gut beschreiben kann, wenn sie bereits vergangen ist. Ich brauche dunkle Dezembertage, um im Geiste die Freuden der schönen Jahreszeit auszukosten, und kann meine Figuren nur in ganz heiterer, von stetiger Schönheit getragener Stimmung interessanten Verstrickungen aussetzen.

Wie dem auch sei, als die großen Ferien kamen, packte ich mein Manuskript zusammen mit der Bibel, von der ich mich nie trennte, in den Koffer. Nach einer nächtlichen Reise in einem Abteil der zweiten Klasse befanden mein Gefährte und ich uns im Herzen der Auvergne, in dem Städtchen Besse-en-Chandesse. Was für eine Welt von Erinnerungen in einem einzigen Namen liegt ... Das Entzücken, in das uns eine der herrlichsten Gegenden Frankreichs versetzte, die kleine romanische Kirche, die unter der Last der Jahrhunderte im Erdboden zu versinken schien, und sogar das sehr bescheidene Zimmer im *Hôtel de la Providence et de la Poste* (wobei wohl die eine der andern bei der Zustellung der Briefe behilflich war), all das bezauberte uns vom ersten Augenblick an. Ich lebte in einer Art Trunkenheit, die schwer zu beschreiben ist, weil die Sinne daran wenig Anteil hatten; wie aber äußerte sich diese fast kindliche Euphorie in meiner Arbeit? Hier liegt das Rätsel, das sich allen Deutungen entzieht. Das Landgut meiner Tante Lucy verwandelte sich in einen Ort des Schreckens, wo Kälte und Geiz in schöner Eintracht zusammenwirkten und eine Hölle erschufen. Drei Frauen, alle gleich schrecklich, die ich mit Vorliebe durch eisige Zimmer hetzte, schleuderten sich im Treppenhaus kurze, giftige Worte ins Gesicht, und zum Ausgleich ließ ich noch ein Gespenst auftreten. Ob es noch umgeht? Ich habe es vielleicht gestrichen, um nicht gegen die sogenannte Wahrscheinlichkeit zu verstoßen. Ich werde das Buch noch einmal lesen müssen.

Ich schrieb am Vormittag, seltener nachts. Die Geräusche, die vom Platz heraufdrangen, störten mich eigentlich nicht, ich füllte Seite um Seite. Einmal jedoch, kurz vor Mittag, veranlaßten mich unmenschliche Schreie, ans Fenster zu treten, und ich stand so hastig auf, daß ich das Tintenfaß auf dem Tisch umwarf. Draußen wurde ein Schwein abgestochen. Dieses Gemetzel entsetzte mich derart, daß ich rasch ins Zimmer zurückstürzte; ich wollte nicht zusehen. Noch schrecklicher als diese Schreie aber erschien mir dann die Stille, die so jäh einsetzte wie man dem Tier die Kehle durchgeschnitten hatte.

Nachts herrschte Ruhe, aber die Birnen unserer Lampen waren so schwach, daß ich lieber eine Kerze anzündete. Diese improvisierte Beleuchtung rief mir meine Kindheit und die Zeit meiner frühen Jugend in Erinnerung, die ich in dem alten Haus verbracht hatte, das ich nun beschrieb. Wer weiß heute denn noch, welche Schatten eine kleine, flackernde Flamme im Kopf eines Romanciers zu beschwören vermag? Ich war nicht mehr in der Auvergne, ich war anderswo in Zeit und Raum. Dank diesem bescheidenen und gleichzeitig so wirkungsvollen Licht erblickte ich sie wieder, die weiten, schweren Schleier der Dämmerung, die sich an der Zimmerdecke und an den Wänden bewegten, als wollten sie jemanden zudecken und ersticken.

Das Landgut, das mir als Vorbild diente, hieß *Kinloch*. Es lag auf einer Anhöhe im Norden von Virginia und stammte aus dem 19. Jahrhundert. Als ich es im Jahre 1919 zum ersten Mal sah, wirkte es auf mich wie eine riesige Baracke; die Strenge seiner Umrisse und der dunkelrote Anstrich schüchterten mich ein. Es kam mir vor wie eine große, hochmütige, wilde Person, eingeschlossen in ihr Schweigen, voller Geheimnisse. Es war da und dort umgeben von gewaltigen Eichen, gleichsam Wachen zur Verteidigung seiner Einsamkeit. Indessen erwies es sich als sehr gastfreundlich, als ich die Stufen zur Veranda hinaufstieg, wo mich eine der drei Schwestern meines Vaters willkommen hieß. Meine Tante Lucy, die ich noch nie gesehen hatte, schloß mich in die Arme. Ihr Gesicht war noch immer von ebenmäßiger Schönheit, und aus ihren Augen sprach eine Sanftmut, in der ich die ganze Familie wiedererkannte. Dann begrüßten mich die Kusinen, die auf ihren Verwandten aus Europa sehr neugierig waren, und zuletzt ihr Vater, der einige Monate später sterben sollte. Er wußte, daß er zum Tode verurteilt war, und entzog sich den Menschen und allen Dingen des Lebens auf unerklärbare Weise. Der Eindruck, den er auf mich machte, ist bis heute nicht verblaßt. Er schien nur kraft seines Glaubens zu leben. Man sah das, ich weiß nicht, woran, sicher an seinem Blick, der nicht eigentlich traurig, sondern eher resigniert und von bewundernswerter Tiefe war. Er war groß und schlank, hatte schwarze Augen und eine ernste, etwas dumpfe Stimme. Alles an ihm strahlte eine so spürbare Güte aus, daß man davon wie bei anderen von ihrer Schönheit überwältigt war, und ich bewunderte ihn vom ersten Augenblick an, was er allerdings nie erfuhr. Ich beschreibe ihn hier so genau, weil er meine Vorstellungen von der protestantischen Frömmigkeit, die ganz falsch gewesen waren, auf einen Schlag veränderte. Er war mir weit überlegen.

Dieses für mich neue, aber seltsam vertraute Milieu weckte meine Neugier und beunruhigte mich. Die von drapierten Vorhängen verdüsterten Zimmer hatten etwas ungemein Melancholisches... Selbst am Tage verschwand die Zimmerdecke in einer Art Halbdunkel. Durch die hohen Fenster erblickte ich Pferde, die frei unter den Bäumen umherliefen, und dahinter indigoblaue Wälder und Hügelketten. Ich fühlte mich in eine Welt versetzt, die von Stille umgeben war und durch ihre Entfernung von den Zeitläuften etwas Unwirkliches hatte. Doch ich fand mich in ihr zurecht, wie man sich in einem Traum zurechtfindet.

Wie bei uns in Paris war man auch hier nicht gerade wohlhabend, und die Mahlzeiten fielen etwas kärglich aus. Das Frühstück begann mit einem sehr langen Gebet, das mein Onkel, *Uncle Love* genannt, langsam vortrug. Ich sah ihn im Gegenlicht. Aufrecht, gesenkten Hauptes, schien er unsere Anwesenheit vor den erkaltenden Schüsseln vergessen zu haben, und offensichtlich sprach er mit jemandem. Wir wagten uns nicht zu rühren.

Als ich wieder in Frankreich war, beschrieb ich das Haus und steckte es in Brand. Vorher hatte ich seine Bewohner entfernt und durch eigene Figuren ersetzt. Mein Vater machte mir deswegen bei Erscheinen des Buches leichte Vorwürfe. „Wir in Virginia sind nicht geizig, und das Haus war so schön..." Das war mir egal. Ich hatte mit der Kälte abzurechnen. Auf den Brand brachte mich der Name eines jener Seen in der Auvergne, von denen ich mir vorstellte, daß sie den Schlund erloschener Vulkane bargen: *Mont-Cineyre*. Das *y* erschien mir überflüssig. Deshalb machte ich aus *Kinloch*, das noch steht, aber im Besitz einer anderen Familie ist, einen Aschehaufen (*mont de cendres*). Die Umstände der Katastrophe lieferte mir eine Feuersbrunst, die wirklich stattgefunden hatte und innerhalb von ein paar Stunden ein Haus zerstörte, das mein Großvater in einer lieblicheren Gegend von Virginia hatte erbauen lassen. Da er die Baupläne dazu selbst entworfen und die Arbeiten überwacht hatte, hing er sehr daran, und es war für ihn und seine Nachkommen ein Wesen, das auf geheimnisvolle Weise lebendig war. Ich weiß nicht, warum er so großen Wert auf die Tatsache legte, daß sein Landgut unter dem Großen Bären lag. „Unser liebes *Lawn* befindet sich unter dem Großen Bären", sagte er. Diesen Satz sollte ich noch oft hören. In *Lawn* verbrachte ich einen Teil meiner Ferien, und auch ich verliebte mich bald in das ehrwürdige, ausschließlich aus Holz gebaute, grau gestrichene und von großen Bäumen umsäumte Anwesen. Eine riesige Tanne rieb ihr Geäst an dem ochsenblutfarbenen Dach. All das brannte in einer Nacht nieder. Nur der Schuldige blieb aufrecht, nämlich der Kamin aus Ziegelsteinen, stolz auf seine gründliche Arbeit und seinen Sieg über das Holz. Die Bewohner, im Morgenrock auf dem Rasen, waren nicht so standhaft. Riechsalzfläschchen machten die Runde. Am nächtlichen, wie für ein Fest gestirnten Himmel funkelte in unbegreiflichem Gleichmut der Große Bär, was ihm viele vorwurfsvolle Blicke eintrug. In den Trümmern wurden eine Gabel und der verzierte Staubdeckel einer kleinen Uhr gefunden, sonst nichts.

Als mein Roman fertig war, brachte ich ihn meinem Verleger. Aus rein kommerziellen Erwägungen wurde er um fünfzig Seiten zu lang befunden, und man bat mich, ihn zu kürzen. Ein halbes Jahrhundert später ärgere ich mich darüber noch fast ebensosehr wie damals. Aus Schwäche gab ich nach und schämte mich, denn ich wollte, daß das Buch erschien.

Als ich mein erstes Honorar erhielt, leistete ich mir im *Cornet de Murat* in der *Rue du Vieux-Colombier* ein Stück Kuchen. Ich war schon oft an dieser verlockenden Konditorei vorbeigekommen, aber die geheiligte Sparsamkeit hatte mich am Eintreten gehindert; an diesem Morgen schickte ich sie zum Teufel.

Als der Roman im Juni erschien, sprach ein Kritiker von der „Reife des Autors". Das berührte mich seltsam. Ich war noch ein halbes Kind. Was wußte ich vom Leben? Daß mein Name in der Zeitung stand, rief ein zwiespältiges Gefühl hervor. Sicher, die Eitelkeit kam auf ihre Kosten, aber ich empfand gleichzeitig ein rätselhaftes Unbehagen. Ich erinnere mich, daß ich einmal an einem Nachmittag im Schaufenster eines Papiergeschäftes in der *Avenue Kléber* eine Literaturzeitschrift sah, auf deren erster Seite mein Name stand. Ich ging rasch weiter, nach Hause. Dieses köstliche Schamgefühl ist dann bald wie Tau in der Sonne geschwunden, aber was bedeutete es? Entweder gar nichts oder doch wohl das Gefühl, daß ich hiermit meine Einsamkeit hinter mir ließ und in die Welt eintrat. Ich hatte meine Wahl getroffen. Ein neues Leben begann, reich an Gefühlen aller Art, wobei Mühen und Freuden in der weiten Ungewißheit der Zukunft verschmolzen. Für mich schlug die Stunde der Romantik. Ich war fünfundzwanzig Jahre alt.

J. G.

Alle späteren Ausgaben haben als Textgrundlage die entstellte, um vier Kapitel gekürzte Originalausgabe; im Jahre 1929 erhielt ich allerdings angesichts des Erfolges, den das Buch hatte, eine Art Wiedergutmachung, denn der vollständige Text erschien auf gutem Papier *A l'Abeille Garance*. Um diese Fassung, die heute endlich, wie Lautréamont sagt, „typographisch gesprochen, das Licht der Welt erblickt", handelt es sich hier.

J. G.

HANSER
HANSER
HANSER
HANSER
H

Religiöser Wahn und sinnliches Begehren

Schauplatz ist die Universität von Virginia. Dort sieht sich der ebenso schöne wie naive Joseph Day, Student der Theologie, erst den Hänseleien seiner Kommilitonen und dann den heftigen Versuchungen durch die verführerische Moira ausgesetzt. Gegen ihre Reize, die ihn unwiderstehlich anziehen, kämpft er mit fanatischer Religiosität. Seine Mitstudenten wollen den frommen Joseph zu Fall bringen: sie überreden Moira, sich abends in seinem Zimmer zu verstecken und ihn zu verführen. Was als Scherz beginnt nimmt seinen verhängnisvollen Lauf.....

Julien Green
Moira
Aus dem Französösischen von
Georg Goyert
224 Seiten. Leinen.

Julien Green im dtv

Junge Jahre
Autobiographie

Aufgewachsen zwischen zwei Kulturen, früh vom Tod seiner Mutter betroffen, mit siebzehn als Kriegsfreiwilliger schon an der Front, sucht ein ebenso sensibler wie arroganter junger Mann seinen Weg ... dtv 10940

Jugend
Autobiographie 1919 – 1930

In Amerika, dem Land seiner Väter, erhält der junge Julien Green den Schlüssel zu seinen geheimen Wünschen und Sehnsüchten. Doch das Bewußtwerden seiner homoerotischen Neigungen stürzt ihn in eine tiefe Krise. dtv 11068

Paris

In 19 Abschnitten streift Green durch die verschiedensten Viertel der Stadt, besucht Museen und Straßen, erlebt Jahreszeiten und Gesichter. dtv 10997

Leviathan

Als Gueret begreift, daß die »Liebe« der hübschen Angèle durchaus zu erlangen ist und daß zahlreiche Männer von dieser Möglichkeit Gebrauch machen, gerät er außer sich ... dtv 11131

Von fernen Ländern

Elisabeths Begegnung mit Jonathan, einem unberechenbaren Abenteurer und Frauenhelden, weckt unerfüllbare Wünsche in ihr. Aus dem verträumten Mädchen wird eine leidenschaftliche, zielstrebige junge Frau. dtv 11198

Foto: Isolde Ohlbaum

Meine Städte
Ein Reisetagebuch
1920 – 1984

Julien Greens Städte besitzen eine zusätzliche Dimension; die Einbildungskraft eines Dichters sorgt für Entdeckungen, die kein Reiseführer zu bieten hat.
dtv 11209

Der andere Schlaf

Die Erinnerungen eines Arztsohnes an seine Jugendtage in Paris, die verhaltene Geschichte einer ausklingenden Kindheit und einer Knabenliebe.
dtv 11217

Mont-Cinère

Ein Anwesen in der Nähe von Washington wird Gegenstand einer alles verzehrenden Leidenschaft: Der Geiz ergreift langsam von all seinen Bewohnern Besitz.
dtv 11234 (August 1990)

Joyce Carol Oates im dtv

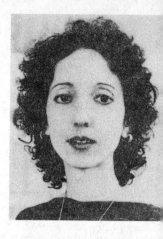

Grenzüberschreitungen

Zart und kühl, bitter und scharf analysierend, erzählt die Autorin in fünfzehn Kurzgeschichten von der alltäglichen Liebe, dem alltäglichen Haß und ihren lautlosen Katastrophen. dtv 1643

Jene

Die weißen Slumbewohner in den Armenvierteln des reichen Amerika, die sich nicht artikulieren können, sind die Helden dieses Romans. Die Geschichte einer Familie, aber auch die Geschichte Amerikas. dtv 1747

Lieben, verlieren, lieben

Von ganz »normalen« Menschen erzählt die Autorin, vor allem von Frauen, von Hausfrauen, Ehefrauen, Müttern und Geliebten. »Alle Erzählungen variieren die paar Grunderfahrungen vom zwar sehnsüchtig erwarteten, aber nie erreichten Glück auf der Erde . . .« (Gabriele Wohmann) dtv 10032

Ein Garten irdischer Freuden

Ein Mädchen will ihren ärmlichen Verhältnissen entfliehen. Sie tut es – nichts anderes bleibt ihr übrig – mit Hilfe von Männern. dtv 10394

Bellefleur

Der Osten der USA ist der Schauplatz dieser phantastischen Familiensaga. Aus dem Leben der Menschen des Hauses Bellefleur wird ein amerikanischer Mythos. dtv 10473

Im Dickicht der Kindheit

In einem Provinznest lebt die starke, in ihrer Sinnlichkeit autonome Arlene mit ihrer jungen Tochter Laney, deren Schönheit und Wildheit der vierzigjährige Aussteiger Kasch verfällt. dtv 10626

Engel des Lichts

Die Geschichte einer alten Familie in Washington, die zwischen Politik und Verbrechen aufgerieben wird. Ein mit meisterhafter psychologischer Genauigkeit entworfenes Szenarium des emotionalen und sexuellen Verrats. dtv 10741

Unheilige Liebe

Auf dem Campus einer exklusiven Privatuniversität spielen die Mitglieder des Lehrkörpers eine »Akademische Komödie des Schreckens«. Sie lieben sich, sie hassen sich, aber keines dieser Gefühle hält vor. dtv 10840

Letzte Tage

Amerikanische Kleinstädte und europäische Metropolen sind die Schauplätze dieser sechs Erzählungen. dtv 11146

Doris Lessing im dtv

Foto: Isolde Ohlbaum

Martha Quest
Die Geschichte der Martha Quest, die vor dem engen Leben auf einer Farm in Südrhodesien in die Stadt flieht. dtv/Klett-Cotta 10446

Eine richtige Ehe
Unzufrieden mit ihrer Ehe sucht Martha nach neuen Wegen, um aus der Kolonialgesellschaft auszubrechen. dtv/Klett-Cotta 10612

Sturmzeichen
Martha Quest als Mitglied einer kommunistischen Gruppe in der rhodesischen Provinzstadt gegen Ende des Zweiten Weltkriegs.
dtv/Klett-Cotta 10784

Landumschlossen
Nach dem Krieg sucht Martha in einer Welt, in der es keine Normen mehr gibt, für sich und die Gesellschaft Lösungen.
dtv/Klett-Cotta 10876

Die viertorige Stadt
Martha Quest geht als Sekretärin und Geliebte eines Schriftstellers nach London und erlebt dort die politischen Wirren der fünfziger und sechziger Jahre.
dtv/Klett-Cotta 11075

Kinder der Gewalt
Romanzyklus
Kassettenausgabe der fünf oben genannten Bände
dtv/Klett-Cotta 59004

Vergnügen · Erzählungen
dtv/Klett-Cotta 10327

Wie ich endlich mein Herz verlor
Erzählungen
dtv/Klett-Cotta 10504

Zwischen Männern
Erzählungen
dtv/Klett-Cotta 10649

Nebenerträge eines ehrbaren
Berufes · Erzählungen
dtv/Klett-Cotta 10796

Die Höhe bekommt uns nicht
Erzählungen
dtv/Klett-Cotta 11031

Ein nicht abgeschickter
Liebesbrief
Erzählungen
dtv/Klett-Cotta 25015 (großdruck)

Die andere Frau

Eine auf den ersten Blick klassische Dreiecksgeschichte, die bei Doris Lessing jedoch einen ungewöhnlichen Ausgang findet.
dtv/Klett-Cotta 25098 (großdruck)

Isaac B. Singer im dtv

Feinde, die Geschichte einer Liebe
Immer noch von Ängsten gepeinigt, lebt ein der Nazi-Verfolgung entkommener Jude in einer fatalen Konstellation zwischen drei Frauen. dtv 1216

Der Kabbalist vom East Broadway
Geschichten von jiddisch sprechenden Menschen, denen Singer in seiner geliebten Cafeteria am East Broadway begegnete. dtv 1393

Leidenschaften – Geschichten aus der neuen und der alten Welt
Autobiographische Erzählungen über Okkultisches, Übersinnliches und Phantastisches. dtv 1492

Das Landgut
Kalman Jacobi, ein frommer jüdischer Getreidehändler, wird 1863 Pächter eines enteigneten Landguts in Polen und gerät mit seiner Familie in den Sog der neuen Zeit. dtv 1642

Schoscha
»Eine Liebesgeschichte aus dem Warschauer Ghetto und zugleich ein Gesellschaftsroman unter Intellektuellen.« (Stuttgarter Zeitung) dtv 1788

Das Erbe
Auch Kalman Jacobis Familie wird von den politischen und sozialen Veränderungen gegen Ende des 19. Jahrhunderts erfaßt. dtv 10132

Eine Kindheit in Warschau
Singer erinnert sich an seine Kindheit im Warschauer Judenviertel. dtv 10187

Verloren in Amerika
Singer als kleiner Junge auf der Suche nach Gott, als junger Mann auf der Suche nach Liebe, und als einsamer Emigrant in New York. dtv 10395

Die Familie Moschkat
Eine Familiensaga aus der Welt des osteuropäischen Judentums in der Zeit von 1910 bis 1939. dtv 10650

Old Love
Geschichten von der Liebe
dtv 10851

Ich bin ein Leser
Gespräche mit der Literaturwissenschaftler Richard Burgin. dtv 10882

Der Büßer
Joseph Shapiro entkommt dem Holokaust und bringt es in den USA zu Vermögen, Ehefrau und obligater Geliebter. Eines Tages merkt er, daß er seine – wenn auch ökonomisch wie erotisch erfolgreiche – Existenz nicht mehr aushält ... dtv 11170

John Steinbeck
im dtv

Früchte des Zorns
Roman
dtv 10474

Autobus auf Seitenwegen
Roman
dtv 10475

Geld bringt Geld
Roman
dtv 10505

Die wilde Flamme
Novelle
dtv 10521

Der rote Pony
und andere Erzählungen
dtv 10613

Die Straße der Ölsardinen
Roman
dtv 10625

Das Tal des Himmels
Roman
dtv 10675

Die Perle
Roman
dtv 10690

Der Mond ging unter
Roman
dtv 10702

Tagebuch eines Romans
dtv 10717

Stürmische Ernte
Roman
dtv 10734

Tortilla Flat
Roman
dtv 10764

Wonniger Donnerstag
Roman
dtv 10776

Eine Handvoll Gold
Roman
dtv 10786

Von Mäusen und Menschen
Roman
dtv 10797

Jenseits von Eden
Roman
dtv 10810

Laßt uns König spielen
Ein fabriziertes Märchen
dtv 10845

Logbuch des Lebens
Im Golf von Kalifornien
Mit einer Vita von Ed Ricketts
dtv 10865

Meine Reise mit Charley
Auf der Suche nach Amerika
dtv 10879

Der fremde Gott
Roman
dtv 10909

Die gute alte und die
bessere neue Zeit
Erzählungen
dtv 10921

Fay Weldon im dtv

Die Teufelin

Die loyale, aber leider ziemlich unattraktive Ruth erträgt lange die sexuellen Eskapaden ihres Mannes. Irgendwann ist sie allerdings mit ihrer Geduld am Ende. Sie dreht den Spieß um und plant einen Rachefeldzug. Das erste, was in Rauch aufgeht, ist das Eigenheim.
»Ein Buch, das seinen engagierten Kern (gegen die Weibchen, für die Frauen) mit soviel Witz ummäntelt, daß man sich von der ersten bis zur letzten Seite glänzend unterhält.« (Carna Zacharias in der Münchner »Abendzeitung«) dtv 11132

Herzenswünsche

Was Helen und Clifford aus der großen Liebe machen (natürlich eine Scheidung und diverse andere Dinge und noch eine Scheidung und die eine oder andere Karriere) und wie ihre verlorene Tochter Nell viel schöner und klüger wird, als e ihre Eltern verdient haben. Eine turbulente Schicksalskomödie, in der sich alle wiedererkennen, die auf der Jagd nach dem Glück noch nicht resigniert haben. dtv 11197

Du wirst noch an mich denken

Ein Mann und drei Frauen, die Geschiedene, die Neue und die Halbtagssekretärin – aus dieser nicht ungewöhnlichen menschlichen Konstellation macht Fay Weldon eine rasante psychologisch Studie über Schein und Sein; mit einer Komik, die manchmal mörderisch ist.
dtv 11225 (Juli 1990)